庫

警視庁心理捜査官

KEEP OUT II　現着

黒崎視音

徳間書店

目次

嗤う女狐

あらあら、可愛らしいこと……。

柳原明日香にとってそれが、目の前に立った女性警察官へ抱いた、最初の印象だった。

「巡査部長、吉村爽子です。——よろしくお願いします」

その女性警察官はそう着任申告の挨拶をして、スーツに包まれた小柄な身体を警察礼式どおり、正確に十五度の角度まで下げる。頭の後ろで纏められた髪が、若駒の尻尾のように揺れた。

直立不動の姿勢に戻った吉村爽子は、小作りな顔に相応しいこぢんまりした口もとを、真一文字に引き締めていた。

明日香たちは、今度やってくる転任者は二十七歳、と事前に聞かされていた。が、係長に伴われてやってきた爽子の稚気さえ漂う面立ちは、年齢よりもずっと若く、……というより幼いといった方が、より適当かも知れない。

とりわけ明日香に強く印象づけられたのは、爽子の大きく円(つぶ)らな瞳だった。

――とても綺麗(きれい)な眼をしている……。

けれどよくよく見れば、長い睫毛(まつげ)に縁取られた爽子の眼には、明日香の第一印象を裏切る、研(と)ぎ澄まされたなにかがあった。

それは、切っ先に似た鋭さだった。ここへ加わるのを許された者たちと同じ眼だ。

――でも、この子はそれだけじゃないようにも見えるけど……。

なんだろう？　明日香には、正面を見据えて口をつぐんだままの爽子の双眸(そうぼう)に、どことなく不安定な危うさもまた、秘められているように感じられたのだったが――。

「――終わりか？」

爽子が口を閉じたまま数瞬の間が落ち、係長が促すように尋ねる。すると、爽子は意外な質問でもされたように答えた。

「え？……あ、はい。――以上です」

その途端、明日香たちを見守っていた十人の係員たちから、肩すかしを食らったような気配があがり、あまり広くない室内に拍子抜けした雰囲気が漂う。

「じゃあ吉村の席は、柳原主任の隣だ」係長は、急に仏頂面(ぶっちょうづら)になって指示してから続けた。「では、みんな、そういうことだ」

係の者はそれぞれの席で向けていた顔を戻して、仕事に戻る。

随分とあっさりしたものね、と明日香も自分の席に腰を下ろしながら、爽子の申告の挨拶の短さを思った。普通の場合なら――。

〝ずっと憧れていた所属に配属されて、こんなに嬉しいことはありませんっ！　全力で頑張ります、よろしく御指導ください！〟

……とかなんとか、感極まった吼（ほ）えるような声で氏名申告がされるのも、珍しいことではない。係の者たちが拍子抜けしたのも、無理はない。

それは当然のことといえた。なぜなら明日香が主任を務め、吉村爽子が新しく配属されたここは――。

警視庁刑事部捜査第一課。

首都東京で発生する重要事案に対応する、刑事部の象徴だ。

背広に紅（あか）い襟章を光らせて都内を奔走（ほんそう）する精鋭集団であり、憧れないもののほうがむしろ希少な〝所属〟――部署なのだから。もっとも、捜査一課に属する前に明日香のいた所属の捜査員たちは別にして、だが。

そしてここ第二特殊犯捜査四係、通称〝特四〟も、名称こそ特殊犯で、部屋も理事官以下三百数十名の机の並んだ大部屋とは仕切られた一角にあって手狭（てぜま）だが、捜査一課の他の

〝ナンバー係〟と同様に、〝事件番〟として殺人事件に臨場するのはかわらない。

若い爽子にとって、殺人や強盗などの凶悪犯、いわゆる強行犯の主管課である捜査一課への転属は、念願だった筈だが……。配属された感激を露わにするでもない。

感情を表に出したがらないのか……、それとも、ちょっと変わった子なのかしら、とも明日香は思う。

その爽子の、遠慮がちな声が傍らからした。「あの……、失礼します」

「ええ」

明日香は答えてから、机に私物を収めはじめた爽子の様子を、事務処理を続けながらそれとなく窺った。長い間、極左活動家への〝視察〟で鍛えられた明日香には造作もない。

しばらくして、あらかた整理を終えた爽子の手が、ふと止まる気配があった。

明日香はちらりと視線を向けた。爽子は、立ったまままじっと顔をうつむけていた。そして、その胸元へ上げた両手に、なにかを大切そうに乗せている。

爽子がじっと見入っているそれは、紅い襟章とともに捜査一課のもうひとつの象徴である腕章だった。臙脂と小豆の中間のような色の布地に、鮮やかに黄色く〝捜一〟と記されている。

爽子は、その腕章を見詰めたまま微笑んでいるのだった。薄いが柔らかそうな唇から白い歯をこぼれさせ、まるで幸福への鍵でも見つけたように、大きな眼を細めている。

なんだ、しっかり喜んでるじゃない。明日香は爽子の素直な笑顔を眼の端に映し、心の中で独りごちたが、気づかないふりをした。

――なるほど、そういう娘か……。

「あの……」爽子は引き出しに丁寧に腕章をしまうと、向き直って声をかけてきた。

「私、吉村と申します。吉村爽子です。よろしくお願いします」

「ああ、そう――」明日香は書類から顔を上げた。

椅子を回して、改めて正面から見上げると、爽子の表情からは、もう先ほどの可愛らしいような笑みは消えていた。皆の前で名乗ったときと同じような、硬質で生真面目な、透明な表情に戻っている。

けれど、より間近になった爽子の大きな双眸には、さきほども感じた、鋭さだけではない光がちいさいがより強く、輝きを増しているように感じられた。

なんだろう……、と明日香は思った。

――強さ？　いえ、あえていうなら……〝揺らぎ〟に似たなにかだ……。

変わった子、というより、おもしろい子なのかも知れない。ま、なんにせよ……、と明日香は判断を保留しながら微笑んでみせた。

「――私は主任の、柳原明日香。よろしくね」

「あ……はい。こちらこそ、……よろしくお願いします」

爽子が、明日香の思いがけない艶やかな笑みに戸惑ったのか、小さく頭を下げただけでそそくさと椅子に座り、前を向いてしまった。

明日香は爽子が三十路の色香に反応したことに、くすりと笑い、椅子を机へと戻しながら、まあなんにせよ……と、先ほどの思考を繰り返した。

――ともに捜査にあたれば解る。捜査員は、事件を通じて互いを知るものだから……。

明日香が爽子とともに捜査に当たる機会は、意外と早くやってきた。

池袋駅近くの路上で、男性高齢者が若い男に突き飛ばされて重傷を負う事件が発生したのだった。……とはいっても傷害事案では刑事部長指揮の特別捜査本部の設置はなく、この時点で〝特捜事件〟担当の明日香たち本部捜査一課が出動したわけではない。池袋署に設置された捜査本部は池袋署長指揮の捜査本部であり、〝基立ち〟――捜査の主体となったのは、機動捜査隊だった。

捜査本部は、目撃証言をもとに似顔絵を作成し、それを印刷した手配書を駅で配布して情報提供を募る一方、池袋駅近傍の〝地取り〟や隣接駅での〝見当たり〟など、地道な捜査を続けた。

その努力は報われて、〝見当たり〟に従事していた捜査員が、似顔絵の特徴と一致する若い男を発見したのだった。発見した捜査員は、直ちにその若い男を尾行し、人定の割り付け――、つまり身許を割り出したのだった。

若い男の名は三杉廉也、二十三歳。無職。

被害者だけでなく目撃者も、捜査員の撮影した〝面割り〟写真を見せられると、犯人に間違いない、と証言を一致させた。

通常ならば、三杉を逮捕して犯行の自供と裏付けを取り、検察に送致して捜査を結了すればよいはずだった。だが――。

……捜査の風向きが変わりはじめたのは、三杉廉也の身辺捜査に当たる捜査員らの、より詳細な報告が上がり始めてからだ。

三杉は定職に就いていないにもかかわらず、連日、西巣鴨の自宅から池袋の古びたマンションの一室へと通っている――。

そして、その決して広いとはいえない一室に、三杉廉也だけでなく、多数の若い男が出入りするのを、張り込んだ捜査員らが現認したのだった。

そこが何らかの犯罪の温床となっている可能性が高い。そう判断した捜査本部は、さらに三杉廉也だけでなく出入りする男たちについても内偵を行った。張り込みや尾行といった行動確認の結果、いずれも正業には就いていないにもかかわらず生活費に事欠く様子がなく、――なにより、出入りする男たちの何人かには、詐欺行為での逮捕歴のあることが判明した。

マンションを拠点に、人知れず何らかの犯罪行為が行われている……。捜査本部の抱いた疑惑は確信に変わり、それは同時に、傷害事件の犯人を検挙するだけでなく、犯罪集団を叩き潰す好機だった。

報告を受けた警視庁本部は、犯罪集団を一網打尽にすべく、各所属からの応援要員を集めて投入することを決定した。

そして、捜査一課から派遣されたのが、明日香と爽子なのだった。

黄昏から夕闇へと、暮色のうつる時刻だった。

「……失礼します」

年季の入った賃貸マンションの、手摺り壁が濃い影を落とす外廊下。そこに並んだスチールドアの前で、明日香はそう声を掛けてから、ドアを開いた。

片手に提げたコンビニエンスストアのレジ袋を微かに鳴らしただけで、爽子とともに内側に滑り込む。

築二十年ほどの、通りに面したマンションだった。踏み込んだ三和土には履き古された革靴、それも男物ばかりが散らかっていた。

外はまだ明るかったが、室内はすでに薄暗い。入ってすぐの台所には食器も調理用具も見当たらなかった。生活臭もなく、代わりに男物の整髪料や煙草、体臭といった、要するに男臭さだけが、抜け殻じみた殺風景さのなかに澱んでいる。

明日香にとって、心地よくはないが馴染みの臭気ではあった。

――〝視察拠点〟……いえ、〝分室〟と同じ臭いね……。

明日香は爽子とともに三和土に靴を脱ぎ、狭い廊下を奥へと進みながら思った。

短い廊下を抜けると、そこは八畳ほどのがらんとした部屋だった。

おそらく設計上は、住人が居室として使うことを想定していたのだろうが、いまは場違いに事務的な折りたたみ式長机が置かれている。

その長机に座っていた背広姿の男が、書類から顔を上げ、声を掛けてきた。

「ああ、ご苦労さん。捜一から、ですな」

背広の中年の男は、おそらく機動捜査隊員だろう。そしてその傍らにはもうひとり、短髪の男が立っていた。机に片手をついて前屈みになっているのは、さっきまで背広の男とともに書類を覗き込んでいたからだろう。いまは首をもたげて捻るようにして、険しい表情をこちらに向けている。

……？　明日香は短髪の男の寄越す、棘のある視線を訝しみながら、それとなく室内を見回す。すると、背広と短髪、二人の男の他にも、もうひとり捜査員がいるのに気付いた。

その捜査員は、部屋の奥の、ベランダに面したガラス戸の前の床で、うずくまった背中だけをみせていた。すぐ近くには、ビデオカメラを固定した三脚が据えられている。

男はカメラと接続された手元のモニターを監視しているのだろう、身動きひとつしない。

ビデオカメラのレンズは、通りを挟んだマンション――、傷害事件被疑者の三杉廉也ら、犯罪集団の巣くう一室を睨んでいるのだった。

ここは、捜査本部が犯罪集団摘発のために借り上げて設定した、拠点なのだった。

「一課長命で参りました。特四主任の柳原と吉村部長です」明日香は言いながらレジ袋を差し出した。「これは、皆さんで――」

「ちょっと！」短髪の男が眼をつり上げて遮った。「近所で買い物なんかすりゃ、店員に面を覚えられたり、最悪、マル被にヅかれる可能性だってある……！」

「買ってからすこし歩きました。二キロほどですけど」明日香は微笑んだ。「それに、買い物帰りの女二人を装った方が、こういったマンションへの出入りは目立ちませんから」

明日香が、ビール缶の商標が透けたレジ袋を眼の高さまで持ち上げて示すと、短髪の男は顔を歪めて口をつぐむ。

まあまあ……、と背広の男は短髪の男をなだめながら立ち上がり、機動捜査隊の芦原警部と名乗った。

短髪の男は草加といい、池袋署の捜査員だった。

「事案の概要は知っていると思うが――」

芦原は明日香と爽子をパイプ椅子に座らせると言った。

「目下の懸念は、連中が店を畳んで、〝飛んじまう〟可能性があることだ」

〝飛ぶ〟とは、逃亡を意味する。明日香は、となりで爽子がメモを取るなか、軽くうなずいて答えた。

「駅で配布した似顔絵入りの手配書を、三杉本人か構成員の誰かが目にして……、ですね？」

「そうだ」芦原は息をついた。「一応、三杉とはまったく別人の似顔絵入り手配書を配り直しておいた。訂正としてな」

「余計なご心配をかけるまえに、お教えしときますけどね」

草加が立ったまま腕組みをして、脇を向いて口を開く。

「三杉はマンションに通い続けてるんで、奴も仲間も俺らの内偵にまだヅいてないのは間違いねえんだ。そりゃそうでしょう、もし気づいてりゃ、三杉どころか全員がいなくなっちまう。警察に追われてるとなりゃ、〝稼業〟どころじゃねえもんな」

明日香は表情を変えずに、切れ長の眼を皮肉な口調の草加に流した。そして、顔に見覚えはないけれど、なにか恨まれることでもしたかしら……、と心の中で呟く。まあ、昔振った男の中にはいなかったけど、と思いながら芦原に眼を戻す。

「なるほど」明日香は言った。「それで、私たちは〝女警(じょけい)〟なのを活(い)かして人定の割り付けの応援を、ということでしょうか?」

男性捜査員だけでは、どうしても目立ったり入り難い場所があるし、〝共同尾行〟と呼ばれる女連れを装ったほうが、対象者に察知されにくい。

「いや、そうじゃない」芦原はすこし口ごもった。「奴ら全員の人定を割り切れていないのは、主任の言うとおりなんだが……。割れば割ったで、ひとりひとりに行動確認の捜査員を張りつける必要もあってね、人手が足らん。それに最悪、飛ばれたとしても追及捜査で全員を検挙できるようにしておきたい。それには、まだ時間がいるんだ」

よく解らない話ね、と明日香は眉(まゆ)を微かに寄せた。

――なにをさせたいの……?

「だから、ざっくばらんに言うと」草加が初めて明日香に顔を向けて口を開く。「連中のなかから脇の甘い奴に狙いを定めて、ちょっと鼻の下を伸ばさせてお守りをしてくれりゃあいいんだよ、主任さん」

この小さな捜査本部は、集団の構成員の人定、つまり名前や居住地のすべてを把握(はあく)するには至っておらず、また把握した者にも監視をつけなければならない。よって捜査員が足りず、現段階で集団に姿を消されると、未(いま)だ身許が判明していない被疑者を追うことができなくなる。

そこで、捜査本部が内偵を進めるあいだ、連中の動向を、より近づいて把握する人間が必要だ。つまり、明日香が刑事部に移ってくるまえの所属の言い方に倣(なら)っていえば、こういうことになる。

対象となる集団から〝協力者〟を〝獲得〟し、〝運営〟せよ。

明日香は草加の不快な口調はともかく、自分に与えられる任務は理解した。しかし――。

――〝ちょっと鼻の下を伸ばさせてお守り〟しろ、ですって……？

明日香の心を、草加の嘲(あざけ)りの棘がずぶりと突き刺していた。棘はそのまま、心の中を奥深くまで達し――。

明日香は胸の奥で、棘が心の底の硬いところに達して、かつん、と尖(とが)った音を立てるのを、確かに感じた。

「あ、あの……！」爽子がメモを取る手を止め、弾(はじ)かれたように顔を上げて明日香のかわりに抗議した。「女性だからって、主任にそんなこと……！」

「吉村さん」明日香は表情を変えず、隣へすこしだけ顔を向けて爽子を制すと、顔を戻した。「どうぞ、続きを」

芦原は咳(せき)払いをしてから、続けた。「奴らが店を畳むにしても、兆候がある筈なんだ。それを探ってもらいたい。あわせて、大まかでいい、連中の内部情報も欲しい。……そのために、女手が必要だったんだ」

「できるでしょう？　女なんだから。ねえ？」草加が嘲りで唱和するように付け加えた。

つまりこいつらは、と明日香は微笑を保ったまま思った。〝協力者〟を〝獲得〟するのも、さらに〝運営〟するのも、女なら、という理由だけで簡単だと信じているわけか。

舐(な)められたものよね……。明日香は、冷たい怒りが胸の奥底を凍らせるのを感じながら思った。〝公一の女狐〟と呼ばれた私も、それに私がかつていた所属も。

——単細胞刑事ども……！

「……解りました」明日香は内心をおくびにも出さず口許(くちもと)だけで微笑んだ。「ただ、捜査手法に関しては、私に一任していただけますね？」

「ああ」芦原はうなずいた。「頼むよ」

「まあ、どんな方法であろうと、精々、よろしくたのんますよ」草加が唇の片端をつり上げた。「俺らは奴ら全員に手錠をかけられりゃ、文句はねえんだ」

「ええ」明日香は微笑んで立ち上がる。「連中のうち、人定の割れた者のリストをください。〝モニター〟を……いえ、対象者を選定します」

明日香は、芦原からリストを受け取ると、怒りで端整な顔を強張らせた爽子を促してから、準備のために二人の男の前から離れようとした。

「柳原さん」草加の粘っこい声が、背後から追いかけてきた。

「まだなにか？」明日香は肩越しに、片頬だけ草加に向けて立ち止まる。

「俺、捜一時代の後輩に聞いたんですけどねえ……。ああ、俺、こう見えても二年前までいたんですよ、捜一に。追い出されましたけどね、いろいろあって。ま、それはいいとして――」

「草加さん？」明日香は初めて冷ややかに言った。「あなた、話し方がくどいって言われない？」

「そりゃ失礼しました。いや、後輩のそいつに聞いたってのはね、今度捜一に配属されてきたってのが、〝女警〟の、それも元〝ハム〟だっていうじゃないですか。……それ、あんたのことですよね？」

なるほど、私への敵愾心は、捜査一課へのわだかまりが原因ってわけか……。

「主任が……」爽子がすこし呆然としたように見上げて眼を見張り、呟くのが聞こえた。

「……公安……？」

「私のほかに該当者はいませんが、それがなにか？」

「勘違いしないでもらいてえな」

草加は口調を改めた。皮肉だけでなく、怒りも混じった硬い声だ。捜一へのわだかまりに、公安への怨嗟も加わったらしい。

「あんたにこの仕事を任せるのは、あんたが公安にいた業務歴を買ってるってわけじゃねえ。芦原さんも言われたが、単に本部へ女手を要求したら、あんたたちが来たってだけだ。そっちの都合だ、俺らがあんたを指名したわけじゃない。そいつを忘れないでもらいてえな」

「もういいだろう、草加」芦原が不愉快そうに遮る。「では、主任、よろしく頼むよ」

明日香にとって、草加の追い打ちは、より怒りの根拠を与えただけに過ぎなかった。

「解りました」

だから、そう答えた時にはすでに、明日香の胸の中では、決意が鋭い剣のように研ぎあげられていた。

犯罪集団の全員に手錠をかけ、逮捕できさえすれば文句はない。……草加はそう言った。

ならば――。

私は、私のやり方でやらせてもらう。もっとも、結果は単細胞刑事ふたりの予想より、ちょっと過激になるかも知れないけど……。

とはいえ明日香は、独り決めした決意を露わにすることもなく、余っていたパイプ椅子を部屋の隅に運んで爽子とともに腰を落ち着けると、早速、自らが的にする〝対象者〟の選定を始めた。

「……戸部健司、二十三歳か」明日香はリストを捲っていた手を止めて、呟いた。

住所は八王子、犯歴無し。外国製高級車を所有しているものの、趣味のドライブを兼ねて乗り回すのはもっぱら休日の週末だけで、〝稼働先〟――犯罪集団のアジトには電車で通っている。その帰路に居酒屋などの飲食店で、一人で飲酒してから帰宅するのが習慣化している、と行動確認の捜査員が報告している。

「このマル被に近づくんですか」

爽子が、明日香のつまみ上げた、犯しているであろう罪に比べて平凡な若い男の顔の写った写真を覗き込んで、言った。公安では〝秘撮〟というが、捜査員が内偵中に撮影したものだ。

「ええ。警察に挙げられた経験がないから、ほかの前歴者に比べれば警戒心は弱いでしょうし」

だが、戸部という男の人間性をより深く把握するための時間的猶予（ゆうよ）は、なさそうだ。公安の協力者工作ならそういった〝基調〟……基礎調査に、数ヶ月はかけて万全を期すものだが。

仕方ない、と明日香は思った。接触を重ねながら基調を行う、〝並行基調〟といくか。

では〝並行基調〟でいくとして、犯罪に手を染めている戸部健司に接触し信頼を得るには、どのような〝身分偽変〟が良いのか、いや……相応しいのか。

〝自らも犯罪の近くに棲（す）む女〟……。明日香の脳裏に自然に浮かんだのは、それだった。

では職業は……？　接触を重ねるには相手の都合に合わせるので、ある程度、時間が自由にできる職業でなければならない。とすれば水商売だが、今は仕事を休んでぶらぶらしているこ とにして……。

特殊浴場（ソープランド）の泡姫さんにしようか、と明日香は思いついた。

公安時代に運営した〝協力者〟のなかにも、風俗産業に従事する女性は数人いた。その経験からいうと、彼女たちのほとんどは、過酷な接客業に従事しているだけあって犯罪とは無縁なものの、気っぷの良い楽天家が多かった。相手に親しみを覚えさせるのに、最適の性格をもつ女性たちだった。

「……あの、主任？」

「すこし、話しかけないでもらえると助かるわ」

明日香は爽子に告げてから、眼を閉じた。……ソープランドの客室で行われているであろう諸々の行為を、あたかも自分自身が体験してきたと錯覚できるほどに、生々しく想像する。当然、客としてはもちろん従事したこともないので、多少は具体性に欠けるが、公安時代の〝協力者〟には、いまも吉原のソープランドで働いている女性がいる。あとで電話を掛けて最新の風俗事情を仕入れ、ちょっとした用事も頼もう。

明日香は両手で瓜実（うりざね）形の顔を挟むと、よく揉（も）んでから、立ち上がった。そして、ゆったりとした足どりで、芦原と草加のいる長机へと歩き出した。

「あ……あの……主任？」爽子が座ったまま、呆気（あっけ）にとられたような声が追いかけてくる。

爽子が驚いたのも当然で、明日香の身体からは、一線の捜査員らしいきびきびした物腰が完全に消え、別人になりきっている。

「あたし、ちょっと美容院に行ってくるわ。――」

明日香は長机の前までゆくと、投げだすように言った。口調までが変わっていた。

「――着替えも用意しなきゃなんないしさ」

芦原は言葉もなく見上げるばかりで、さすがの草加も口を閉じたままだった。

「いいよね？　別に」

「……あ、ああ。構わないが」芦原がようやく答えた。

「ありがと。そいじゃ、またあとで」

明日香は明るく軽く言い置くと、爽子をはじめ一時的に言葉を失った一同を残して、ぶらぶらと拠点のマンションから出て行った。

その居酒屋は、ほぼ満席だった。

全国チェーン系列の店舗とあって内装は没個性的だが、明るい照明の下で、勤め帰りのサラリーマンたちの笑いや話し声がカウンターやテーブル席からあがり、喧噪（けんそう）となって空気をかき回している。

ほとんどの客が誰かと一緒だったが、そんな中、一人でテーブルで飲んでいた男が、コップを置いて立ち上がった。そのままカウンターとテーブルに挟まれた通路を、支払いの為（ため）に、レジに向かおうとした。

と、男の通りかかったテーブルでどっと笑い声が上がった。次いでコップどうしがぶつかって倒れる、甲高い音が響く。

酒の飛沫が、通りかかった男のズボンに散った。

「おい……！」男は驚いて足を止め、わずかな酔いも消し飛んだように小さく叫ぶ。

「どうもすいません！　ほんと、どうもすみません」

テーブル席に着いていた四人組のサラリーマンらしき男たちから、次々と謝罪の言葉が、ズボンを酒に濡らして立ち止まった男に投げられる。

「ひってえな……、どうしてくれんだよ」

酒を引っかけられた若い男——戸部健司はそう声をあげたけれど、謝罪を受け入れたのか、それとも騒ぎを大きくしたくないのか、それ以上の抗議はしなかった。ただ、顔を歪めて、酒が斑点模様を描いた自分のズボンを情けない顔をして見下ろした。コットンのズボンにできたそれは、酷く目立った。

「大丈夫？」布巾を持った店員が駆けつけてくる前に、戸部に声がかけられた。

戸部が顔を上げると、長い髪を茶色く染めた女が立っていた。

女は背が高く、着ているものこそ粗編みのセーターとジーンズという質素なものだったが、それが余計に、女のすらりとした肢体を強調していた。

「あらあら、濡れちゃってる」

長身の女はそう言って、ジーンズのポケットから、いかにも女物らしい花柄のハンカチを取り出すとわざわざ身を屈めて、戸部のズボンに当てた。

「あ……、いや、どうも――」戸部は咄嗟のことに、口の中で礼を言った。

「おっさんたちさあ、気をつけなよ」

「いや、ほんとうに申し訳ない」

女が世話を焼きながら毒づくように告げると、テーブルを囲んだサラリーマンたちは、ぺこぺこと頭を下げて恐縮する。

「はい、これでちょっとはましになったかな？」

身を屈めてズボンにハンカチを当てていた女は、顔を上げて背を伸ばすと、戸部の顔を正面から見て、笑いかけた。

「あ、ああ。どうも――」男は、はじめてまともに見た女が美しい顔だちなのに気づいて、口ごもった。

「これで、ちゃんと拭いといた方がいいよ」女はハンカチを男の手に押しつけてから微笑んだ。

「それじゃ、ね」

背の高い女は、戸部が答える前に背を向けて、喧噪のなか、その場を離れる。

戸部は女の背中と、手にしたハンカチを見比べて突っ立ったまま、取り残された。

女はそのまま居酒屋を出た。電飾の看板に見送られ、夜の目抜き通りを歩き出す。

行き交う人々に紛れて歩道をゆき、赤信号が灯る横断歩道で立ち止まる。と——、その女の背後に、小柄な人影がすっと近づいた。

「——尾行は？」

女が信号機に目を向けたまま囁くと、背後の小柄な影も囁き返した。

「いえ、大丈夫みたいです」

そう、……と、長い髪を染めた背の高い、粗編みのセーターとジーンズ姿の女——明日香は振り向きもせず、背後の爽子に答えた。

居酒屋での出来事はすべて、明日香が戸部健司との接触の機会を摑むために設定したものだった。

いわゆる〝条件作為〟と公安では呼ばれるもので、もちろん、戸部に酒を引っかけたサラリーマンたちもかつての職場での同僚であり、ちょっとした貸しのある連中に依頼したのだ。

わずかな間にせよ顔を突き合わせ、ハンカチを渡して……。これで戸部の記憶には、私の印象がしっかり残ったはずだ、と明日香は思った。最初の〝接触〟としてはこんなものだ。

「あの……主任。いいですか……？」

爽子が背中越しに、囁きで質問してくるのが聞こえた。

「あの、その……、あんな、お話みたいな切っ掛けで、本当に……？」

「それを言うなら」明日香は束の間、身分偽変した〝犯罪の近くに棲む女〟から本来の口調に戻って囁き返す。「人の一生そのものが、物語みたいなものなのよ」

そう、だからこそ多くの人は、生きていれば何が起こっても不思議ではないと、心のどこかで信じている。いや、期待さえしているのかも。それに、もし信じていなくても、用意周到な〝協力者作業〟の対象者にされた者は、信じてしまう。いや、信じざるを得なくなるようにされてしまう……。

——そして、そうするのが私の仕事だ……。

「まあ、見てなさい」

信号機が青に変わり、明日香は横断歩道に踏み出しながら言った。

吉村爽子は〝作業〟に疑問を持っているらしいが、仕事はきちんとしてくれた。

明日香は、爽子からの報告を耳に当てた携帯電話で受けると、了解、とだけ答えてポケットにねじ込んだ。そして、洗ってもいない手をハンカチで拭くふりをしながら、女子トイレのドアを開けた。

そこは、奥に長い造りの、英国パブを模した居酒屋だった。カウンターが店内の大半を占め、小さなテーブル席がいくつか、壁際に並んでいる。

明日香が女子トイレから歩き出すのと、外からドアを押して現れた若い男が、カウンターに歩み寄るのは、ほぼ同時だった。

「あれっ？」明日香はカウンターの脇で立ち止まり、すこし甲高い声を上げる。

スツールに座りかけていた若い男――戸部健司の向けてきた顔に、怪訝（けげん）な表情が浮かんだのは一瞬だった。

「あ……、こないだハンカチを貸してくれた人ですよね？」

戸部はすぐに思い当たった顔になって言った。

「うん、そう」明日香は微笑んだ。「人違いかな、と思ったんだけど……。驚いちゃった」

「どうもありがとうございました。感謝です」

「いいって、そんなの」明日香はおおらかに言った。「あ、でも……あのハンカチ、わりかし大事に使ってたもんだから、返してもらえると嬉しいかな」

本当は、〝作業〟の為に量販店で仕入れた安物で、洗いざらして使用感を出しておいただけの代物だったが。

「いま、あのハンカチもってねえんだけど」

「あっ、そう。じゃまたいつかね。――今日は、ひとり？」

明日香は小首を傾げるようにして、尋ねた。……犯罪集団も組織である以上、危機管理の必要性から、個々の構成員どうしの繋がりは最小限にしているはずだ。一人が検挙されて、突き上げ捜査により芋づる式に組織全体が摘発されるのを恐れているからだ。

つまり仕事帰りに誘い合って飲みに行く同僚もなく、また、犯罪行為で大金を手にしている代償に、組織から友人と会うのも制限されているはずだ。

だから、戸部も、相当に人恋しい気持ちになっている……。明日香はそう読んでいた。

案の定、明日香にひとり？　と問われた戸部の眼に陰がさし、目線を逸らせた。

「あたしも、同じなんだけどな」明日香は苦笑してみせる。「一人で飲んでも、……ねえ？」

「あ、じゃ、じゃあ一緒に飲もうか？　俺はかまわないからさ」

「え？　ほんと？　飲もうよ飲もうよ」

明日香はほとんど腕を取るようにして、戸部をカウンターから壁際のテーブル席へと誘った。

「――戸部さんて、良いひとだよね」

明日香は互いに簡単に名乗りあって注文を済ませると、テーブルに頬杖をついて、戸部を見詰めながら口を開いた。

こうして間近にしても、明日香の戸部への印象は、拠点で見た写真と変わらなかった。のっぺりした目鼻立ちに、意志の弱そうな細い眉。妙につるりとした顔の輪郭を縁取る、やや長いのを緩くわけた髪型。すべてが平凡だった。

だが……、狭い額と、言われればそれと解る程度の小狡さが覗く眼の、妙にぎらぎらした脂っぽい艶が、昼間の犯罪行為の余韻をわずかに感じさせている。

「俺が？　良い人？」戸部は初めて聞いた言葉のように、眼を瞬かせた。

「うん、良い人だよ、絶対」明日香は確信を持って答える。「普通さ、オヤジたちにあんな目に遭わされたら、表に出ろとか怒鳴り散らして大騒ぎするものじゃない。それか、服をどうしてくれる、弁償しろ、クリーニング代よこせ、とかさ」

まあ、本当のところは、騒ぎになって警察に通報されるのを恐れただけだろうけど、と明日香は思っていた。

「みっともないじゃん、そういうの。そういうのに比べりゃ戸部さんは、さ」

「べ、別に」戸部は生まれてから、よほど褒(ほ)められた経験がないのか、これだけで嬉しそうな顔になった。「単にめんどくさかった、っていうか……」

「あれ、照れた？」明日香は笑った。「で、なにやってるひとだっけ、戸部さんは」

「小さな会社の、営業だよ」戸部は言った。

「て、ことはサラリーマンなんだ。ふうん……？」

明日香は意味ありげに笑って、細いおとがいを、乗せていた手の平からあげた。ほのかに色香を漂わせて、まじまじと戸部の戸惑った顔を眺めた。それから、おとがいを伏せた手の甲にあらためてのせなおすと、ルージュが艶やかに光る唇を開く。

「ほんっとかなあ……？」

「なんだよ、どういうことだよ」戸部は急に身を引いて、声を低めた。

と、そのとき、陶器のジョッキをふたつ手にしたウェイターが、にこやかに現れた。

「あ、どうもありがとう。――はい、これ」

明日香は戸部の気勢を逸らしてウェイターに笑顔で告げ、受け取ったジョッキを戸部に手渡す。

「――どういうことだよ」

戸部は明日香を見詰めたまま、渡されたジョッキには見向きもせずそのままテーブルに置くと、詰問した。

「じゃ、再会を祝して、乾杯！　なんてね――」明日香は戸部の剣幕に構わずジョッキを掲げ、はしゃいだ声を上げる。

「なにが言いたいんだよ……！」戸部が低い声を押し出した。

明日香は、小狡いだけの男の精一杯の威勢に内心苦笑しながら、それでも表面上は効果があったようにはしゃぐのをやめた。掲げていたジョッキを下ろして口許で傾けると、冷えたエールを一口喉に流してから、告げた。

「臭いがね、したんだよ。戸部ちゃんから」

「臭い……？」戸部は顔をしかめた。「なんだよ、臭いって」

明日香はジョッキをテーブルに音を立てておくと、脇に寄せた。そして、スツールから腰を浮かせるとテーブル一杯に身を乗り出して、咄嗟のことに動けないまま、明日香の開いたセーターの胸元を覗きこむ格好になった戸部の耳元へと、唇を寄せる。

「あたし、敏感なんだよね」ゆっくりと、舌先を耳の穴にねじ込むように囁く。「〝稼業〟とか……お金の臭いにはさあ」

明日香は艶然と微笑んで戸部から目を逸らさないまま、獲物をくわえたウツボが巣穴に引っ込むように、テーブルに乗りだしていた身体を、ゆっくりと円椅子(まるいす)に戻した。

明日香は、驚いて硬直した戸部に考える時間を与えるため、ジョッキからエールを口に含んだ。

「——そういう自分は……、明日香さんはなにしてる人なんだよ」

戸部はしばらくしてようやく、呻(うめ)くように言った。

「あたし？」明日香は片方の眉を上げて戸部に視線を流すと、薄く笑った。

「〝お風呂〟とか……。ま、いろいろとね」

いろいろ。この単語の意味に、戸部が思い巡らしているのが、表情から解った。

「二週間ほど前まではさ、吉原の『マスカレード』ってお店にいたんだけどね。いまは身体のことがあって、ちょっとお休み。——知ってる？『マスカレード』」

「……知らない」

「じゃ、お越しの際は御指名で——って、意味ないか、お店を休んでちゃ。ま、そういうわけでさ、お金の臭いには敏感になってるってわけ。なんせ、お仕事休むと下のお口は楽だけど、上のお口のほうはもう大変で……って、我ながら使い古された言い方。笑っちゃう」

明日香はけらけらと笑ったが、戸部は無言でジョッキを大きく傾けた。

「俺は」戸部はジョッキを下ろして息をついた。「〝稼業〟だの、そんな犯罪みたいなことには関係ねえって」

馬鹿、認めてるじゃないの……。明日香は内心失笑したが、気づかぬふりをする。

「じゃあ、あたしの勘違いだね。ごめんね」明日香は心から申し訳なさそうに、かつ明るく笑って、戸部の顔を気遣わしげにおずおずと覗き込む。「気を悪くした？」

明日香のあえて発した、女に問われて否定的な答えを出しにくい質問に、戸部は予想どおりの反応をする。

「いや、別に」

「ほんとに？」明日香は申し訳なさそうに、おずおずと言葉を重ねる。

「ああ、ほんとだって」

戸部は、明日香のペースに巻き込まれて、顔がにやけそうになるのを我慢しながら、わざと仏頂面をしてみせ、ぶっきらぼうに告げたのだった。

明日香は大仰（おおぎょう）に胸をなで下ろしてみせながら、脳裏では怜悧（れいり）な計算を働かせている。

――さて、そろそろ仕上げかな……。

「でもさあ……」明日香はテーブルに身を乗り出して右肘（みぎひじ）をつくと、手を頬にあてて小首を傾げて微笑み、戸部にじっと視線を注いだ。「……やっぱり気になるんだよね、戸部くんのこと。また会えるといいね。ハンカチ、預かってもらってるし……」

ほんのりと艶やかさを醸し出した明日香の笑みを、戸部は魅入られたように、ただ見返していた。


これで戸部は私に興味を持ったはず、と明日香は思った。必ず教えた携帯電話の番号に連絡してくるだろう……。

明日香がそう考えるのは、二回目の〝面接〟の際、色仕掛けじみた手法で自分への興味を持たせたからではない。

それ以上に、戸部の警戒心を煽ったからだ。

戸部が犯罪行為に手を染めている以上、当然その発覚をなにより恐れている。それを明日香が嗅ぎつけたかのように仄めかした以上、猜疑心を刺激されているはずだ。

そして戸部は、私に確かめずにはいられなくなる……。明日香はそう読んでいた。

――多分、私への興味と犯罪で得られる金に執着して、私のことはグループの仲間の誰にも相談せず……。

たとえ戸部が、律儀にもグループの首謀者に部外者から接触されたことを報告しても、甘い汁を吸う集団から切り捨てられるのは、戸部自身だからだ。

そして案の定、戸部から明日香の携帯電話に連絡があったのは、三日後の土曜日だった。

「あ、こっちこっち！」

明日香は、戸部が店内に姿を見せると、窓際のテーブル席で手を大きく挙げた。

台東区の、駐車禁止対策の厳しい裏通りに面した、小さな喫茶店だった。

「来てくれたんだ」明日香は、にっ、と笑った。「車は？」

「近くに停めた」戸部は平板な顔を逸らして答えた。

正面に座った戸部が、やってきたアルバイトらしいウェイトレスに、コーヒーを注文すると明日香は言った。

「で、戸部ちゃん。どこへドライブに――」

「あんた、なんなんだ？」戸部は明日香のはしゃいだ声を遮った。「明日香さん」

「え？」明日香はきょとんとした顔になる。「こないだ言ったじゃん、吉原でお店に――」

「俺、電話してみたんだよ」戸部は明日香の眼を見据えた。「その『マスカレード』って店によ」

『マスカレード』――明日香が〝身分偽変〟のために騙（かた）ったソープランドの店名だった。

もちろん、警察庁採用の準キャリアである明日香が、就業しているわけがない。

「そう」明日香は慌てなかった。ふっと微笑んで染めた髪をかき上げて促す。「それで？」

「……確かに、言ったとおりだったよ」戸部は息をつきながら言った。

協力者は、明日香の依頼した〝ちょっとした用事〟を、ちゃんと果たしてくれたようだ。

「疑われちゃったんだ？　あたし」明日香は口許だけで冷たく笑った。「ていうよりまだ疑われてる、……でしょ？」

「そりゃ……、あんたみたいに綺麗な人がいきなり寄ってきたら……」戸部は、言い訳するように下を向き、ぼそぼそと言った。「誰だって……普通は……」

明日香はあえて否定も、自分に自信を持ったら、などと励ましもしない。ただ、無表情に腕を組むと窓から外を眺めた。戸部がたっぷり後悔できるように。

「なあんか、白けちゃった」

明日香は顔を戸部に戻すと大きくため息をつき、腕組みを解いた。そしてうんざりしたように言う。

「今日はもう帰ろ」

「ああ、うん……そうだな」

明日香は、もう二度と会えなくなるのでは、と意気消沈する戸部とともに席を立った。

——さてさて、ここからが本日のメインイベントだ……。

「あれ、くそ」

戸部は、明日香とともに店を出て、歩道を踏んだ途端、声を上げた。

ガードレールの向こう、路肩に停められた戸部の赤い高級外車の前に、制服姿の小柄な女性警察官が立っていた。制帽を載せた頭をうつむけ、胸元のクリップボードで書類に書き込んでいる。

駐車違反の取り締まりだ。

「くそ……」戸部が吐き捨てた。「ついてねえ」

「ちょっと待って」明日香は囁いた。「あたし、あの警察の娘、知ってる」

え？　と怪訝な顔になった戸部を残して、明日香は小走りに歩道を横切って呼びかけた。

「ちょっと！　沢村さんじゃない？」

沢村、と呼ばれて、戸部の赤い高級外車の傍らで、書き込んでいた書類から顔を上げた女性警察官は――。

制服を着けた吉村爽子だった。

「久しぶりじゃん、元気してたあ？」

明日香は馴れ馴れしげに歩み寄ると、〝背負い〟と呼ばれる反射材付ベストに包まれた爽子の肩へ腕を回し、抱き寄せる。

「あ、あの……柳さん？」爽子は本心から驚いたように、身をよじりながら言った。「私、……仕事中なんです……！」

「ご苦労さんご苦労さん！」明日香はますます馴れ馴れしい態度で、爽子の肩に回した腕に力を込める。「ちょうど良かった、ちょっと頼まれてくれないかなあ……？」

　明日香はそこで顔を上げ、呆気にとられて歩道から見守る戸部に、構わないから車に乗れ、と目顔で伝えた。それから、再び爽子の耳に顔を寄せて続ける。

「この車さ、あたしの知り合いのなんだ。ちょっとだけ見逃してよ。ね？　あたしと沢村ちゃんの仲じゃない。ねえ？」

「そんな……、できません」爽子は硬い声で吐き捨てた。

　明日香はにんまり笑うと、爽子をさらに抱き寄せてから小柄な身体を回し、歩道に背を向けさせる。これから自分が爽子にすることは、歩行者に目撃されるわけにはいかないが、戸部には、はっきりと見せつける必要があるからだ。明日香はそうしてから、用意していた紙幣をジーンズのポケットから摑み出す。

「硬いこと言わないでさあ。……ね？」

　明日香は囁きながら、畳んだ紙幣を、爽子の制服の胸ポケットにねじ込んだ。

　明日香はこの場面だけには、細心の注意を払っている。なにしろ歩行者に目撃されたら、爽子は収賄（しゅうわい）警察官として通報されかねない。それは非常にまずい。

　だが戸部に見せつければ、効果は絶大な筈だった。

　そして明日香の予想どおり、戸部は先に乗り込んだ高級外車の運転席から、大胆な〝警察官買収〟の一部始終を目の当たりにして、呆然としている。

「やめてください……！」爽子は押し殺した、演技とは思えない小さな悲鳴をあげ、明日香の腕を振り払おうとする。「なにするんですか……！」

　よしよし、その調子。ほんとに真面目な子なんだから……。明日香はほんのすこしサディスティックな気持ちになって、自然と笑みをこぼす。

　これが映画なら爽子は助演女優賞は間違いない。なにしろ簡単な打ち合わせはしていたものの、本当に動揺しているのだから。

「おい、どうかしたのか」歩道から男の声が掛けられた。

　明日香は顔を硬直させた爽子ともども振り返った。――歩道から制服警察官二人が、こちらを凝視している。

「どうした、応援が必要なら――」

　ふたりのうち年長の警察官が言った。……捜査班の責任者、機捜の芦原だった。

「いえ！　なんでもありません！」

　爽子は、びくっと背筋を伸ばして即座に答えた。

「だ、大丈夫です！」

「そうか」芦原は怪訝そうな顔をしたが、明日香を見て言った。「なんだ、柳、おまえか」

「どうもどうも」明日香は軽く笑った。

「ほどほどにしとけよ。調子にのるな」

芦原が無表情にうなずいて歩き出すと、もう一人の制服警察官が、芦原と違って明日香の爪先から頭まで、じろじろと粘っこい視線を向けながら言った。

「職務質問しなくていいんですか」

いいんだ、と芦原に素っ気なく告げられて、もう一人の制服警察官は、いかにも胡散臭げに歪めた顔で明日香を睨めつづけながら、芦原の後を追って通り過ぎる。

明日香は笑顔のまま、爽子の肩の上で、ひらひらと手を振って見せた。その仕草は、疑い深い警察官への挑発に傍目にはみえたが、本当は、――その警察官、実は元捜一の単細胞捜査員である草加への、ちょっとした謝意を表したものだった。

――ま、胡散臭く思ってるのは、演技じゃないんだろうけど……。

それはともかく、爽子も逃げるように立ち去ってしまうと、明日香はゆっくりと赤い高級外車に近づき、ドアを開けた。

「お待たせ」明日香は言いつつ、するりと本革製の助手席に乗り込む。

「だ、大丈夫かよ……？」戸部は運転席で、まだ半ば呆気にとられたまま、明日香に言った。「あんな……、あんなことしてもよ」

「大丈夫だって」明日香はにやにやと笑った。「あたし、あの沢村って子と、仲いいんだ」

「でも、いくら仲がいいからって……」

「気が小さいんだから」明日香は小さく冷笑し、声を低めた。「ほんとに大丈夫だって。これが初めてじゃないし」

「で、でも……」

「じゃあ教えてあげる」明日香はにやりと笑った。「あの沢村って娘さ、清純そうにみえるけど、署内の誰とでも寝ちゃうんだよ」

沢村ならぬ吉村爽子本人が聞けば卒倒しそうなことを、明日香は真実味をもって囁く。

「――で、相手の男から警察のいろんな情報が流れてくんのよ。それに、あの子との関係を秘密にしておきたい偉い人もいっぱいいる。……解るでしょ？　だから警察の人は、みんなあたしに親切なんだよ」

「明日香さん、あんた一体……」

戸部は驚きでうまく喋れないらしく、押し出すように言う。「……何者で、なにやってるひとなんだよ」

「言ったじゃん」明日香はゆったりと本革張りの背もたれに身をあずけ、戸部に顔を向けた。「お風呂とか――」

　明日香は、猫科の猛獣が獲物に食い入るような眼で戸部を見詰め、豊潤な唇の両端をつり上げるようにして笑った。

「――いろいろ、って」

「すげえ……」戸部は、驚きで能面のようになった顔で、明日香を見続ける。

　明日香は前歯を剥き出しにするようにして笑い返しながら、戸部の忙しなく瞬かれる眼の中に、確かに畏敬の色のあることを確かめる。〝同類〟への――、つまり同じく犯罪を生業とし、それだけでなく自分よりも狡猾な者への、薄汚い敬意を。

　明日香は〝条件作為〟の結果に満足して、戸部と別れると、捜査拠点のマンションへと戻った。

「御苦労だったな」芦原が、明日香が姿を見せると言った。

　殺風景な居間には、芦原だけでなく草加も、そして爽子も顔を揃えていた。もちろん、爽子をはじめ皆、制服から私服へと着替えている。

「はい、お疲れ様でした」明日香も労ってから続けた。「充分な成果があったと思います」

「しかし」草加が脇を向いて、吐き捨てるように言った。「あそこまでやる必要はあったんですかねえ？」

「対象を完全に取り込むには、少々大袈裟な方が効果があります」明日香は草加にちらりと視線を流し、皮肉めかして付け足す。「元公安部員の経験では」

草加は、へっ、と脇を向いたまま息を吐いた。険悪な空気が漂いだしたなか、爽子は明日香を、気遣わしげな眼で脇から見上げている。

「そうだな……」芦原は考えながら答えた。「解った、続けてください」

「柳原主任さんよ、あんた――」草加は、この場で初めて明日香の顔を正面から見た。「――余計な事まで考えてねえだろうな？」

「私に、〝ちょっと鼻の下を伸ばさせてお守り〟をする任務を与えたのは、あなた方では？」

明日香は、白磁のような硬質の笑みで、草加の詮索を一蹴した。

「いずれにせよ、戸部から一定の信頼を得られたと見て間違いありません」明日香は言った。「これでグループの内情も、ある程度は摑めます。〝面接〟を、続行します」

そして明日香は、平日の夜に酒場で行った三度目の〝面接〟で、戸部を完全に手中に落としたと確信した。

明日香が少し水を向けただけで、自らの犯罪行為を認めたからだ。

「俺の稼業ってさ、〝オレサギ〟なんだ」

〝オレサギ〟……、かつては〝オレオレ詐欺〟、後に〝振り込め詐欺〟と呼称の変わった、いわゆる特殊詐欺のことだ。ただ、手口は単純だが金銭だけでなく精神的な被害も深刻なこの犯罪が、社会問題になるのはまだすこし後のことであり、捜査一課特殊犯捜査係からなる通称〝ステルスチーム〟や、警備部機動隊の遊撃捜査部隊まで投入して対応に当たるなど、警察が本腰をいれるのは、さらにもう少し後のことだ。

「へえ、やっぱりね」

明日香が平然と笑いながらうなずくと、戸部はこれまで黙っていた反動か、むしろ得意げに話し始めた。

「ひと月の売り上げは、俺らのチームだけで五千万くらいじゃねえかな。世の中、こんなにカモがいるのかってくらい引っ掛かる。なかには何度も〝おかわり〟されて、その都度払ってくれちゃう馬鹿もいるしさあ。頭悪すぎるでしょ、そういう奴は」

突然、家族や肉親の緊急事態を切羽詰まった調子で告げられれば、誰でも思考停止に追い込まれる。そう仕向けておきながら、騙（だま）された方が悪いとせせら笑う、この傲慢（ごうまん）さ。日常で聞かせられれば吐き気を催しただろうが、明日香は公安捜査員としての経験で、平然と耳を傾ける術を体得していた。それは、感受性と感情を繋ぐ回路のスイッチを切ることだった。明日香はそれを遮断、と呼んでいた。

「ま、べつに悪いことしてるって感覚はないけどさ。俺、何とも感じねえもん。だって、持ってるから払えるんでしょ？」

その支払える財産を持つまでに、被害者がどれほど長い間、苦労を続けてきたのか……。

明日香は心の底で考えたが、顔はにやにやと笑っていた。──〝遮断〟。

「そういうジジババ連中が銀行で腐らせてる金を、俺らがパァッと使って世の中に流してやってると思ってるんだ。まあ、それで首くっちゃう奴がいても、それは自己責任ってやつ？」

犯罪行為でお年寄りの老後の蓄えを取りあげ、自分たちの下卑た遊興費として霧消させてくれなどと、誰がいつ頼んだのか。

「だよね、稼いだもん勝ち」

明日香は薄く笑った。──遮断。

「でも戸部ちゃん、すごいじゃない。凄腕のチームみたいだね？」

「ああ、切れる奴らがそろってる」

戸部はさらに得意げに舌を転がし続ける。……それによると、被害者に直接電話で接触する実行犯、いわゆる〝プレイヤー〟あるいは〝かけ子〟と通称される連中は、眼の前の戸部を含めて十名。これら実行犯を統括し、管理する〝番頭〟が一人。〝番頭〟は痩せた小男で、〝金主〟と呼ばれる首謀者に〝売り上げ〟を届けるのも仕事だ。この〝金主〟も時折、アジトのマンションに、太った姿を見せるらしい。

ただ、銀行の自動預払機で金を下ろす〝出し子〟、及び直接被害者宅に出向いて金を受け取る〝受け子〟との接触は〝番頭〟の仕事で、戸部たちとは接点がないという。

こいつは、完全に私に落ちた……。明日香が自らの〝作業〟が成功したことを悟ったのは、この時だった。なぜなら、戸部の話す内容は、芦原たちがアジトを監視した結果と一致しているからだ。痩せた小男も太った男も、ともに拠点のマンションへの出入りが記録に残っている。

ここまで漕ぎ着ければ、明日香としては戸部から聞きだした内容を芦原たちに報告し、あとは付かず離れずで戸部をあしらい、〝面接〟を続けて内部の動静を探るだけで充分な筈だった。だが――。

――さてさて、ここからが私にとっての本番だ……。

単細胞刑事ども、とりわけ草加に思い知らせてやるという仕事が、まだ残っているのだ。

その機会が訪れるのに、日数はかからなかった。……戸部から食事に誘われ、明日香は自宅に招く約束をしたのだった。

「じゃあ、何でも好きなもの頼んで」戸部はテーブルに着くと、得意げに言った。「金は心配いらないから」

赤坂の高層ビル内にある、洒落たレストランだった。間接照明の灯りがほのかに照らす広い店内に、白いクロスの掛けられたテーブルが余裕を持って配置されている、高級店だった。

「へえ、すごいじゃない」明日香は大仰に驚いてみせながら、ナプキンを膝に広げた。

「どうしたの？」

「〝給料〟、出たんだよ」戸部は、にんまりと笑った。

明日香はその途端、すうっと笑みを消した。

「ふうん、お給料が出たのに、連れてきてくれるのは……このくらいのお店なんだ？」

明日香は戸部のにやけた顔から目を逸らすと、窓の外に浮かぶ夜景を眺めた。そして、白々とした顔を戸部に戻すと、冷たく微笑した。

「戸部ちゃんて、意外と安上がりなんだね」

揶揄と呼ぶには、あまりに棘と毒のある、明日香の口調だった。

「なんだよ」戸部も表情は消して、ぼそりと答えた。「どういう意味だよ」

必ず喜ぶと信じていた明日香の予想外の反応に、戸部は怒りだけでなく戸惑っている。

「別に。気にしないで。ちょっと思っただけだから」

明日香は受け流し、メニューを手にとって開いた。「美味しそう！　なんにしようかな……」

「……どういう意味だって聞いてんだよ」戸部は声を押しだした。「はっきり言えよ！」

周囲のテーブルの話し声が、遠のくように消えた。

「あたしの友達でね。――」

周囲の喧噪が戻ると、明日香はメニューをぱたりと閉じてから言った。

「――銀座のクラブで働いてる子がいるの。その子に聞いたんだけど、この不景気に、随分と金払いのいいお客さんたちがいるんだって。それも毎晩」

戸部が精一杯、強面にしようと努力した顔を、明日香は平然と見返しながら続ける。

「へえ、と思っていろいろ尋ねてみたら、背が低くて鼻の脇に黒子がある人と太った人の二人連れだって。これ、〝番頭〟のコサカさんと〝オーナー〟さんじゃない？」

明日香が話している内容はもちろん、アジトを出入りする男たちを捜査員が尾行して行動確認した結果だった。

「……だったらなんだって言うんだよ」

「別に」明日香は戸部を値踏みするように眺め、口許だけで笑う。「……ただね、あっちは一晩に百万、二百万を平気で使ってるのに、戸部ちゃんはこんなお店で満足してるのかなあ、って」

「そんなの」戸部はぼそりと言った。「ひとそれぞれだろ」

「ま、そうね。でも」明日香は軽く笑った。「欲がないんだなあ、て感心しちゃった」

近づいてきたウェイターに注文して、食事が始まった。――その間、明日香は一転して陽気に振る舞いながら、なにやら考え込むように口数の少なくなった戸部の様子をじっと観察していた。

「ごめんね、変なこと言って」

明日香は高層階のレストランを戸部とともにでると、戸部の腕に触れながら言った。

「……家にいく？」

そうして二人でタクシーに乗り込んで、着いたのは中野のワンルームマンションだった。

「さ、入って。お茶淹れるから」

明日香は慣れない台所で茶の用意をするあいだ、ベッドのある居室の床に戸部を座らせる。

「はい、お茶。熱いから気をつけてね」

明日香は戸部の前にある低いテーブルにカップを置いた。それから、自らはベッドに腰を落として両腕をシーツにつき、ジーンズの足を緩く組んだ。そして、柔らかく微笑んで、じっと戸部に視線を注ぐ。

戸部は、明日香の艶然とした笑みに魅入られたように、カップを口もとで静止させていた。

「あ、ごめんごめん、お茶じゃなくて、お酒を——」

「明日香さん……！」

明日香がベッドから立ち上がろうとした途端、戸部は呪縛が解けたように立ち上がった。そのまま跳ぶように迫って明日香にのし掛かり、ベッドに押し倒した。

「明日香さん、俺……俺……」戸部は、明日香の胸の膨らみをまさぐりながら、荒い息の間から切羽詰まったような声で囁く。「……あんたのことが好きだ」

明日香の方は、戸部の体重を受け止めながら——内心苦笑していた。

——ほんと、こちらの思った通りに反応してくれる……。

そもそもこのマンション自体、明日香の自宅ではない。このような場面を想定していたからこそ、かつての〝協力者〟に依頼し、一晩限りの約束で借りておいたのだ。わざわざそういった手間をかけ、さらにホテルなどの宿泊施設を利用しなかったのは、万が一の危険を避けるため、あらかじめ〝防衛員〟を潜ませておく必要があったからだ。

その〝防衛員〟、つまり明日香の護衛である吉村爽子は、いつでも使えるよう伸ばした特殊警棒を握りしめ、カメラを首からさげて、浴室で息をひそめて耳をそばだてている。

爽子がカメラを持参しているのには、理由があった。それは、戸部と肉体関係に及ばないまでも〝ベッド上での親密すぎる姿〟を写真におさめる為だ。撮影した後、明日香が身分を明かして、自分との関係を犯罪者集団の仲間に写真を添えてばらすと〝説得〟すれば、仲間の復讐を恐れて戸部は協力せざるを得なくなる。

もちろんそれは、最後の手段だ。

だが、――そんなリスクは背負うまでもない、と明日香は思った。こんな、薄っぺらい愚劣な男に対しては。

「な、いいだろ……?」戸部は囁き続けている。「明日香さん……」

明日香は、眼だけを動かして、胸を執拗に揉みしだいている戸部の手を見下ろした。セーターの毛糸の下で、ブラジャーの生地が身体の最も敏感な箇所を擦っている感覚がする……。――〝遮断〟。

「やりたければ、やれば」

明日香の口から吐かれた語気の辛辣さに、戸部は愛撫の手を止めた。

「でも、あたし、大っ嫌いなんだよね。——」

戸部は、ついさっきまで滾っていた欲望が消え、かわりに驚きに打たれた表情で明日香をただ見下ろすしかない様子だった。

そんな戸部を、明日香は首をもたげて冷ややかに見据えると、続けた。

「——向上心のないやつってさあ」

戸部は怒りで顔を歪めながら、明日香の胸から手を引き、上半身を起こした。

「なんだよ……向上心って。なんなんだよ……!」戸部は見下ろして呻く。「どうしろって言うんだよ……!」

「さあ?」

明日香はあえてベッド上で無防備に横になったまま、見上げて答えてやる。

「自分で考えたら?」

戸部は無言で、憤然とワンルームマンションを出て行った。

玄関のドアが叩きつけられる音が響くと、浴室から、カメラを首から提げた吉村爽子が姿を見せた。

「ああ、ご苦労様」明日香はベッドに座り、着ていたものの乱れを直しながら言った。

「あの……、主任」爽子は口ごもりながら、言った。「……私には主任が……、その……誘惑していたように感じられたんですけど」

「主観の相違ね」明日香は長い髪をかきあげながら、笑った。

「被疑者の一斉検挙が目的の筈です」爽子の声は硬かった。「柳原主任、一体どうしようと思われてるんですか……？」

「あなたの言うとおり、全員に手錠をかけるって任務を、果たしてるだけ」

明日香は薄く笑い、それに、と続けた。

「まえに言ったわね？　まあ、見てなさい、って」


「おや、今夜は変装してお出掛けじゃあ、ないんですか」

明日香が捜査の拠点となっているマンションに、爽子をともなって姿を見せると、草加が相変わらず皮肉まじりに声をかけてきた。

「ええ」明日香は、長い髪をうなじできちんとまとめた、ジャケットにタイトスカート姿という仕事着姿で答える。

戸部とは、〝自宅のマンション〟での一件のあと、〝面接〟をあえて控えていた。ただ、他の捜査員らの行動確認の報告では、戸部は夕刻に特殊詐欺の拠点であるマンションを出た後、明日香と会わなくなった代わりに、誘った仲間と飲む機会が増えている、とのことだった。……それを聞いたとき、明日香は心の中で会心の笑みを浮かべたものだった。

「いや、とにかく」芦原は長机でペンを置いて言った。「お疲れさんだった。おかげで容疑も固まりそうだ」

いいえ、と明日香は微笑んで見せた。が、内心では別の思惑に心を弾ませながら、爽子とともに、隅のパイプ椅子に腰掛けると、緩く腕と足を組んだ。

——さて、今夜あたり起こってもいいはずだけど……？

明日香にとっての吉報が部屋に飛び込んだのは、その瞬間だった。

長机の上で電話が鳴った。芦原は受話器を耳に当てると、——声を上げた。

「……様子がおかしい？ ……どういうことだ？」

「対象は一旦マンションを出たんですが——」

受話器から〝行確〟の捜査員の声が漏れ聞こえる。「——近くのコインロッカーで荷物を取り出して、またマンションに戻りはじめました！」

今度は草加の携帯電話が鳴った。

「なに？ そっちの対象もマンションに……？ 鞄を所持してか」草加が携帯電話を耳に当てて怒鳴った。「どういうわけだ？ 今日はもう、奴ら、カンバンのはずだろ！」

そしてさらに、無線のスピーカーも、同様の報告の声を上げた。

〝……一班から班長！　連中のほとんどが、マンションへ戻っていきます。どうぞ！〟

「いまアジトに残ってるのは、〝番頭〟と〝金主〟ら、幹部だけのはずだ」

芦原は受話器を架台に叩きつけるように置いてから、呟いた。

「なんの用事だ？　こんなことはこれまで一度も……」

「おい、ちょっとどけ！」

草加は、窓辺の監視用カメラへ跳んで行った。床に置いた小さなモニターを見詰めていた捜査員を押しのけ、芦原とともに、モニターの中へ飛び込むような姿勢で顔を近づける。

モニターの粗い画面には、道路を跨いだアジトが、やや上方から映されている。手摺り壁が下半分を隠したドアが開け放たれ、つい十数分前に出て行った犯罪集団の男たちの背中が、続々と吸い込まれてゆく。どの男も、なにか荷物を手にしている――。

「ドアの前に行って様子を探れ！」草加がモニターを見たまま携帯電話で指示した。

モニター画面に、携帯電話を耳に当てたままドアに近づく捜査員が映る。

そして――、ドアに頭を寄せて内部の気配を窺った捜査員は、弾かれたようにカメラの方を振り返った。驚愕の表情でカメラに向いて、口をぽっかりと開けた。カメラに向けて叫んだのだ。

そしてその叫び声は、その捜査員が耳に当てた携帯電話から草加の携帯電話を通じて、拠点にいた明日香たち全員に、もたらされたのだった。

「なかで大勢が乱闘してます！」

「なんだと？」

芦原と草加は、恐慌を来しながらも、捜査員らに玄関前に急いで集結するように手にした携帯電話で指示すると、モニターの画面に、アジトのドアへと殺到する捜査員らの姿が映る。ドアの前に居並んだ捜査員の誰かが、無線のマイクをドアに近づけたのだろう、内部の物音がスピーカーから響き始める――。

〝てめえらだけ良い思いしてたじゃねえか……！〟〝ぶっ殺してやる！〟

〝……うるせえ、今日から俺が仕切るだあ？　舐めてんじゃねえぞ戸部！〟

〝戸部てめえ、俺らが気づいてねぇとでも思ってたのかよ、ああ？〟

怒声罵声に混じって、陶器が割れる音、金属がひしゃげる音、そして鈍器で肉体が破壊される、くぐもった音。

凄絶な内部抗争の実況中継だった。……反乱を企てた戸部たちが、それを察知していた連中に、返り討ちにされている。

「くそ、このままだと死人がでるぞ！」芦原はモニターの側から立ち上がった。「いまその場にいる捜査員だけでいい、アジトへ突入を――」

「待ってください」

明日香はするりと組んでいた足と腕をほどいて、椅子から立ち上がる。

「いまいる捜査員だけで踏み込むのは、危険すぎます。応援を要請すべきです」

スピーカーから間断なく内ゲバの凄惨な物音が吹き出すなか、明日香の冷徹な指摘に、その場にいる全員が硬直した。

「……あんたの仕業だな？」草加が明日香を睨みつけ、呻いた。

明日香はゆっくりと顔を草加に向け、それから桜色の唇の両端をつり上げるようにして、くすりと笑みを漏らした。そして言った。

「これで……、状態はどうであれ、全員に手錠はかけられますね？」

「てめえ！」草加の顔が怒りで歪んだ。「ここまでしろとは言ってねえぞ！」

「いまはそれどころじゃない！」芦原は怒鳴って走り出した。「行くぞ！　草加、お前も来い！」

明日香は、目の前を走り抜けた芦原と草加の背中に声をかけた。

「応援の要請は、どうします？」

「要請はお前がしろ！」芦原は怒鳴って、玄関を飛び出して行く。

「……無茶苦茶しやがって！」草加も吐き捨てて芦原に続くと、玄関のドアが閉まった。

明日香は急ぐでもなく長机に近づくと、隅の電話機から受話器を取りあげる。電話機のボタンを押す前に、無線のスピーカーからの物音に耳を傾けた。

金の亡者どもの暴力的な宴は、最高潮に達しているようだ。

〝いてぇ！　腕が……、腕が折れちまったよお！……〟

戸部の声が聞こえた。酷い怪我を負ったようだ。

〝いてぇ……、いてぇよお！　もう勘弁してくれよお……〟

あれだけ他人に与える苦しみには無神経な男が、自らの苦痛には泣きじゃくっている。

〝よせ、やめろ……ゆるして……やめてくださ……――〟

赦しを乞う戸部の弱々しい声は――、次の瞬間、ぎゃあぁぁ！　という悲鳴に変わった。

明日香はたまらず、受話器を手にしたまま、くすっ、と吹き出した。漏れた笑みは、そのまま哄笑に変わった。

明日香は笑った。胸を反らして天井に向け、声を上げて。

「柳原……主任」

魔女の勝ち鬨のように高らかに笑う明日香を、爽子は強張った顔でじっと見詰めていた。

明日香の要請で駆けつけた池袋署員や自動車警ら隊、機動捜査隊らの応援とともに、アジトのマンションに突入した芦原や草加たち捜査員の見出したものは、暴風の過ぎ去ったあとのような室内に転がる、戸部たち十二人の姿だった。

全員が血まみれの酷い有様で、重軽傷を負っていた。そのため、すぐさま警察病院へと搬送されたのだった。

ただ、騒ぎはこれにとどまらなかった。……病院で半死半生の戸部からの訴えを聞いた弁護士の抗議と、芦原の報告により、柳原明日香警部が違法な捜査を行ったのではないかとの疑いが、警視庁上層部で取りざたされることになったのだった。

「あそこまでする必要は、あったのでしょうか」

吉村爽子は硬い横顔を見せて言った。

明日香は、池袋署内の、署員の利用する自動販売機コーナーに置かれた、メーカーのロゴ入りのベンチに、爽子と座っていた。

どこからか、テレビのワイドショーの音声が漂うように聞こえてくる。

……〝世の中、こんなにカモがいるのかってくらい引っ掛かる。……頭悪すぎるでしょ、そういう奴は〟

〝ま、べつに悪いことしてるって感覚はないけどさ。俺、何とも感じねえもん〟……戸部の弁護士が、警察の違法捜査をマスコミに糾弾しようと声を張り上げようとした、まさに絶妙のタイミングで、その戸部本人が明日香に得意げに喋っている声を収めたCDが、何者かの手により、マスコミ各社に流されたのだった。

世論は報道されるや激昂し、捜査手法を糾弾する声はかき消された。それならば、と警察内部でも問題視する声は有耶無耶になっていったのだった。世論の支持があるのなら、自ら不祥事にする理由は、警察にはない。

それに、追及されたところで、明日香は、向上心を持てとは言ったが特殊詐欺グループを乗っ取れなどと唆したわけではない、と主張するつもりだったし、実際その通りなのだった。明日香にしてみれば、戸部が誤解して勝手にやったこと、これぞ自己責任というものだ、と思っていた。

……そういうわけで、明日香はお咎めを受けることなく、署内でひと息入れていたのだが、そこに現れたのが、爽子だったのだった。

なにか言いたいことがあるらしいが、明日香はあえて声をかけなかった。爽子は自動販売機で飲み物を買い、しばらく黙って隣に座っていたのだが、やがて意を決したように、口を開いて、問うたのだった。

あそこまでする必要性はあったのか、と。

「ええ、すくなくとも私にとっては」明日香は平然と缶コーヒーを口に運びながら答えた。

「なぜ、……ですか」爽子は明日香の方を見ようともせず言った。

「大っ嫌いだからよ、ああいう連中が」明日香は吐き捨てた。「徒党を組んでなんの罪もない人たちを傷つける……。そのくせ、優越感に浸ってる馬鹿な奴らがね」

「だから」爽子は続けた。「公安の捜査手法で叩き潰そうとした……。極左と同じように、内ゲバで」

「まさか」明日香は笑った。「そんなことするわけないでしょ。嫌な噂ね、良く聞くけど」

「でも」爽子は初めて顔を明日香に向けた。「ああいう連中でも、人間です」

それは、抗議というより目の前にいる爽子自身の考え――、いや、願いか希望のように明日香には聞こえた。

優しいんだな。明日香は、まっすぐ向けられた爽子の眼を見詰め返しながら思った。

爽子の眼は、人を信じることを諦めきれない、どこか哀しげな様子を秘めていたから。

そして明日香は、唐突に悟った。……初めて吉村爽子の瞳を見詰めたとき、そこに見付けた光の正体を――。

爽子の眼にある光。それは、かつて私が鏡の中に見ていた光だ、と。そう……、私が世の中の役に立ちたいと、警察官を志した頃の――。

――この子は私がなくしかけたものを、まだ心に大切に仕舞い込んでいるわけか。

「どんな悪党でも人間……」明日香は、ふっと微笑んで立ち上がった。「そうかもね」

それから、空き缶をゴミ箱に落とすと、振り返った。

「吉村さん？」明日香は微笑んだ。「……あなたとは、気が合いそうね」

爽子は怪訝そうにベンチに座ったまま見上げていたが、やがて、恥ずかしそうに前を向いてしまった。

寝台刑事（ベッド・ディテクティブ）

そういえば吉村主任は……、と支倉由衣（はせくらゆい）は思い返してみて、そう思った。なんだか、朝から顔色が悪かったような気がする。いつも通りの表情だったから、最初は気付かなかったんだけど。でも――。

……そのせいで、あんな事になるなんて。

それは、初春の陽ざしの柔らかい朝、始業前の慌ただしい雰囲気の中で起こった出来事から、始まった。

その日も警視庁多摩中央（たまちゅうおう）署、刑事組織犯罪対策課の大部屋、強行犯係の机の集まったシマで、所用で遅れた爽子が戻るのを待って始まった〝朝会〟……、強行犯係における予定の確認や連絡事項の示達（じたつ）は、いつもどおり行われた。

「――ではそういうことで、今日も一日、よろしくお願いします」

堀田係長は本日の業務を確認すると、いつもどおり締めくくり、眼をしばしばさせながら手元の用紙から顔を上げた。

支倉を含めた強行犯係の六人は散会を告げられ、それぞれ返事をしながら椅子から立ち上がろうとした。——まさに、その時。

異変は起こったのだった。

がたん！と突然に鳴り響いた大きな音に、支倉は驚いて飛び上がりそうになった。けれど、大きな物音がしたのが隣の吉村主任の席からだと気付き、咄嗟にそちらへ振り向いて、——さらに驚いた。

吉村爽子が、お辞儀をした格好のまま机に額を打ちつけ、動かなくなっている。

「うわあっ、よ、吉村主任！　ど、ど、どうかしたんですか！」

支倉由衣は爽子の異変に、思わず声を上げた。

返事はない。それどころか、完全に正体をなくした爽子は、上半身を俯せにしたまま、足からどこかへ引きずり込まれるように、机の上からずるずると滑りだした。そのまま、身体の下敷きになったボールペンや書類を巻き込んで床に落としながら、自らも事務机の縁から滑り落ちようとして——。

「ちょっとお、主任！　吉村主任ってば！」

支倉は叫び、爽子が床に崩れるまえに、慌ててその小柄な身体を脇から抱きとめた。

「ど、ど、どうしちゃったんですか主任？　大丈夫ですか？」

支倉は爽子をとりあえず事務椅子に座らせると、身を屈めて爽子の顔を覗き込んだ。

「……あれ？　私……？」

爽子は、頬が火照（ほて）ったように赤くなった顔を、不思議そうにしかめる。自分の身に何が起こったのか、自分でもよく解っていないらしい。呆然と、特徴的な円らな眼を瞬かせている。

吉村爽子は童顔だった。支倉のみるところ、それは爽子自身も意識していて、だからこそ、普段は感情を露わにしない、というより、透明な表情を保っているのだろうと思っている。けれどいま、爽子のきょとんとした顔は無防備で、どこかあどけなくさえある。

「あのお、熱を測った方がいいんじゃ……？」

「うん……。でも、大丈夫だから」

「大丈夫って……、そんなあからさまな強がりをいわれても……！」

支倉は恐る恐る言った。爽子の様子は、どう見ても病気だ。おそらく立っていられないくらいの……、と支倉は思い、まあ実際に倒れたわけだけど、と付け加える。

「ほんとに……、大丈夫だから」

爽子は言って、もう一度、椅子から立ち上がろうとした。けれど結局、腰をわずかに浮かせただけですぐに座面へ尻餅をついた。

「ちょっ、ちょっと主任！　お願いだから動かないで！」

支倉は、朦朧として椅子から転げ落ちそうになった爽子を再度、抱きとめたのだった。

「もう、主任、あんまり無理しないでくださいよお」

支倉は、自分より頭ひとつ背の低い爽子に肩を貸し、覚束ない足どりの身体を抱えて、署の廊下を歩いていた。爽子の体調を案じた堀田係長の指示で、医務室へと運んでいるのだった。

吉村主任、こんなにひどくなるまで、ずっと我慢してたのかな……。支倉は、こうして身体を接していると、測るまでもなく爽子が高熱を発しているのが、生地越しにもわかった。さらに、忙しなく苦しげな呼吸も、同時に伝わってくる。

「……ごめん……なさい」

支倉は、爽子がぽつりと謝るのを耳にして、そちらに目をやった。爽子の朱を差した頬には、緩い筋を描いた汗が光っている。

「でも……」

爽子はふらつく足を運びながら、床に眼を落として言った。

「……今日は私、宿直だから」

ああ、そういえばそうだった、と支倉は思った。吉村主任が〝朝会〟に遅れたのは、それが理由だったし。

所轄の警察官は始業前に人員点呼、態度服装、携帯品の検査を受け、所属長である署長からの訓授、つまり訓示を受けることになっている。毎日行われるこれは通常点検といい、その後に勤務に就くように規則で定められているからだ。……というのが建前だが、私服の捜査員には、点検を免除されるという役得じみた慣習がある。自分たちデカが、〝ガチャ〟あるいは〝アヒル〟と呼ばれる制服警察官みたいな真似をしてられるか、というわけだ。捜査員は勤務時間が不規則になりがちなのもあって、昔から黙認されている。

だが、宿直勤務となるとそうはいかない。宿直当日ばかりは、私服の捜査員も制服に交じって、点検を受けなくてはならないのだ。警察手帳は上着内ポケットにおさめて留め紐で亡失防止がしてあり、〝官名刺〟は三枚以上、挟んであるか。さらに警笛は……、手錠は……、と続く。爽子は強行犯係の〝朝会〟の前に、点検を済ませる必要があったのだった。

「それは……宿直が大事っていうのは、そのとおりなんですけど——」

——でも、責任感の持ち方が、どっかずれてるよな……。

支倉は吉村主任らしいと感心する反面、そうも思う。こんな体調で厳しい宿直勤務が務まるはずがないのは、吉村主任自身が、一番よく解っていると思うのだけど。

「——それにしたって、点検中からもう辛かったんじゃないですか？」

「……なんとか凌いだの。……気力で乗り切ったのに」

支倉は、爽子が端整な顔をしかめて眉根を寄せ、口惜しそうに言うのが可笑しくて、くすりと笑いながら言った。

「いや、そこは、乗り切ろうなんて思うまえに、周りに助けを求めましょうよ」

「でも……」爽子は気だるげに呟いた。「ひとに迷惑は、かけたくないもの……」

「迷惑なら、もう充分かかっちゃってますよ？」支倉は笑顔を向けた。「こういう時はお互い様じゃないですか。……それに、いつもは私の方こそ、主任に御迷惑をかけてんですから」

そう、私はいつも吉村主任に助けてもらってるんだ、と支倉は思った。

——私が仕事で頭を抱えたとき、主任はいつも、さり気なく手を貸してくれる……。

そして、問題がなんとか解決して私が礼を言うと、吉村主任は助けたことなどもう忘れた顔で、いいえ、とだけ答えて……、本当に小さく、口許だけで微笑んで、すぐに前を向いてしまうんだ。

——そうなんだ、いつもは、助けてもらってるのは私の方だ。そして私は、そんな吉村主任が好きなんだ。

もっとも支倉にしても、爽子がここ多摩中央署に配転してきたばかりの頃は、好奇心はもっぱら爽子の業務歴へと向けられていた。

爽子の前任地は警視庁本部刑事部、捜査一課だったからだ。そして精鋭である一課へ抜擢される捜査員の年齢は、経験と実績を積んだ三十代はじめが多い。けれど爽子は、そんな一課に、自分とたった一歳しか違わない二十七歳という若さで選ばれたのだ。

さらに、若くして一課に所属していたと聞けば、ひとは、颯爽として長身の、いかにもな〝女刑事〟を想像するだろう。けれど、いまこうして支倉が抱えて歩いている爽子は小柄な上に、女性警察官としては華奢といってもいい身体つきだ。

吉村主任の、この小さな身体のどこに、〝捜一〟に選ばれるほどのなにが隠れてるんだろう……？

支倉にとって、爽子は単に直属の上司というだけでなく、多大な興味と……この頃では敬愛にちかい感情を寄せる対象になりつつあった。

「わかりました。——宿直は私が交代します」

だから、吉村主任が辛いときは、私の方が助けてあげたい。支倉はそう思い、笑顔のまま告げて、うなだれた爽子の顔を覗き込んだ。

「でも……」爽子は熱っぽく潤んだ眼を、床に落としたまま呟く。

「大丈夫ですって」

支倉は、少しやつれた顔をのろのろともたげて見返す爽子に、言い聞かせるように続け、空いた手の人差し指で天井をさした。

「だから主任は、単身待機寮でゆっくり休んでくださいね？」

爽子は汗ばんだ顔で、支倉を見詰めた。そして、――安心したのか、不意に表情を和ませる。それから爽子は目を逸らし、顔を前に戻してから、ぽつりと言った。

「……ありがとう」


支倉は医務室まで爽子を送り届けると、三階の刑組課の大部屋に戻った。

それから堀田係長に爽子の容態を報告し、自分が宿直を交代する旨を申し出た。

「なんだ、主任殿は戦力外かよ」

支倉が自分の席につくと、伊原が飲みかけの缶コーヒー片手に、向き合った机越しに声をかけてきた。伊原は爽子と同じく強行犯係主任だが、見た目は爽子と対照的に、ごつごつしたいかにも厳つい顔つきの、三十代半ばの巡査部長だった。

「だらしねえな」伊原が吐いた。

「……それは、そうかも知れませんけど。――」

支倉は内心、伊原の言いぐさに口を尖らせたけれど、表情には出さずに答える。

「――でも吉村主任って、いつも仕事熱心じゃないですか。休みも、ちゃんととってないみたいだし……」

捜査員の勤務は〝毎日勤務〟、つまり制服勤務のような交代制でなく、日勤が基本だ。捜査に支障がない限り、週末は休むことができる。――ということになってはいるものの、現実には捜査員の多くが業務に追われ、土曜か日曜、どちらか一日しか休めないのが現状だ。

けれど爽子は、本来は休みに充ててもよい日にも、自分の席でひとり事務仕事を片付けているらしかった。支倉はそれだけでなく、爽子が週末を利用し、過去に犯罪に巻き込まれた未成年の被害者たちの相談に乗っていることも知っていた。

「……だから、疲れが溜まったんじゃないかと」

「だからってひっくり返られちゃ、周りの者がかなわねえだろうが」伊原は鼻息と共に吐き出す。「あいつ今日は宿直だろ、どうすんだ」

「いいじゃないですか、一日くらい寝てたって」

支倉はさすがに、むっとした顔になった。

「それに宿直なら、私が係長に申し出て交代したんで、大丈夫です！」

支倉はムキになって伊原に言い返したが、――内心では少し、ため息が漏れた。

それは、捜査員ひとり当たりに六日に一度の割合で巡ってくる宿直勤務は、喜んで就きたくなるような勤務ではなかったから。

支倉にとって、宿直でもっとも厄介なのが、とりわけ夜間に発生する事案だ。それは捜査員の数が限られるうえに、それぞれが本来担当している罪種に関係なく扱わなければならないからだ。普段は暴行や傷害といった強行犯を担当している捜査員でも、事務所荒しに臨場するし、泥棒を追っている盗犯の捜査員も傷害の現場に急行する。所轄の捜査員は、警視庁本部の主管課の捜査員とは違い、何でも屋であるのを求められる所以でもあったが、経験のすくない支倉にとっては、とても不安になる。

しかも、そういった夜間の事件の多くは、目撃者の少ないこともあって、前後の状況が解りにくいものが多い。事件の概要を把握するだけでも大変な苦労を強いられる。

さらに、最も大変なことがある。それは――宿直中に臨場した事件については、扱った捜査員が担当しなくてはならない、ということだった。つまり、本来の業務に加えて、宿直のたびに手持ちの事件が増えてゆく、ということだ。

結果、宿直は本来、朝八時から翌朝の同じ時刻までの二十四時間勤務の筈が、宿直中に扱った事案処理に忙殺されて、二十四時間どころか三十六時間勤務になることも珍しくなく……、というより常態化してしまっているのが現状だ。

支倉でなくとも、ため息がでてしまう。

――でも、二十三区内の署みたいに、〝ホトケさん待ち〟がないだけ、マシかな……。

物事の明るい側面に眼を向けようと、支倉はそんなことを思った。

二十三区内の所轄署ならば、管内で変死体が発見された場合、必ず監察医務院に搬送されて解剖され、死因が特定される。それは結構なのだが、その検案結果を、二十三区内の所轄署の宿直捜査員は、宿直勤務が明けても待ち続けなくてはならないのだ。これが、〝ホトケさん待ち〟と呼ばれる。

「へえ、しんどい宿直を肩代わりしてやるとは、女の子同士の友情か？」

伊原は鼻で嗤って缶コーヒーを飲み干し、立ち上がる。

「麗しいもんだな。主任殿には精々養生するよう言っとけ。気が向いたら見舞いくらい届けてやるよ。――おい、三森、でかけるぞ」

長身の伊原が小太りの三森を従えて大部屋から出て行く。支倉はその背中に、笑顔で、いってらっしゃい、と愛想良く声をかけながら、心の中では大きく舌を出しながら見送る。

宿直かあ……。支倉は雑音がなくなると、あらためて思って、息をつく。

体力には自信がある。というより、私の取り柄はそれくらいだ。だから忙しいのは構わないけど……、でも……。

神さま仏様――、と支倉は心の中で祈りかけ、仏様はまずい、と気付いて慌てて打ち消す。

――神様だけでいいです、ホトケさんがでる事案だけは勘弁してください！　お願いします！

支倉はそう願わずにはいられなかったけれど、……それはなにがしかの予感がはたらいたせいかも知れない。

なぜなら、その日の深夜、多摩市の路上で男性の変死体が発見、との一報が、多摩中央署にもたらされたからだ。

変死体発見の一報の数時間前。

夕刻、スーツから動きやすい服装へと着替えた支倉は、他の宿直員全員とともに、副署長席の前に集合し、そこで副署長から留意事項と諸注意を受けた。

宿直員は署内各課からの混成で、総勢二十七人。これだけの人数で、一晩、本署を維持する。

捜査員については、支倉を含めて六人。支倉はその中に、親しい捜査員の顔を見付けていた。

「玄(げん)さん！」支倉は声をかけた。

副署長の指示が終わり、制服、私服の宿直員たちが、それぞれの持ち場に戻ってゆくなか、良く日に焼けた五十代後半の男が振り返った。

「お、支倉じゃねえか。お前さんも泊まりか？」

玄田孝造(げんだこうぞう)巡査部長だった。盗犯一筋のベテランだった。

「はい、よろしくお願いします！」

「そうか、そうか。こちらこそな」玄田は皺(しわ)を深くして笑った。

支倉は署内異動で強行犯係へ移るまえは、盗犯係にいた。盗犯は〝捜査は盗犯に始まり盗犯に終わる〟とまで言い習わされる、いわば刑事捜査の基礎だが、それを支倉に指導してくれたのが、玄田だったのだ。

玄田は元気で走り回るのを苦にしない支倉を可愛がり、一人前の〝ドロ刑〟に育てたかったらしい。けれど支倉の志望が強行犯と知って残念がりはしたものの、変わらない態度で接し続けてくれたうえ、強行犯係へも気持ち良く送り出してくれた。

支倉にとって、爽子とはまた別の意味で、敬愛する人物なのだった。

「で、どうだ？」玄田は自分より背の高い支倉を見上げる。「強行犯の水には慣れたか？」

「あー……」支倉は口ごもる。「……ちょっとずつ、勉強させてもらってます」

「おう、よく学べ」玄田は笑った。「デカは一生、勉強だあ」

「はい、それはもう」支倉は笑顔で応じた。

……支倉は少し身構えて就いた宿直だったが、幸いにも大きな事件の発生もなく、時間が過ぎていった。

もちろん、小さな事件はあった。空き巣被害が六件。犯行は昼間とみられるが、多摩中央署の管轄する多摩ニュータウンや住宅街は都心のベッドタウンであり、従って、都内に通勤していた住民が帰宅してから盗難の被害に気づき、通報してくるのは夜間が多いのだ。六件はいずれも侵入方法から同じ手口の同一犯とみられ、盗犯の若手宿直員が署を飛び出していった。

空き巣のほかは、防犯センサーによる侵入感知、いわゆる〝センサー発報〟が三件。警邏のパトカーが臨場したが、いずれも誤報と判明した。

穏やかな春の夜、時計の針は、日付の変わる時刻へと回ろうとしている。

――なんだか、こんな穏やかな日に宿直を代わったのが、吉村主任に悪いような気がするくらい……。

支倉はそれまで、庁舎一階の無線室、通称〝リモコン室〟のそばにパイプ椅子を置き、そこで警視庁本部からの無線やパトカー(PC)同士の交信に耳を傾けながら待機していたのだが、三階の刑事部屋へ夜食をとりにあがったとき、ふとそんなことを思ったほどだった。

支倉は買いおきのカップラーメンを机の引き出しから取りだすと、電気がおとされて薄暗く、座るもののない席が並ぶだけの大部屋の窓に、眼をやった。

暗い夜空に、街の明かりが映えている。いつもなら、その明かりの下で起きているかも知れない事件のことを考えてしまい、なんだか落ち着かない気持ちにさせられる。けれど今夜は、そんな街の灯(ひ)も、心持ち穏やかにさえ感じられる……。

支倉の、そんな油断を見透かしていたのか。――庁舎内に緊急ブザーが鳴り響いたのは、その時だった。

「重要事件発生の模様！」

頭上のスピーカーがそう告げた。先ほどまでいた〝リモコン室〟からの声だ。

「多摩市貝取(かいどり)の路上にて、男性が血を流して倒れているとの通報！　一一〇番入電中！　捜査専務員は直ちに出向、臨場願います！」

え……、事件？　支倉は身動きを止めて放送に聞き入っていたが、慌てて手にしたカップラーメンを放り出して身を翻すと、大部屋を飛び出した。そしてそのまま、エレベーターに乗るのももどかしく、階段を駆け下りていった。


「ああ、そこ左折な」

助手席の玄田が、フロントガラスへと節くれた指をあげて示した。

「あ、はい」

支倉は捜査車両であるアリオンの運転席で、さすがに盗犯のベテランは街を良く知っている、と思いつつステアリングを回す。……もっとも、先着の警察車両がいるはずだから、現場を探して迷うことはないんだけど。

支倉と玄田の乗った捜査車両がルーフ上の赤色回転灯を燦めかせつつ急行しているのは、住宅街の、いわゆる生活道路だった。道路の両側に民家やマンションが衝立のように建ち並んでいる。

そんな住宅地特有の窮屈な道路を、支倉が玄田の示すとおりにアリオンを左折させた途端、――いつもならば人通りもないであろう深夜に道路をふさぐ人だかりが、ライトに照らし出された。

そしてその人だかりの頭上には、警察車両の警光灯が上げられており、ぎらぎらと明滅する赤い光が眼に飛び込んでくる。それも一台分ではなく、いくつもの輝きが重なっている。

いたいた、あそこかあ……。支倉はアクセルを緩め、徐行した。

支倉は人垣に差し掛かると、魅入られたように背中を向けたまま路上に佇む野次馬を、サイレンとルーフ上の赤色回転灯の威力で押しのける。それから、赤色指示灯を振り回して野次馬を掻き分けながら現れた制服警察官に誘導されて、黄色い規制線テープで封鎖された現場へと、捜査車両を乗り入れた。

支倉がアリオンを停めてサイドブレーキを引くと、玄田がちいさく言った。

「さて……、行くかな」

「はい！」支倉は答え、勢いよくシートベルトを外し、払いのけた。

アリオンを降りると、そこには何台もの警察車両が、テールを向け集結していた。支倉と玄田は、路上を埋める車両の間を縫って小走りに、現場へと急ぐ。

集結した警察車両の最後尾で、ルーフ上の昇降装置のアームをX字形に立ち上げ、赤色警光灯を高々と掲げているのは、第九方面自動車警ら隊の黒白パトカーだった。

自ら隊の所属は警視庁本部地域課であり、いわゆる本部の執行隊だが、支倉たち多摩中央署庁舎内にも分駐所を置いているので、いわば同居人でもある。――ただ、彼らを略称で呼ぶときには充分に気をつけなくてはならない。きちんと〝きゅうじら〟と発音しなければならないのだ。間違っても〝くじら〟などと勝手に省略して呼んではいけない。それは、あらゆる事案に対応する職人集団である誇り高い彼らのこと、俺たちは海にいる動物じゃない！　と本気で怒るからで、注意が必要だ。

自ら隊車両の列を過ぎると、同じく庁舎の同居人である〝三機捜〟――第三機動捜査隊の、鈍く銀色に光る覆面車両もあった。……本部刑事部に所属し、主に凶悪事件の初動捜査を担う部隊で、〝九自ら〟と同じく執行隊なのだが、最近は事件の大小に関係なく、なにかというと臨場してくる。もっともそのせいか、昔はいささか強引に現場を突き回せいで、ニワトリ、などと揶揄されていた捜査手法も、随分と所轄を立てるように変化している。名称どおり機動力が武器のため、スポーツカーのヘビーユーザー集団でもある。

さらにその先には、立川市の多摩総合庁舎から駆けつけた鑑識課第二現場鑑識の、側面に青いラインの入ったワンボックス車も停まっていた。……鑑識の車両に青いラインを入れるのは、おそらく全国の警察でも警視庁だけだが、もうひとつ特徴があるとすればそれは、鑑識課の車両一台一台が、警光灯の型式や配置、さらに文字表記の位置まで、それぞれ違うことだろう。鑑識の配備車両は、一台一台が一点ものというわけだが、そんな手間をかける理由も、どんな利点があるのかも知られていない、刑事部の七不思議のひとつだ。

そんな警視庁本部所属の車両が続き、では我が多摩中央署の車両は……？　と支倉が少し心配になりかけたところで――、いたいた。多摩中央署の警らパトカーは、現場へと頭を向けた警察車両の連なりの、先頭にいた。臨場した車両の中で、最先着したのだろう。

それを証明するように、乗務員が開け放ったドアのそばで、両手に無線のマイクを握り、ひっきりなしに交信している。左手のマイクは腰の署活系無線で、現場直近へ向かった〝相勤〟……勤務の相方とつながり、その相勤者からの報告内容を、今度は右手のマイクの車載無線を通じて多摩総合庁舎の通信指令室へと伝えている。最先着車両が指名される、〝現場報告車両〟の任務を果たしているのだ。

支倉が、自分の所属の素早い対応に気分を良くしながら、玄田とともに、所狭しと並んだ車両の隙間から抜け出すと、埋めるもののなくなった路上が開ける。

そして、急に遮るもののなく広がった視界に映ったのは、高く張られたブルーシートの囲いだった。

青い幕で衆目から隔離された場所。……遺体発見現場だ。

――一報では、男が路上で血を流して倒れてるとしか言ってなかったけど……。

支倉は思いながら、内側で立ち働く捜査員の影絵が躍るブルーシートの囲いに、玄田とともに近づいてゆく。そして、袖にとめた腕章や靴に被せた〝足カバー〟など、自分の身なりをちらりと確かめた。

「よし、いくぞ」

支倉は、同じように身支度を済ませた玄田に促され、シートを捲った。玄田を先に通し、自分も囲いの中へと身を丸めて続く。

囲いの内側は、鑑識の据えた照明の光に満ちていた。そんな中、すでに先着した私服、制服の警察官の背中が重なっている。その隙間から、鑑識課員が路面を舐めるように照らして検索するハンドライトの強烈な光が、ゆっくりと動いている。

「ご苦労さん。ちょっとホトケさん、拝ませてくれ」

「お疲れ様です、多摩中央です。……すいません、失礼します」

玄田は慣れた調子で、びっしりと並ぶ背中の間へと割り込んでゆく。が、支倉は立場上そんな真似もできず、いちいち謝りつつ、前へと進んだ。すると――。

警察官たちが取りまき見下ろす中心で、男が俯せに倒れていた。歩道を示す白線の近くで、自ら流した血の溜まりのなかで、死んでいる。

路上のその姿を強力なライトが照らし、その周囲で、カメラを構えた鑑識課員が盛んにフラッシュを焚いていた。

「うわっ……」支倉は思わず漏らしてから、怪訝そうに呟いた。「……でも、なんで？」

倒れている男の年齢は、身体つきから二十代半ばから三十代前半くらいだろうか。身長も体重も、中肉中背といったところだ。

支倉が怪訝に感じたのは、着衣だった。〝上衣〟……つまり上着は、ぴったり身体に合った、仕立ての良さそうな黒い背広。その下はおそらく、襟や袖口から覗いている布地から判断して、淡いピンクのシャツだ。ここまではいい。しかし、問題は〝下衣〟、ズボンだ――。

男の死体はピンクのシャツの裾をだした状態で、ジャージのズボンを穿いているのだった。

生地や縫い方からみて高級品らしい上着とシャツを着ていながら、下は場違いなジャージ姿の男の死体。

――なんでこの人、こんな格好で死んでるの……？

奇妙な死体というしかなかった。

「ええと、マル害の所持品は……？」

死亡者のおかしな格好はともかく……、と支倉は気を取り直して、傍らの自ら隊員に尋ねた。

初動捜査は、事件の発生署の捜査員が責任を持って行わなくてはならない。

「これだけです。鞄などは見当たりません」

問われた自ら隊員は答え、茶色い文書箱を差し出した。——平たい箱のなかに、財布、画面のひび割れたスマートフォン、キーホルダー、ネックストラップ付の社員証が並ぶ中に……、見慣れない小さな黒い円筒形の物が混じっている。

長さはボールペンの半分ほどで、口紅くらいの太さがある。末端のレンズが割れていた。

「……なんだろう、これ。ライト……？」支倉は円筒形の物をそっとつまみ上げた。

「ええ、壊れてますが」自ら隊員が言った。「軍用の強力なやつで、護身用に持ち歩いてる連中もいますね」

「財布の中身は？」

玄田が遺体に屈み込んで、背中をこちらへ向けたまま質した。

「中身を抜かれた様子はねえか」

「あっ……、はい。一万円札が三枚と千円札が二枚、ですね。あと小銭が」

支倉が慌てて白手袋をした手で財布を調べて告げると、玄田は立ち上がって振り返る。

「だろうな」玄田は聞く前から判っていたように支倉に答え、自ら隊員に続ける。

「おまけに、だ。ホトケさん、靴を履いてねえな。靴下も、汚れてねえ」

支倉は、指摘された遺体の足もとに注目した。……確かに、足首から下は靴下だけでそれに足の裏はきれいだった。

「ええ、周囲を検索しても靴は見つかりません」自ら隊員はうなずく。「そこなんですよね」

それはつまり、と支倉は考える。……遺体の男は、自らの足でここへやってきたわけではない、ということだ。靴を履かずに外を出歩けば、靴下の裏は絶対に汚れる。

「支倉、財布に人定の割れるものは入ってるか」玄田が言った。「住所は……、ごく近くだろうけどな」

「あ、はい」

支倉は財布に顔を戻し、カード入れの部分を探してみる。多くはクレジットカードだったが、何枚かは割れていた。そして、それらに交じって免許証があった。

社員証と照らし合わせると、本人に間違いない。

「氏名は木場昭二（こばしょうじ）、不動産投資会社を経営してたようですね。年齢は三十一歳――」

支倉は免許証に記載された名前をつげ、そのまま住所を読み上げようとして、言葉を飲んだ。

——この場所って……？

「……住所は、多摩市貝取九の二五九、パークメゾン五〇三」

「貝取九の二五九……か。地番からすると、いままさに俺たちが立ってるここ、なわけだな。すると——」

玄田はうなずき、浅黒い顔を上げた。支倉もつられて、玄田の視線をたどって、青いシートの囲み越しに夜空へと顔を向けた。

「——パークメゾンってのは、それかな？」

玄田の視線の先、路上の遺体から数メートルしか離れていないところに、マンションが黒々とした影を夜空に伸ばしていた。路上からはよく見えなかったけれど、多分七階建てくらいの物件だ。ただ、あまり新しいものではなく、外壁が薄汚れているのが、夜目にも見て取れるマンションだった。

このマンションが、死亡者の自宅。皆が手を止めたなか、地面の近くから、声が聞こえた。

「創口なんかは見当たらんな」

それは、木場昭二の遺体を灰色のシートに移し、調べていた鑑識課員のものだった。

支倉の見た免許証の写真では、木場昭二は、いかにも才気走った表情でおさまっていたけれど……、シートの上で仰向けにされたいまは、路面に接していた顔の右半分が、血で赤黒く汚れていた。ジャージに裾をたくし込まれていないシャツも、半円形に、胸元まで赤く染まっていた。まるで月の輪熊の模様に見えた。

「凶器の痕はない、……ってことですか？」支倉は、鑑識課員に尋ねた。

「ああ、出血は頭部からだ」鑑識課員は遺体を調べながら答えた。「だが、激しい衝撃が身体全体にかかった感じだな。死後硬直はまだない」

ということは……という風に、支倉の周りで、捜査員や制服警察官たちの間の空気が動いた。それぞれの同僚との間で、目配せや囁きが交わされる気配も。

路上の遺体は、靴を履いていないにもかかわらず、靴下が汚れていない。それはここまで自力歩行してきたのではない証拠だ。

さらに、住所は直近のマンションの五階。

……男は、自宅マンションの五階から、ここへ落下したのではないか。現時点では、事故か自らの意志でかは不明だが、いずれにせよ——。

「事件性は微妙、ってことか」

その場にいる者達、ほとんどの考えを代弁するかのような呟きが、機捜隊員のなかから聞こえた。

「……で、でも！」

支倉は思わず反駁しかけたが、なんだよ？　とばかりに見返してくる機捜隊員の眼にぶつかると、言葉を飲み込むしかなかった。仕方なく、胸の中で続ける。

――でもなんだかおかしくないですか？　死体がジャージを穿いていることも、それから……その、着ている状態が。

支倉は、心にひっかかった違和感の正体を、はっきり言葉にできるほど捉えきれていなかった。だから、玄田の告げた言葉は福音のように聞こえた。

「事件性についちゃ、まだわかんねえよ」玄田はそう言った。「ホトケさんの家を覗いてみるまではな」

玄田は自ら隊員に目を移して言った。「当該マンションの管理人、いなきゃ不動産屋を叩き起こして、死亡者の部屋まで連れてきてくれ。鍵を開けてもらった上で立会人になってもらう。――おい、支倉、いくぞ」

支倉は安堵のあまり、はいっ、と必要以上に大きく返事をして、はやくもブルーシートをめくって外に消えようとしている玄田を追った。

「私、すこし安心しちゃって……。玄さんも、みんなと同じように考えてるのかなあ、と思ったもんで」

　支倉は、マンションの玄関へと向かう玄田の背中に、小声で言った。

「言ったろ。まだわかんねえ、とな」玄田は、マンション入り口の低い階段をのぼりながら答える。

　支倉と玄田は、自動ではないガラスドアを押し、殺風景を通り越して、やや荒れた印象さえあるマンションのエントランスへと足を踏み入れる。支倉がエレベーターのボタンを押すと、すぐに扉が開いた。

「だが、普通に考えておかしいだろ。上衣が背広にシャツで、下衣が運動着なんてのは？　まあ――」

　玄田はエレベーターの壁に凭（もた）れて言った。

「――理由でもあれば別だが」

「そうですよね」支倉は勇気づけられた思いで言った。「絶対、おかしいですよ。――あ、着きましたよ」

　五階に着き、雨風の汚れが目立つ外廊下を歩いて、ドアを一つひとつ確かめてゆくと、手書きで、木場、と書かれたプレートが差し込まれたドアは、すぐに見付けられた。

　木場昭二がこのマンションの住人であることが確認され、それからまもなく、制服警察官に伴われた管理人が、支倉と玄田のもとへとやってきた。

「……お邪魔します」

鍵が管理人の手で開けられると、支倉は一応、断りの声をかけてから、白手袋をはめた手で木場昭二の家のドアを開けた。

狭い玄関だった。そこから短い廊下が続き、その奥に、部屋から漏れた明かりが斜めに射しているのが見えた。電気は点けたままらしい。空気が微かに動いて、開いたドアの隙間から、外へと流れてゆく。

「――と言っても、誰もいねえようだな」玄田は答え、後ろを向いた。「木場さんは、一人住まいだったんですな?」

「はあ、……そうです」

眼鏡をかけた高齢の管理人が、手に使ったばかりのマスターキーを提げて突っ立ったまま、ぼんやりした口調で答えた。

「夜中に御苦労なことですが、立ち会いをお願いします」

「――玄さん」支倉は玄関の三和土に眼を落としていった。「……靴が」

染みの目立つ打ちっ放しのコンクリートの三和土に、黒い革靴が内向きに一足だけあった。

「そうだな」玄田は顔を上げ、靴を脱ぎながら答える。「奥へ行こう」

短い廊下を進むとその先は、八畳ほどのキッチンを兼ねたリビングだった。

そこにはテレビやアームチェア、簡素な棚などがあったが、最低限のもので、あまり生活感はない。木場はインテリアには関心がなかったらしい。それはともかく——。

支倉は玄関を入ったときに、空気がドアの外へと流れていった理由を知った。

それは、リビングの奥でガラスの開け放たれたままの引き戸が、黒い口を開けていたからだった。中途半端に端に寄せられたレースのカーテンが、ふわふわと誘うように、春の夜風に揺れている——。

カーテンを揺らした生暖かい微風は、一拍遅れて支倉の頰をかすめると、リビングから廊下へと吹き抜けてゆく。

玄田と支倉は無言で、室内を引き戸へと近づいた。——引き戸の外はベランダで、そして、なにかがベランダの手摺り壁の前に置かれている。

近づくにつれ、それが椅子であり、その座面になにか載っているのが、支倉にも見て取れた。……爪先を外へ向けたスリッパだった。

引き戸まで行き着くと、視界が広がる。すると、椅子とスリッパが寄せられたベランダの手摺り壁越しに、煌々と照明の照らし出す現場全体が見下ろせた。

木場昭二の住居のベランダは、路上の遺体を囲む青いブルーシートの、ほぼ真上に位置している。

「……あれは足跡か？」玄田が部屋の床からベランダへ身を乗り出して呟くと、支倉も同じように身を乗り出して聞いた。

「ど、どこですか？」

「ほら、そこだ」

手摺り壁の上部には、さらにステンレスの手摺りがあった。その塗装されていない手摺りはうっすらと白い埃を被っていたが、……椅子の上に当たる部分にだけ、擦ったような痕跡が二カ所あった。そこは丁度、誰かが椅子を踏み台に手摺りの上に立とうとすれば、足跡が残るであろう位置だった。

――やっぱり、自殺なのは間違いないのかな……。

私の疑問は、とんだ見当違いなのだろうか。支倉は思った。

「まだ解らねえぞ」

玄田は支倉の心を読んだのか、傍らから浅黒い顔を亀のようにもたげて、自分より背の高い支倉を見上げた。

「こいつは木場昭二が表で発見された傍証にはなるが、おかしな格好をして死んだ説明にはなってねえ。お前さんも気にしてただろ？　部屋を調べよう。俺はあっちの部屋だ」

「はい！」

支倉は自分の疑問を尊重してくれる玄田の言葉に励まされた思いで元気に答えて、ほぼワンルーム状態で繋がっている隣の部屋へと消える玄田の背中を見送る。

それから支倉は電気のスイッチを入れ、明るくなった部屋を改めて見回してみて、少し驚いた。……このマンションは、外観やエントランスを眼にしたときにそう感じたのだが、室内もかなりくたびれている印象なのだ。

不動産投資会社って、そんなに儲からないのかなあ……と、支倉は思った。経営者なら、もう少しマシなマンションに住んでても良さそうなものだけど。もしかして、事業がうまくいっていないのか、あるいは仕事や会社にお金を注いでいて、生活を顧(かえり)みる余裕がなかったのか。

とすれば、壁際の、申し訳程度の小さなテーブルと椅子は、木場の生活信条からすれば、合っていたのだろう。

「ん？」支倉は、その小さなテーブルに眼を止め、近づいた。

テーブル上を、褐色の液体が半ば覆うように広がっている。液体は、冷めたカフェオレらしく、ペットボトルが横倒しになっていた。五百ミリリットルの中身をほとんど零(こぼ)してしまったらしい。テーブルの状態からして、争ったせいで倒れたわけではなさそうだった。

カフェオレの描く褐色の地図は、テーブルの縁で唐突にL字形に切り落とされて、少しずつ滴になってしたたり落ちていた。

支倉は念のため、膝をついて屈み込むと、ナイアガラの滝のミニチュアと化しているテーブルの下を覗き込んだ。すると、カフェオレがぽたぽたと垂れている床のすぐそばに、円椅子があった。

さらに、テーブルの脚には、ジュラルミン製のブリーフケースが立てかけられているのを見つけた。それは、このテーブルやマンションとは段違いの、いかにも〝青年実業家〟が好みそうな高級品のようだ。

そんなことはどうでもいいとして……、と支倉は立ち上がりながら息をつく。

木場昭二は帰宅してこの椅子に座り、ブリーフケースを床に置いた。そして、カフェオレを飲もうとしたものの、手を滑らせたかして、ペットボトルを取り落とし、テーブルからこぼれたカフェオレを避けようと椅子を引いた。

事件性を疑わせる形跡ではなく、……それどころか、駆けつけた者たちがみな不審に感じたことへの答えになりそうだった。

「……テーブルに、飲み物のこぼれた痕がありました」

支倉は隣の部屋へゆくと、玄田の背中にそう報告した。

「そうか」玄田は背中を向けて、クローゼットを調べ続けながら答えた。「それが、ホトケさんのちぐはぐな着衣の理由、ってわけか。……そこをみてみろ」

玄田はクローゼットから支倉の方に向き直ると、目顔で床を示した。支倉も視線をたどって、眼を落とす。

床の上に丸まった黒い布の塊があった。……脱ぎ捨てられたスーツのズボンだとは、すぐに見て取れた。ズボンは、ベルトをはずしてそのまま床に滑り落ちて両足を抜かれた、脱皮の抜け殻じみた状態だった。生地や色合いは、木場昭二の遺体の上着と同じだった。帰宅時に着用していたものとみて、間違いない。

「――いいですか？」

支倉はズボンのそばに片膝を立てると、許可を求めてから、ズボンのウエストを摘んで持ち上げてみる。

ズボンは支倉の腕が上がるに従い、するすると床から伸びてゆく。……すると、皺になりかけた生地の、木場昭二の身長からして膝あたりと思われる部位が両方とも、カフェオレにぐっしょりと濡れ、変色していた。かなりの量を被ったらしい。

「……死亡者は手が震えるか滑らせたかして、飲み物を派手にこぼしちまった。で、着替える気になったんだろうが、――」

玄田は言いながら、クローゼットの前で振り返った。

「——一番手近にあったってだけで、運動着に手を出したのかもな。ほら」

支倉が濡れたズボンをつまみ上げた姿勢のまま床から見上げると、玄田がクローゼットの中、ハンガーに吊された衣類の一番手前に、ジャージの上着がかかっているのを示した。デザインから、遺体の穿いていたジャージと一揃いのものだ。

「もう着る物の組み合わせなんざ、どうでも良くなってたんだろうな」

玄田は慨嘆する口調だった。支倉にはそれが、玄田が自分自身の中の結論を、無意識に漏らしたように聞こえたのだが——。

……着る物の組み合わせ？　支倉はつまみ上げたズボンに眼を戻したが、その玄田の告げた言葉は、現着してからずっと胸のなかで膨らみ続けていた違和感を、針のように突き刺した。

そうか、やっぱり……！　おかしいのは、それだけじゃない！

「おかしくないですか？」支倉は、違和感が破裂するのを感じながら、勢い込んで玄田に顔を振り上げる。

「なにがだ」

「だって、マル害は背広とシャツのまま、下のジャージだけ穿き替えたんですよ？　こういう風に――」

支倉は立ち上がって、両手で透明なジャージのズボンを引っ張り上げる動作をしてみせた。

「それだけじゃなく、シャツの裾をみんな、わざわざジャージのそとに出してたんです、こうやって」

支倉はさらに、腹から腰へ左右別々に両手を回して、裾を引っ張り出す動作もした。

「要するに、なにがいいてえんだ？」

「マル害は、なんでわざわざ上着を着てたんですか？」支倉は玄田を見詰めた。「上着とシャツを着たままで、ジャージを穿いたり裾をだそうとすれば、上着は邪魔です。じゃあなんでマル害は脱がなかったんでしょう？　そんなのすぐにできますよね？」

支倉は勢い込んで続ける。

「それに、邪魔になって脱いだとしても、マル害はどうして、わざわざもう一度上着を着直したんでしょう？　これから飛び降りようって人に、必要とも思えないのに……」

「まあ、理屈ではそうなるがな」

玄田は内心で行き着いた結論を、修正するつもりのない声で言った。

木場昭二は、自宅マンションのベランダから投身自殺を図った――。

「それに、もし仮に支倉のいう通りだとして、だな。それが事件性の判断に、どう影響するんだ」

「……それは」支倉は問い返されて言葉に詰まった。「それは……、私にもよく解らないんですけど」

玄田は、支倉の貧弱な根拠に怒るでもなく、ただ肯いてみせただけだった。

「どれ、監視カメラの映像も確認しとくか。……管理人さん、手間をとらせますが、お願いしますわ」

玄田は、戸口に立って捜査を相変らずぼんやり眺めていた高齢の管理人に告げ、支倉を促した。

なんだか、解りきった答えを確かめに行くような言い方だな……。支倉は納得しきれない気持ちの悪さを抱えたまま、不承不承、玄田のあとに続いた。

管理人室は一階の、エントランスの入り口近くにあった。

「それじゃ、お願いします」

玄田に言われて、録画装置の前に座った管理人は、覚束ない手つきでスイッチパネルのボタンを押した。その背後から身を乗り出して、支倉と玄田、さらに若い機捜隊員も加わって、モニターを覗き込む。

「これは、エントランスですな」玄田が眼を細め、モノクロ画面を見詰めながら言った。

「他の設置箇所は」

「いやあ、それがね。うちではこの一カ所だけなんですよ」

酷いマンション、と支倉は腰を屈めたまま八つ当たり気味に思う。今時、監視カメラがエントランスはもちろん、エレベーターや各階廊下すべてに設置されているのは珍しくない。それに、モニターに映っている画像自体も、かなり粗い。一般にはあまり知られていないが、防犯設備協会の定めた規格を満たしたものが〝防犯カメラ〟と呼ばれ、画質もよい。けれど眼の前の映像を撮ったのは、とくに規格のない〝監視カメラ〟と呼ばれるもののようだ。

モニターの中で、天井の隅から見下ろしたエントランスの様子が、遺体の発見された時刻から一時間ほど巻き戻されて、流れ始める。すでに深夜のため、帰宅者はまばらだった。けれど、モノクロの上に映像が粗すぎて、個人の識別は難しそうだった。

いまも、マンションに入って来た男が映っているが、辛うじてスーツ姿の中肉中背と解る程度だった。ただ、下ろした右手の先、ズボンの脇が、四角い空白になっている。

「よくわかんねえな、こりゃ」

「停めてください！」

機捜隊員が舌打ちしそうな声で呟くのと、支倉が小さく叫んだのは、ほぼ同時だった。管理人が驚いてびくりと肩を撥ね上げながらスイッチを押すと、モニター内の男は動きを止めた。

「支倉、どうした。背格好は木場昭二に似てるが、こいつか？」

「はい」支倉は眼を釘付けにしたまま、モニターを指さす。「この白くなってるところは……金属製のブリーフケースを提げてるからだと思います。テーブルの下に、ありました」

男の顔貌までは、映像では明瞭に判別しがたかった。けれど玄田の言うとおり身長や体格は木場昭二と同じくらいに見えた。そして支倉の指さした、男の提げた鞄は、木場昭二の部屋のキッチンテーブルに立てかけてあったブリーフケースと、同じ形をしている。

「時刻は……、二十二時五十三分か」

玄田はモニターの隅に表示された数字を読んでから、ポケットから取り出したメモ帳を確かめる。

「で……、一一〇番入電が二十三時三十二分、と」

「発見のおよそ四十分前、っすね」

若い機捜隊員が、帰宅してから飛び降りるまでの時間としては早くも遅くもない、とでも言いたげに呟く。

「で、でもでも……！」支倉は、押し殺した声で異議を唱えた。「まだ、……ええと、そうだ、動機が解ってません！　遺書なんかは、ありませんでしたよね？」

「まあ、そういうのは追々になな。――」

玄田がなだめるように言いかけたのと同時に、管理人室のドアが開いた。

「すいません」略帽を被った制服警官が、ドアの隙間から顔を覗かせていった。「木場昭二さんの同僚だってひとが来てるんですが、お願いできますか」

木場の同僚と名乗る男は、エントランスの隅で制服警官に伴われ、悄然と立っていた。

「あの、……僕、加納っていいます」

加納は、勤め人にしては髪の長い男だった。その髪で顔を隠すように伏し目がちに、わずかに震える手で名刺を差し出す。

「木場さんと会社をやってて……。共同経営者なんです」

支倉は、木場も若かったがこの男も若い、と名刺を受け取りながら思った。どちらも三十代はじめほどで、着ているのが高級そうなスーツなのも同じだ。

「そうですか」玄田は言った。「失礼ですが、お二人はどんな事業を？」

「不動産の投資会社を……。木場さんは財務に強くて、そちらの一切を取り仕切ってました。僕は営業担当で……、前の会社に勤めてたとき、木場さんから一緒にやらないか、と」

「ほう、お若いのに。木場さんは遣り手でらしたんですな」

「ええ……、会社を興すときの資金も、木場さん、一人で掻き集めて……」

加納は眼を伏せたまま、ぼそぼそと玄田の質問に答えていたが、急に顔を上げた。

「木場さん、自殺ですよね？」加納は玄田を見返していった。

支倉は少し驚きながら、無言の玄田のかわりに口を挟む。「いま調べてます」

「でも、自殺の可能性が高いんですよね？」

加納は支倉を無視して、玄田に執拗に喰い下った。

「何故そう思われるんですかな」玄田がやや強く反問する。「それにだ、加納さん、あなたどうして、こんな時間にここへ？」

「それは……」加納はまた眼を伏せた。「……木場さん、今日は珍しく、六時頃に会社から帰ったんです。でもそのあと、スタッフとのミーティングで、どうしても木場さんに判断してもらわなきゃいけない案件が持ち上がって……。それで、会社から木場さんの携帯電話に連絡したんです。そしたら……、電源が切られてて、電話が繋がらなかったんです」

「なるほど」玄田は無表情な捜査員の顔でうなずいた。「それで」

「いままでにこんなことなかったし、それに……、まさか、とも思ったんです。正直、最近、会社の資金繰りは、かなり危うい橋を渡ってる状態なんで……。そういうわけで、早まった真似をしないかと心配になって、木場さんの立ち寄りそうなところを当たってみたんですけど……。でも、どこへも寄った様子はなくて……。なんだ、木場さん、ただ家に早く帰っただけかと安心して、……一応確かめるだけのつもりでここへ来たら、……こんなことに」

　ほんとに心配してたのかな、このひと。支倉は加納の話す内容を執務手帳に書き取りながら、訝しんだ。心配して捜し回っていたといいながら、自殺であって欲しいようにいうなんて、なんだか矛盾（むじゅん）している。だが、そんなのは些細（ささい）な疑問だ。

　いま肝心なのは――、木場昭二には自殺する原因がある、ということ。

　支倉にとっては、とどめを刺されたようなものだった。

「解りました。ただ木場さんが亡くなられた状況については、まだ慎重に捜査中ですから、現時点では何とも申し上げるわけにはいかんのですよ」

玄田は加納に、自らの中で達しているであろう結論をおくびにも出さず、そう告げた。

「なにかあれば、こちらからお話を伺うかも知れませんが、今夜のところは我々警察に任せて、お引き取りください。——誰か！　この方を現場の外までお送りしろ！」


「現場周辺を当たったんですが」腕章をした機捜の小隊長が言った。

「通報前後に不審な物音を聞いた住民はおらず、また、路上にも事件性を示す痕跡は、ありませんね」

支倉と玄田をはじめ、散っていた捜査員と制服の警察官らは、マンションのエントランスに集まり、輪になっていた。

「木場昭二の住居も覗いたんだが」玄田が口を開く。「玄関は施錠(せじょう)され、室内に争った痕も物色痕もない。ベランダには踏み台、その上にはスリッパが揃えられてた。さらにその手摺りには、真新しい足跡があった。……みんなも不審に思った、マル害の服装についても、だな。——」

玄田は、納得のいかない顔の支倉をちらりと見てから、周りの人の輪に眼を戻して続ける。

「——台所に木場がペットボトル入り飲料を飲もうとして、派手にこぼした痕があった。

その際に濡れたと思われる、上衣の上着と対のズボンも、脱ぎ捨てられてた。そして遺体発見時に穿いていたジャージだが——」

「でも、あれは……！」

支倉は思わず顔を上げ、抗議に似た声を出していた。が、周囲からの視線を浴びて、しおしおと肩をすぼめた。

「——部屋の着替えの中に、遺体の穿いてたジャージと揃いの上衣があった。当該死亡者が、濡れたズボンから着替えたとみて、間違いないだろうな。これらの状況に加え、共同経営者の話によると、会社は資金繰りが悪化していた。……以上のことから、本件は自殺と判断しても、不合理な点はねえな」

その場に集まっていた警察官たちの肩から、小さく力の抜ける気配がした。

「あの、でも……」支倉はうつむいたまま、ようやく声を絞り出す。「……やっぱり、不自然じゃないかって。上着のことだけじゃなくて……その、遺書もなかったし……」

「なあ、支倉」玄田は盗犯時代に戻ったような、諭す口調で言った。「自殺では、動機も含めて、すべてがきれいに判明する事案ばかりじゃねえのが現実だ」

「そうですなあ」機捜の小隊長が、手帳を閉じて息をついた。「家を建てたばっかりで、おまけに明日からは海外旅行に出発、……ってときに自殺した主婦の事案を、扱ったことがありますよ……」

「人間、死ぬときは普通じゃなくなってる」自ら隊員も呟いた。「死のうと決めたら、ベッドと壁の間に頭を突っ込む、なんて方法でもやり遂げますしね。すごいのは、チェーンソーで切腹した、なんて例もあるそうだし」

警察官が死と向き合う職業でもある以上、自ら死を選んだ者を目の当たりにする機会は、少なくはない。そして、そういった死者たちの生前最後の行動が、すべて合理的に説明づけられるものではないことを、経験的に知っているのだった。

それはそうかも知れない、と支倉も思う。自分から死を選ぶことが、そもそも不条理なんだから。

でも、おかしいじゃないですか！　支倉はそう叫びたかった。私が気づいたことはとても些細なことかも知れないけど、それでも見逃してはならない大切なことなんだ……。少なくとも支倉にはそう思えた。

もちろん、私がどう思ったところで、事件性を判断する権限なんてない……。だから、このままでは木場昭二は自殺の可能性が高く事件性なし、と報告され、宿直責任者もそう判断し、処理されるだろう。

けれど、それが間違いだったとしたら？

もしも何らかの事件性があるとして……それを実証するには、自殺の状況証拠が揃っている以上、遺体を解剖するしかない、と支倉には思えた。何らかの不審な点があれば、遺体に痕跡が残っている筈だからだ。

この事案が都内で発生したのなら、遺体を調べるのは可能だっただろう。なぜなら、都内ならば自殺者も含めたすべての異常死体は、監察医務院で解剖されるのだから。その結果、不自然な点が発見されれば、警察は改めて事件として捜査することができる。しかし——。

ここ多摩地区は、監察医務院制度の未実施地域なのだ。そうである以上、木場昭二を解剖するならば、司法解剖に回さなければならない。それには裁判所の鑑定処分許可状をとらなくてはならないのだ。

そして令状請求には、司法解剖するに足る正当な理由が必要になる。

木場の上着の一件を主張したところで、当の支倉自身、裁判所が認めてくれるとは思えなかった。現に、玄田たちさえ説得できないのだから。

——ああ、もう……！　私のバカバカ……！

支倉は自分を罵る。都内の宿直捜査員と違って、監察医務院の〝ホトケさん待ち〟をしなくて済むだけ楽だ、などと暢気なことを考えていた自分が信じられない。

　でも、なにか言わずにはいられない。支倉は必死に説得の言葉を押し出そうとした。けれど、玄田の出した結論に納得しきったその場の雰囲気に飲まれ、酸欠の金魚のように、口をぱくぱく動かすのが精一杯だった。

　こういうとき吉村主任だったら……、と支倉は唐突に思った。――遠慮も会釈もなく、自分の主張を貫き通すに違いない。普段は、どこかおずおずした遠慮がちな話し方をするひとなのに、こと事件に関してだけは、別人のようになるひとだから。

　……吉村主任？

　そうだ！　支倉の脳裏に閃光が奔る。吉村主任に聞いてみよう！

「あ、あのお……！」

　支倉が手を挙げると、事後処理を話し合っていた玄田たちの眼が、一斉に向けられた。

　支倉は、集中砲火を浴びたように、首をすくめながら言った。

「す、すいません！　ちょっ、ちょっと電話してきていいですか？」

　……どこか遠くで、電話が鳴っていた。

　吉村爽子は、大きな瞳をゆっくり瞬かせてから、ようやく眼を開けた。

　見上げた天井には、橙色の小さな常夜灯が灯っている。ベッドに寝付いたときは燦々と陽の光が注がれていた単身待機寮の居室は、いまは淡く照らされているだけだった。寝ているのか醒めているのかも曖昧なままに時間は過ぎて、いつの間にか夜になってしまっている。

――だるくて……、身体中が痛い……。

浅い呼吸を繰り返すと、潤いを失った喉と唇が、ひりひりと痛んだ。舌先には新聞紙の味がする。頭の中には靄がかかっていたけれど、それは冷たい霧ではなく、噴火口からふき出した水蒸気だ。

電話の呼び出し音は薄暗がりの中、爽子のかぼそい喘ぎに重なって、熱気の充満した脳裏へと響き続けている。

寒い……。爽子は呼び出し音から逃れるように、目を固く閉じて寝返りを打つ。すると、じっとりと汗で湿った毛布の隙間に夜の冷気が滑り込み、肩口の柔肌を撫でた。その途端、爽子はその冷たさに文字通り、身を縮めた。

爽子は震えながら、湿気で重たくなった毛布を掻き寄せると、子犬のように身体を丸める。

電話はその間もずっと鳴り続けていた。……半ば朦朧としていた爽子の耳に、遠くからのように聞こえていた呼び出し音が、電話の置かれている本来の位置からはっきりと聞こえはじめた。

ベッドの脇、枕元だ。

誰かが、私を呼んでる……。爽子は眼を閉じたまま思った。私を……呼んでる……。

爽子は布団の下で丸めていた身体を、のろのろと伸ばすと、仰向きになった。

――なにかが起きたんだ……。きっと、事件だ。

爽子の大きな瞳が、汗で長い黒髪が纏わりついた白い顔のなかで、ゆっくりと開いた。

だったら、と爽子は天井を見上げたまま、すこし清明さを取り戻した頭で考えた。……だったら、私は逃げない。なぜなら……。

――被疑者を捕まえることだけが、……私が存在してても良い理由なんだから……。

爽子はのろのろと布団の下から腕を伸ばし、携帯電話をつかんだ。ボタンを押して耳に当てると、鼓膜をスズメバチなみに執拗に襲っていた呼び出し音が、ようやく途切れた。

「あっ、良かった！　吉村主任！　……起きてました？」

支倉の元気な声が、いきなり携帯電話から弾けた。

爽子はさすがに、そんなわけないでしょ、風邪で伏せってるのに……、と言ってやろうかと思ったけれど、やめた。支倉の明るさには敵わない。

「……起きてた」爽子は渇ききった喉で囁いた。「……たまたま、ね」

爽子は、けほっ、と咳き込んだ。喉の奥に、アーモンドに似た不快な味がへばり付く。好きなアーモンド入りチョコレートも、当分は食べたくなくなった。

「あ、すいません！　風邪ひいて寝てるのに」

支倉はマンションを出た路上で、いまさらながら宿直を交代した理由——爽子の体調を思い出す。しまった、私、事案のことで頭が一杯に……。支倉は内心臍をかんだが、気を取り直すと身を屈め、口もとによせた携帯電話を手で隠すようにして続ける。

「で、でもですね！　吉村主任に、どうしても相談したいことがあって！——」

爽子はベッド上で暗い天井を見詰めたまま、支倉の説明する事案の概要に、耳を傾けた。その間、爽子の事件への執着に恐れをなしたように、身体の倦怠感も痛みも、どこかへ消えていた。

「——それで、ですね！」

支倉は臨場してから見聞きしたことを細大漏らさず報告し終わると、背後のエントランスに集まったままの玄田たちを、ちらりと振り返って気にしながら続ける。いくつかの探るような視線を肌で感じていた。

「それで、このままじゃ自殺と認定されて、現場検証じゃなくて実況見分で終わっちゃいそうなんです！」

「……おえんじゃろ」

爽子はベッドの上で常夜灯を瞳に映したまま、よくないでしょ、という意味の岡山弁を思わず漏らした。

「へ？　モヘンジョダロ、ですか？」支倉はきょとんとした顔で、眼を瞬かせる。「あのお、それ、古代遺跡ですよね？　……なにか事件と関係あるんですか？」

西の果てにある片田舎の方言など、支倉に解るはずもなかった。

「……なんでも……ない」爽子は少し咳き込んでから言った。「それより……、死亡者の死因は……間違いない……のね？」

「ええ、はい」支倉は請け合った。「それはみんなの意見も一致してて、私もそれは正しいように思えるんですけど」

木場昭二の死因は、衝突エネルギーに人体を破壊された結果の死――、〝損傷死〟か。

死因はそれに間違いないとしても、と爽子は常夜灯を見上げたまま考える。問題はまだある。

爽子は、いつしか頭の中に充満していた霞（かすみ）が薄れていて、……かわりにかつて学んだ記憶が、意識の水面へと浮かび上がりつつあるのを感じていた。

問題は――、と爽子は思いつつ口を開いた。

「遺体の状況を……もう少し詳しく……教えてくれる……？」

「あ、いえ……、司法解剖に回してみないと、それは……。いやむしろ、さっきも言いましたけど、このままだと自殺で処理されて解剖もされないかも知れないんで、こうして主任のお知恵を借りようと――」

「上衣の――上着の縫い目は裂けてるの？」

爽子は、支倉が繰り返そうとした説明を遮って尋ねた。

「……へ？」支倉は、眼を瞬かせる。「いえ、その……。そういう争った痕はみられませんでしたけど。高そうな物で、仕立ても良かったし」

「そう」爽子はひとり、くすりと笑みを漏らした。

――追及する価値はあるかもしれない……。

「なんですか？」支倉は怪訝そうに聞き返す。「急に笑ったりして」

「はっきりとは言えないけど」爽子は電話を持ち替えながら言った。「殺人事件の可能性がある」

「ほ、ほんとですか？」支倉は上擦（うわず）った声で聞き返した。

――私自身が言い出したことだけど、それは納得できない点があったっていうだけだったんだけど……。

それが、……殺人?

爽子は、ええ、と答え、驚いている支倉に続けた。「だから、支倉さん。マル害の部屋から、これから私のいう物を領置(りょうち)して。堀田係長には、私からも連絡しておくから」

支倉は、爽子の告げる押収物を執務手帳に控えてから言った。

「でも、持ち出すのって、みんなのいなくなった後からでもいいですよね?」

「できるだけ早いほうがいい。立ち会ってもらう管理人さんにも、あまり負担はかけられないし」

「あの、それはもしかして」支倉は少し慌てた。「私に、自殺だと確信している皆さんの前を通ってマル害の部屋へ戻り、押収品を抱えて署に帰って来いってことですよね?」

「うん」爽子は携帯電話を耳に、うなずく。「だって……私は現場に行けないんだもの」

「そうですよね……」支倉は、おそらく白い眼を向けて来るであろう捜査員たちの間を通り抜けなくてはならないことに、とてつもなく精神的重圧を感じたが、決心する。

「解りました!　中央突破をはかります!」

「健闘を祈る」

爽子は精々、厳めしく言ってみせてから、電話を切った。そのまま、今度は上司の堀田強行犯係長に電話をかける。

爽子は、堀田が電話口に出ると、深夜であることを詫びてから、事案と、自分の意見を報告した。

それを終えると、爽子は大きく息をついて、重い毛布を思い切ってはね除けた。そしてそのまま、端から転がり落ちるような姿勢で、ベッドから降りた。

爽子は、薄い絨毯に両手両足をついて、しばらく動けなかった。身体が重く、力が入らない。爽子は四つん這いの姿勢で荒い息をつきながら、……それでも支倉から連絡がくるまでよりは、随分と楽になったように感じる。

多分、事件のせいだ……。爽子は思った。

ひとたび事件の臭いを嗅げば、それを追わずにはいられない……。刑事という名の猟犬の、習性なのだろうか。

因果な習性ね……。爽子はそう思い、乱れた髪の下の顔を上げ、光をすこしだけ取り戻した眼で前を見据えた。それから、ふらつく四肢をなんとか動かして、居室の床を這い進む。

爽子が目指したのは、居室の隅に積み上げられている書籍の山だった。

木場昭二の事案は、支倉たっての希望で、捜査継続が決まった。

現場を管轄する宿直員がそういうのなら……、と大方の者は決定を受け入れたものの、これ以上なにを調べるっていうんだ、と呆れた表情をのぞかせる者も、いるにはいた。

支倉は、不完全燃焼な結論のせいで仏頂面になった捜査員や制服警察官たちが、ぞろぞろと引き上げてゆくのを、平身低頭して見送った。

「すいません、玄さん」

支倉は捜査車両のアリオンを運転しながら言った。

「なんか、楯突くようなことして……。でも」

「得心がいくまで徹底的にやれ、と叩き込んだのは俺だからな。——」

玄田は助手席で答え、案じる声で続ける。

「——俺が心配してんのはな、捜査はしたもののやっぱり自殺だったたって場合の、お前さんの立場だよ。それだけだ」

支倉が多摩中央署庁舎に帰り着いたのは、夜明けも近い午前四時のことだった。

「あ、どうも主任！　いま戻ったんですけど——。あっ、寝てました？」

支倉は刑組課の大部屋にある自席に座って、携帯電話を耳に当てていた。

「いいえ、待ってたから」爽子の声は、前にかけた時とは違い、少しかすれてはいたけれど明瞭だった。

「私のことなんておいといて、……頼んだものは持って帰ってくれた？」

「あ、はい。それはもう」

支倉は肩と首に携帯電話を挟んで、目の前にある机の上の物を並べ直しながら答える。

「マル害の交友関係の資料、ですよね。システム手帳、アドレス帳、それと年賀状も。ちょっと見ただけでも、経営者だけあって交際範囲は広い感じですけど」

支倉はシステム手帳を開いて、住所録のところを指先で捲った。ＩＴ企業、高級中古車販売、ファンドマネージャー、レストラン経営……等々の名前が並んでいる。

「でも、私おもうんですけど……」支倉は、木場昭二の自宅から持ち帰った品々を整理していた手を止めて、首をまっすぐに伸ばしながら言った。「……あの加納ってひとが怪しいんじゃないかと。なんだか言うことが矛盾してるし、現れたのがいいタイミングすぎるし。主任もそう思いません？」

「ごめん、思えない」爽子は、打てば響くように即座に答えた。「それよりも、木場昭二の交友関係に、古くから……そう、会社を興す以前からの付き合いで、いまも定期的に会っている仲間がいるはずなの。その中から、これから言う条件に合う人間を捜してくれる？」

「わ、解りました！」

支倉はあっさり否定されて意気消沈していたが、簡単に立ち直って、答えた。

「で、その条件って……？」


「いらっしゃいませ」

支倉は、周りを見回しながら歩いていたが、背後から男に声をかけられて、振り返った。

「あ、いえ——」

頭上から、徹夜明けの支倉の眼には少し眩しすぎるほどの陽の光が降りそそぐなか、野球場ほどもある敷地内には、見渡すかぎり、色とりどりの様々な種類の自動車が、びっしりと並べられている。

支倉がいるのは神奈川県、相模原(さがみはら)市だった。——市街地から外れた郊外の、田んぼや畑が広がる地帯だった。もっとも、春を迎えたばかりで、田んぼには黒い土だけがあった。そんな広々とした田んぼを侵食して、真新しい住宅が並びはじめた一帯だった。

支倉が訪れているのは、そんな地域の一角を占めた、高級中古車販売会社だった。

「なにか、ご希望の車種がございますか？」

「すいません。お客じゃなくて、警視庁なんです。多摩中央署です」

支倉は、声をかけてきた愛想の良い男に、警察手帳を開いてみせた。

その途端、背広姿の揉み手でもしそうだった若い男の顔から、笑みが滑り落ちた。

「なんだよ、警察かよ」若い男は口許を歪めて眉を寄せ、呟いた。

支倉が事情を話すと、車の並んだ敷地の奥にある事務所に案内された。そこはガラス張りの小さなショールームも兼ねた建物で、隣にはシャッターを上げた整備場もあった。

「で？　木場さんのことでしたっけ？　会ってないですね、ここんとこ」

男はショールームの一人掛けソファに座るなり、足を高々と組み、露骨に面倒くさそうに言った。

男の名前は白石真琴。この中古車販売会社の社長だった。

「そうなんですか」支倉は白石の向かいのソファに座って答えた。「でも木場さんとは、古いお付き合いだそうですね？　それだけじゃなく、ほか数人の方も加えて〝木曜会〟って名前で、定期的に集まるほど親しかったとか」

支倉は、白石の年齢を木場と同年代の、三十前後と見て取った。経営者としては、やはり若い。

「ああ、あれね。会社をはじめた頃に知り合った、いわゆる〝青年実業家〟の集まりですよ。僕ら若いじゃないですか？　ときどき、いろいろ将来の展望を語り合って酒を飲むってだけで、とくに木場さんとだけ親しかったわけじゃない」

「そうなんですか。……ところで、昨夜は木場さんとお会いになりませんでした？」

「あんた、耳ついてないの？」白石は冷たく言った。「最近は会ってないと――」

突然、表へ通じるガラスドアが無遠慮に開く音がして、別の声が割り込んだ。

「……社長、例のライトバンの修理が終わり――あ、すみません」

入り口に、油に汚れた作業着姿の中肉中背の男が、クリップボードを手に立っていた。

書類に気をとられて、支倉に気づかなかったらしい。

「い、いいえ……！」支倉は驚きを抑えて、小さく笑って見せた。

「謝らなくてもいいよ、客じゃねえからな」白石は吐き捨てた。「もういいですか、刑事さん？　こうみえて、うちも忙しいんで」

「そうですね、お邪魔しました」支倉は笑顔で礼を言って、立ち上がった。

それから、見送られることもなく事務所を出ると、整然と並んだ自動車の中にぽっかり開いた通路を、敷地の外へと歩きだした。

敷地の市道との境界にある、白石モータースと描かれた大きな看板のもとに差し掛かったとき、支倉のポケットで携帯電話が振動した。――堀田係長だった。

「司法解剖の結果がでたよ」堀田の声が告げた。

「そ、そうですか！　それで――」支倉は耳に携帯電話を押しつけた。

「……全部、吉村くんの考えた通りだった」

支倉は、やっぱり！　と心の中で小さく快哉をあげたが、堀田は束の間、黙り込んだ。

「ええと、係長？　もしもし……？」

「なあ、支倉くん」堀田は言った。「吉村主任は解剖の結果だけでなく、こうなることを全部、予想していたのか？　すべてを見通していたのかな……？」

支倉は、信じられないと言いたげな堀田の口調に、満面の笑みを浮かべて答えた。

「たぶん、そうなんだとおもいますよ？」

支倉は電話をしまうと、白石モータースの敷地から出た。そして、道路の脇に停車していた捜査車両に乗り込んだ。

「お待たせ」支倉は助手席のドアを閉めながら言った。「さて、デートを始めよっか」

「〝張り〟だろ、デートじゃなくて」

小太りの三森が運転席で答え、ぶつぶつと不機嫌そうに続けた。

「……なんでそんなに嬉しそうなんだよ」

十七時間後――。

日付が変わり、相模原市郊外の田園地帯は新しい朝を迎えていた。畦の草や田んぼの剝き出しの地面は、春先の朝露でしっとりと濡れたものの、それも陽が高くなるにつれ、消えてしまった。

午前十時。

「……白石の車両、通過しました。会社に向かってます」

支倉は、小さな農機具小屋の陰に停めた捜査車両の運転席で、左手で耳にあてた携帯電話に言った。右手は双眼鏡を顔の前で構えている。

双眼鏡の丸い視界の中で、白石の運転する場違いなマセラティが、田んぼを通る道路を横切ってゆく。やがて左折し、テールをこちらに向けると、白石モータースの敷地へと入った。

「よし」携帯電話から太い男の声で返答があった。「従業員の大谷も、原付でもうすぐそっちへつく。そろったところで着手だ、それまで絶対にヅかれるな」

大谷は、昨日すこしだけ見掛けた、白石モータースの整備員だ。

「解りました、待機します」

支倉は、電話の相手である警視庁本部捜査一課の主任に答えて、電話を切った。……もう少しだ！

支倉は胸を高鳴らせ、双眼鏡を構えたまま、助手席へと手を伸ばした。

「三森、もうすぐ着手だって！　……あれ？」

支倉は三森を揺さぶった左手に、まったく手応え（てごた）がないのに気づき、双眼鏡を下ろして傍らの助手席に目を移す。

三森は、背もたれを倒した助手席で、涎（よだれ）を垂らしたまま熟睡中だった。

「あっきれた……！」

支倉は呟くと、三森のだらしなく歪んだネクタイの結び目をつかんで、ぐいぐいと引っ張る。

「ちょっと、もう！　起きなさいよ！　徹夜明けの私がほとんど寝てないのに、あんたはいつまで寝てんのよ、この馬鹿！　三森てめえ、起きろ！」

車内でそうこうする間に、外からバイクのエンジンの高い音が聞こえはじめ、支倉は寝起きの間抜け面の三森から、顔を上げた。

原付バイクに跨（またが）った、作業着姿の男が白石モータースへと入ってゆくところだった。

——従業員の大谷が来ちゃった……急がなきゃ……！

「ほら、行くよ！　お願いだからちゃんとしてよ！」

支倉は三森を急（せ）かしてドアを開け、捜査車両から飛び出した。

もたつく三森を引き連れて、開けた道路を急ぐ。すると、向かっている白石モータースの、看板のある入り口付近の路上へ、一台また一台と、捜査車両が縦一列になって停まり始めた。

湧いて出てきた捜査車両の数は五台を超えている。そして、最後に現れた大型ＳＵＶが、敷地の入り口を塞いで停車した。機動捜査隊の、車両阻止車だった。

支倉と、ようやく追いついた三森は、捜査車両から続々と降りてきた十数人はいる背広姿の男たちの集団と、白石モータースの大きな看板の下で合流した。

支倉と、さすがに姿勢をただした三森は、男たちの群れの最後尾に加えられた。

一団となって敷地内へと踏み込み、展示された自動車の間に広く開けられた通路を進みはじめる。

「……この子か？」

「そうらしいな」

最後尾にいる男が支倉を振り返り、隣の男となにか囁き交わすと、二人の間が開いた。

あれ？　と支倉が思ったときは、男たちの開いた隙間に、三森を置いてひとり飲み込まれていた。

捜査員の人波は、流れの中で支倉を前へ前へと押しやりながら進んでゆく。そうしながら、事務所兼ショールームの平屋へと押し寄せた。

「なんだよおまえら、朝っぱらから！　なんか用かよ」白石が驚いた様子で、ガラスドアから飛び出してきた。

「警視庁捜査一課だ」

がっしりした体格の背広姿の男が、人波の先頭で告げた。

自分でも知らぬ間に、先頭に押し出されていた支倉は、それを間近で聞いた。あまりの迫力に、足が震えそうだった。

「白石真琴だな」がっしりした男は懐から取り出した令状を広げて、白石に突きつけた。

「木場昭二への傷害致死容疑で捜索差押許可状が出ている」

「…………」白石はふてぶてしい能面のまま、無言だった。

「よってこれより捜索を行う、いいな！」がっしりした一課の男は、白石の能面から支倉に眼を移した。「時間！」

「へ……？」支倉は突然呼びかけられて、きょとんとした。「は、はい？」

「馬鹿、令状執行の時間だよ」傍らの捜査員が苦笑まじりに、小声で教えてくれた。

支倉はようやく理解した。――おそらくは木場昭二殺害の決定的な証拠が発見されるであろうこの捜索において、ささやかとはいえ役割を与えてやろうという、一課の温情だということを。

それは、偽装した犯行を見破る切っ掛けを、支倉が諦めなかったことへの、ささやかな労いだった。

支倉は腕時計で時刻を確かめると、顔を振り上げた。「――十時十三分！」

「よし、十時十三分！　着手！」

そう告げる声は、支倉の胸に、じんと響いた。いつか自分も、こんな大きな仕事がしたいという思い。それに、この二日間、ほとんど寝ずの苦労が確かに報われた気がした。

――吉村主任……！　主任のおかげです、ありがとうございます……！

同じ頃、支倉から感謝を捧げられた当の爽子は、居室のベッドで、こんこんと眠り続けていた。

「主任、しゅにーん……。支倉です……！」

支倉は、片手にコンビニエンスストアのレジ袋を提げ、ドアをそっとノックした。

昼間の捜索の結果、白石真琴と共犯の大谷が逮捕されたその日の夜、支倉は、一段落ついた捜査本部から抜け出すと、署の庁舎内にある単身待機寮の爽子の居室へと、見舞いに訪れたのだった。

ドアの内側から、はい……、と爽子の返事があり、支倉はドアを開いた。

「どうですかあ、お加減は……？」

支倉は声を掛けながら居室に入った。間取りは八畳ほどで、壁際に備品の机とクローゼット、それに本棚があった。

そして、爽子は備品のベッドの上に身体を起こしていた。

「もう……、平気」爽子は呟くように答えた。

「……そうですか」

支倉はベッドに近づきながら答えたものの、額面通りに受け取る気にはなれなかった。ベッドに座ってこちらに顔を向けている爽子は、いつもはまとめている髪をほどいていた。支倉はそんな爽子を初めて見たのだが、下ろした髪のせいか、すこし頬がやつれているように感じる。

それに、……居室全体から妙に湿っぽい、蒸された汗の饐えた臭いがした。

どうしよう、と支倉は少しためらったけれど、決心して口を開く。

「あ、あのう、主任……！　汗かいちゃって、気持ち悪くないですか？」

「それは……、お風呂に入ってないもの」爽子はちいさく苦笑した。

「じゃ、じゃあ、身体を拭いて、着替えましょう！　私、寮母さんにお湯をもらってきます！」

支倉は爽子の返事も待たず、薄い絨毯の上にレジ袋を置くと、ドアの外へと取って返した。

……それから三十分ほどかけて、支倉は、嫌がる爽子を、汗の染みこんだパジャマはもちろん、下着まで着替えさせたうえ、寮母が用意してくれた洗面器のお湯にタオルを浸し、爽子の身体を拭いてやった。

「これ、差し入れです」

一騒動が終わると、支倉は床に座って、見舞い品の入ったレジ袋を差し出した。

「ええと、ひとつは伊原長(ちょう)からです」

「伊原さんから……？」

爽子は嫌がりはしたものの、身体を拭いてもらって人心地ついた様子だったけれど、レジ袋を受け取ると怪訝そうに眉をよせた。それからレジ袋から、けばけばしいラベルの貼られた小瓶(こびん)をとりだした。

「栄養剤、〝絶倫一番〟……？」

「やだなあ、もう」支倉はげんなりした。

「……どういうつもりなのかしらね」爽子は口調こそ冷ややかだったが、眼は柔和に細められ、口もとは穏やかに綻(ほころ)んでいた。

爽子は見舞いの品にあった缶飲料を支倉にすすめ、自分もひとつ手に取り、プルタブをあけた。

「それで」爽子は口許から缶を下ろし、微笑を消した顔を向けた。「調べのほうは？」

「はい」支倉はうなずく。「白石と大谷、ともに犯行を自供しました」

「そう……」

爽子は静かに答えただけだったけれど、支倉は床のクッションの上で居住まいを正して、どうしても爽子自身の口から教えて欲しかった事柄を尋ねた。

「吉村主任、教えてください」支倉は言った。「どうして、木場昭二が自殺――、いえ、マンションから飛び降りたのではない、と解ったんですか？」

「木場の上着が破れていなかったから」爽子は言った。

「上着が……って、そんなので判るんですか？」

「ええ。……人が高所から落下した場合、遺体の着衣の縫い目が裂けたり、ベルトが千切れることが多いの。それは……、ものすごい衝撃が身体全体にかかると、身体が膨張か変形したようになってしまうからかも……。専門家じゃないから、よく解らないんだけど」

「そ、そうなんですか！」支倉は驚いて聞き返し、唾（つば）を飲んで続ける。「でも、どうして主任には凶器が車両だってことまで解ったんですか？」

木場昭二の死因——、それは車両と衝突した結果だったのだ。

「木場昭二の死因は、身体全体に衝撃を加えられたこと。支倉さんは、電話でそういったわね。それが間違いないとしたら——」

爽子は思考に集中して曖昧になった視線を、毛布に落とす。

「——上着の状況からビルから落下したのではないのだとしたら、日常にあるもので、ひとひとりの命を奪いうるほどの衝撃を人体の広範囲に与えられる物。……私には車両しか思い浮かばなかった。そして私は、木場の遺体が着ていたもので、確信した」

「やっぱり……ジャージですか？」

「そう」爽子は支倉を見た。「犯人はわざわざテーブルに飲み物までこぼして偽装し、ジャージを穿かせていた……。そこまでするということは、遺体にズボンを穿かせたままでは犯人にとって都合が悪い理由がある、ということ」

「そっか、遺体の着衣であれば、綿密に調べられますもんね」

「そして、部屋に脱ぎ捨てられているようにみせかけたズボンは、膝あたりが濡らされていた。……二つを考え合わせると、犯行時に穿いていたズボンに残った痕跡を、それも膝の辺りを隠そうとしたんだと思った。膝付近に残って状況を物語る痕跡といえば——車両のバンパー痕、と思ったのね。だから、司法解剖に立ち会う堀田係長にも、それは伝えておいた。〝特異事故〟——轢き逃げに近い結果がでるかも知れません、って」

「そうですね……」支倉は、ほっと息をついた。「高所からの落下と車両との衝突って、確かに似てますもんね。自分から地面に、っていうのと、車の方からぶつかってくるっていう違いだけで。あ、そうか、だから上着も着せっぱなしだったんですね。車両をぶつけたとき、木場が上着のポケットに入れてた所持品も壊れちゃって、かといって、それらだけ部屋に置いておくのは不自然すぎるから。……それにしても、なぜ、犯行にライトバンが使われ、しかも低速だったことまで解ったんですか」

支倉は、白石モータースに聞き込みに訪れた際のことを思い出す。……大谷が事務所にやってきたとき驚いたのは、大谷が突然、現れたからではない。爽子が犯行に使用されたのはライトバンだと予想して、それが的中したからだった。

「遺体には、タイヤ痕は残されてなかった」爽子は一口、スポーツドリンクを飲んでから言った。「それは轢過——車両が被害者の上を通過して、轢き殺したのではないのを示している。ということは、車両は木場と衝突時に、すぐに停まれる程度の速度だったということ。なにより、車両自体も比較的軽量じゃないか、と考えられたから。……ちなみに、大きくグリルが突きだしたボンネット型と違って、ライトバンなんかの前が平面のキャブオーバー型は、時速三十キロで衝突しても、人は死亡するといわれてる」

「なるほど、それで」支倉は呟いた。「ライトバンといえば、業務用が多いから、あの時主任は、日常的に自動車を扱う業種を当たれ、って言ったんですね」

「木場の周辺で、条件に合うのが白石だけだったのは、運が良かっただけなんだけど」運が良かった、って……。支倉はちいさく笑う爽子に呆然とする。共同経営者の加納なんかを疑ってしまった自分が恥ずかしい。

　後の調べで、木場と加納はお互いを受取人に高額な生命保険を掛けていたと判明した。加納が、木場の死が自殺であって欲しいと願ったのは、受取金を、会社の資金繰りに当てたいと思ったかららしい。

　それはともかく――、支倉は気持ちを切り替える。

「でもでも……、でもですね」支倉は身を乗り出した。「どうして犯人は木場の古くからの仲間だって解ったんですか」

「それは第一に、木場があの夜、携帯電話の電源を切っていたこと。あれは、死ぬのを邪魔されたくないからじゃない」

「というと――」

「電源を切ると、電話が繋がらなくなるだけじゃなくて……、電話会社に位置情報も残らなくなる」

「ええと、木場はあの夜、自分がどこにいたのか記録されたくなかった、と」

「そう。つまり木場はそれほど用心深く、しかもそうする必要がある人物ってことね。それに、支倉さんも気づいた強力なライトも第二のヒントになった」

支倉は、木場の持ち物にあった、軍用にも使われるという円筒形のライトを思い出す。

「あれは、何に使うつもりだったんでしょうか」

「防犯カメラ対策」爽子は答えた。「防犯カメラは強力な光を浴びせられると、映像が真っ白になる。顔を映像に残さないようにして、ＡＴＭからお金を引き出す犯罪者の常套手段ね。……会社の資金繰りに困っていた木場が、携帯電話の電源を切り、防犯カメラ対策までして誰かと会おうとしたのだとすれば、目的は金銭の脅迫、と考えられた」

爽子は一つ一つの状況証拠を繋げてみせると、言った。

「木場昭二の犯罪者じみた用心深さと行動。共同経営者の加納の証言した、会社設立のための出所不明の資金という、年齢に似合わない大金。さらにまとまった額を相手が払わざるを得ないほどのネタ。……過去に、ともに大金が動く犯罪に手を染めた仲間を脅そうとしたとみて、無理はないなと思ったの」

支倉は、想像力は偉大だと思いながら、白石の供述を思い出していた。

木場は爽子の予想どおり、白石らとともに二十代のはじめ、架空請求詐欺に手を染めていたのだった。

〝木曜会〟とは、いまは足を洗って、犯罪で得た資金で〝青年実業家〟に成りおおせたメンバーの、親睦会だったのだ。

会社の資金繰りに苦しんだ木場は、相模原の白石モータースを訪ねて、かつて染まっていた犯罪をネタに強請ろうとして、逆に激昂した白石に殺されたのだった。

こちらも脅そうとしただけだった、と白石は供述している。それは木場が白石に事務所を追い出されての帰りしな、こう叫んだからだという。

〝白石よお、てめえもただで済むと思うなよ！　俺が破滅するときはなあ、てめえも同じ目に遭わせてやるからなあ！〟

白石は咄嗟に、近くに停めてあった業務用のライトバンに飛び乗って、敷地内を逃げ出した木場を、低速でいたぶるように追いかけた。殺すつもりなどなかった。だが――。

逃げていた木場が突然、開き直るように立ち止まった。そして振り返ってなにか叫ぼうとして――、だが、慌ててブレーキを踏んだ白石には、聞こえなかった。

白石が気づいた時には、蜘蛛の巣のように割れたフロントガラスに、血まみれの木場の顔が押しつけられていた。

事情はどうあれ、頭から血を流して虫の息で倒れている木場に、白石は恐慌を来した。

なんとか犯行を隠そうと思いつく限りの準備をして、シートを敷いた業務用の車に木場を乗せると、大谷とともに多摩市まで走った。そして背格好が似ている大谷に、木場と同じ格好をさせてマンションの部屋へとあがらせ、自殺に見えるように偽装工作をさせた。バンパーの痕跡の残ったズボンは、相模原の白石モータースで自分の穿いていたジャージに穿き替えさせていたので、持ち込ませたジャージの上着だけを、クローゼットに吊っておくように指示した。

大谷は白石の指示どおりにすべての偽装を終えると、服を替えて、木場のマンションから出た。――その姿は監視カメラの映像を再確認したところ、映っているのが確かめられた。支倉、一生の不覚だった。

「吉村主任は全部、聞いただけで解ったんですね」支倉はうつむいた。「それに……、高所から落下した死亡者の着衣とか……、ボンネット型とキャブオーバー型の痕跡の違いとか……よくそんなことまでご存じなんですね」

「支倉さん」爽子はすこし厳しい表情になって、支倉へと顔を向けた。「捜査員としても心理捜査官としても、現場を分析する能力はたいせつなものなの」

「……すいません」支倉はうつむいたまま呟いた。

爽子は不意に、くすり、と笑った。「――なんて、ね」

「へ……？」文倉は驚いて顔を上げる。

「ほんとはね、高所から落下した際に上着がどうなるかは覚えてたんだけど、……私もう ろ覚えだったから、電話で文倉さんに聞いた後、本で調べ直したの」

爽子はそう言って、目顔で部屋の隅に積んだ書籍の山を示した。

「あ、ひどい！」文倉は抗議する。「後出しジャンケンじゃないですか！」

「ごめんね」爽子は小さく笑った。

文倉も苦笑を返して立ち上がり、窓を開けながら言った。

「そういえば、盗犯時代に私を指導してくれたひとが、……良い先輩ができたな、その人からよく学べって、言ってくれました」

開いた窓から、夜風に乗って草木の香りが、ふんわりと香った。

桜の時期まで、もうすぐだ。きっと今年も乞田川の川縁は、桜並木に美しく縁取られるだろう。楽しみだ。――吉村主任と眺めるのが。

「……私のようには、ならないでほしい……」

爽子が背後で呟くのを聞こえないふりをして、文倉は言った。

「――春ですねえ」

そして、胸の中で続けた。……吉村主任、いつかきっと追いついてみせます。

嵐のなかで

署庁舎の通用口から一歩踏みだした途端、陽光の眩しさに眼がくらんだ。一瞬、視界を圧倒する白光に、風景が飲み込まれる。

夏とはいえ午前中なのに、容赦のない日射しだった。

――まだ七月の末なのに……。

吉村爽子は、捜査員の背広の群れがぞろぞろと進むなかで足を運びながら、太陽に抗議するように、そう思った。

職業柄、外を出歩く時間の長い自分たちのような人間にとって辛い真夏は、もうすこし先だと思っていたけど――。

烈光に灼かれた眼に色彩が戻ると、――年季の入った四階建ての庁舎、それに周りに建つ高いマンションに狭められた空が、薄く濡らした涙越しに見えた。

そこは、八王子警察署の裏にある、駐車場だった。

爽子を含めた二十人ほどの集団は、そこで動きを止めた。八王子署からは、車両で移動する手筈になっていて、それを待つためだった。

爽子は、周りを体格の良い男たちに囲まれているという窮屈さに堪えながら、思った。

「あつい……」

爽子は暑いと熱い、両方の意味をこめた呟きを、思わず漏らしていた。

アスファルトで熱せられた空気が、じっとりと重い。それは、周りにいる男たちの整髪料や体臭の入り交じった人いきれのせいだけではない。寝汗の染みこんだシーツのように、じめじめと不快に、頬やうなじに纏わりつくのは――。

湿気――湿気だ。

「――どうかしたんですか」

傍らからそう男の声がかかり、爽子は特徴的な大きな瞳を、そちらへと向けながら答える。

「いえ、別に。――ただ、今日も暑くなるのかな、と思っただけです」

「そうか、……そうだな。確かに暑くなりそうだ……」

ぼやくようにそう答えて、空を見上げた男は、櫛田良介といった。

爽子と同じく、ここ八王子警察署に応援派遣された捜査員だった。年齢は四十代はじめで、癖の強そうな髪を真ん中で分けている。

爽子が組むように指示された、相勤者だ。

「〝三が日〟の初っぱなだってのにな……」櫛田は呟き、横目をむけて続けた。「だが、ちょっと意外だな」

「なにが……でしょう？」

「あんたは、滅多に胸の内を表情に出さないと聞いてたんだが」

爽子は少しの驚きと微かな違和感をもって、首をわずかに傾げて、櫛田に顔を向ける。後ろで結んだ髪が若駒の尾のように揺れ、二十七という歳に似合わぬ童顔に浮かべていた峻厳な捜査員の表情が、すこしだけ綻ぶ。

櫛田は爽子の不思議そうな顔を見て、しまった、余計な事を言ってしまった、という表情になった。櫛田は爽子より年齢こそ一回り以上離れていたが、階級が巡査部長である爽子のほうが上位であるのを思い出したのかも知れない。

「別に、そういうことは――」

爽子も顔を前に戻しながら素っ気なく言いかけて、言葉を切る。……

……それは、所属である多摩中央警察署からの応援派遣されるのが決まった際、同じ強行犯係の同僚である支倉由衣がしてくれた忠告を、思い出したからだった。

「笑顔ですよ、笑顔！」と支倉由衣はしつこくそう念を押したものだ。「絶対、損しますよ」

「気は……つけておくけど」

爽子がそう答えると、支倉は呆れたように言ったのだ。

「なに言ってんですか。吉村主任の場合、意識してそうしないと……、なんか、へんな女だと思われちゃいますよ？」

「別に、思われてもいい」

「いいわけないでしょう！」

……そんな、つい昨日の会話を思い出してから、爽子は咳払いをした。

笑顔、笑顔。笑顔は大事……。せっかくの支倉からの忠告だ。

爽子としてはそれなりの努力を払った微笑を添えて、櫛田に答えた。

「――そういうことはありませんけど……？」

「そうみたいだな」櫛田も、両方の眉を上げてみせた。「おっと、お迎えの車だ」

こういったとき、――満員電車だろうと人がひしめいている場所はいつもそうなのだが、小柄な爽子は人間の衝立に囲まれたのと同様で、前などほとんど窺えない。けれどこのときは、頭越しに、署の用意したワンボックスの多目的車が二台、横付けされたのが見えた。

ついで、スライドドアの開く音。

一旦は停まった捜査員の集団が、動き出す。先頭から、捜査員たちが飛び込むように背中を屈め、続々と多目的車のスライドドアに潜りこみ始める。

身を屈めて乗り込んだ車内で、爽子と隣り合わせて座席についた櫛田は言った。

「クーラーとは有り難いね、……ちょっとの間だけでもな」

それきり櫛田は、すこしでも体力を温存しようという魂胆か、座席に凭れて眼を閉じる。

話しにくくはなさそうだけど、と爽子は隣の相勤者のことを思った。なんだか熱意の感じられない人だ……。

とはいえ、爽子は櫛田の態度をかえって有り難いくらいに感じながら、体格の良い捜査員たちが乗れるだけ乗り込んだ車内の、満員電車並みの窮屈さから逃れるように、ウィンドウを見遣った。

爽子たちを乗せた二台の多目的車は程なく動き出し、署の門扉を抜けると、幹線道路を右に曲がった。

通行量の多い四車線の道路は、甲州街道だった。――八王子市はかつて、この街道の宿場町として栄え、現在は東京都西部に広がる多摩地区の中心地、都下随一の中核市として発展している。

爽子は、走り続ける多目的車の車内から、夏の強烈な陽光に漂白された街道沿いの町並みを見詰め続けた。歩道には、アスファルトから揺らめきだした陽炎(かげろう)の上を行き交う、歩行者たち。

生温(なまぬる)く湿った空気は、汗の蒸発さえ妨げる。道行く人たちは堪まらないのだろう、ほとんどのひとが、ハンカチやタオルで盛んに汗を拭(ぬぐ)いながら歩いている。

湿気のせいだ――、と爽子は思った。

爽子は多摩中央署から、指定捜査員として八王子署に派遣されていた。

……警視庁は、都内を複数の所轄署からなる十個の〝方面〟に分けている。そして、重要事件が発生し特別捜査本部を設置した場合には、事件の発生署と同じ方面管内に属する各所轄署から、応援の捜査員を動員する態勢をとっている。

その際に、各署から派遣されるのが、指定捜査員だ。

このような態勢が敷かれているのは、殺人事件発生となれば捜査に大量の人員を必要とし、発生署の捜査員や署員、凶悪事案の主管課である警視庁本部捜査第一課の一個係十数名では、とても人手が足りないからだ。

重大事件の発生を都内全域の関係各部署に通知する〝特捜開設電報〟が、警察専用回線のファックスから多摩中央署にも届いたのが、つい昨日、七月二十九日の深夜だった。

特捜開設電報とは初動捜査で判明した事件概要、さらに捜査方針である〝捜査要綱〟が示された、いわば特別捜査本部設置の布告だ。そして同時に、刑事部長名で半ば強制的に指定捜査員派遣を要請する、各所轄にとっては頭の痛い報せでもある。口さがない幹部の中には、戦時中の召集令状にちなんで〝赤紙〟と呼ぶものもいた。

重要事件の犯人検挙には絶対に必要な措置とはいえ、捜査員を喜んで送り出す署はない。どこの署も手一杯の事案を抱え、人手は常に不足しているからだ。経験を積んだ捜査員となれば、なおさらだ。

だから、特捜開設電報がもたらされた際、たまたま残業で刑事部屋に居合わせた爽子が、自ら八王子署への派遣を希望すると、強行犯の堀田係長をはじめ刑組課長も渋った。

けれど爽子は、いつになく強く主張したのだった。

——いいえ、私が行きます。行かせてください。

こうして爽子は八王子署の特捜本部に加わり、多目的車のウィンドウ越しに風景を見詰め続けている。

車窓の風景は、古風な甲州街道沿いの眺めから、近代的なビルが空を覆う桑並木通りへと差し掛かり、八王子駅前の繁華街へと変わっていた。

目的地へは、もうすぐ着く。そして、冷房の効いた車から一歩でも降りれば、市街地特有の人いきれも加わって、蒸されるような暑さだろう。

湿気のせいだ、と爽子はまた思った。

そうだ、この、空気を生温く重くするものの到来とともに、事件は起こったんだ――。

二日前。――七月二十八日。

その日、関東地方は台風になり損ねた熱帯低気圧の接近に伴い、朝から黒く分厚い雲が垂れ込めていた。

空模様をみて、朝から傘を持って出勤や通学に向かう人も多かったが、実際に雨が降り始めたのは、午後五時半頃だった。

それも、一時間に五十ミリという叩きつけるような雨で、帰宅ラッシュを直撃した。

そして、この酷い吹き降りの最中、事件は発生していた。

現場は八王子市子安町、二階建て、八世帯入居のモルタルアパートだった。

被害者は大久田理香、二十四歳。新宿の事務機メーカー勤務の会社員。

遺体は、一階一DKの室内、ドアを開けてすぐの玄関で、三和土の血だまりの中、身体を丸めるような姿勢で横向きに倒れていた。

死因は、臓器損傷による失血死。胸部の刺創が心臓まで達していた。成傷器は比較的短く鋭利な尖器——つまり凶器はナイフなどの蓋然性が高い。創傷は致命傷になったその一カ所のみで、防御創などはなし。

司法解剖では、ほぼ即死、と判断された。

着衣に目立った乱れはないものの、雨に濡れた形跡があり、また、被害者は靴を履いたままだった。

そして、ドアの内側のノブには被害者の血液掌紋、錠のつまみにはやはり血液指紋がはっきりと残っていた。被害者が襲われた後、自ら内側から施錠したあと倒れ、死亡したとみて間違いなかった。

ただ、ドアの外側、廊下に面したドアノブにも、血痕があった。けれどこちらは肉眼では気づきにくいほど薄く、のちの初動捜査で、鑑識課員が特殊なゴーグルをして〝励起光源〟で照らしたところ判明した。帰宅時に残るはずの被害者自身の指紋も検出されなかったことから、どうも犯人によって血痕がぬぐい取られたらしかった。それでもそこから、関係者以外の明瞭な指掌紋がひとつだけ、検出された。

そして、死亡推定時刻、犯行時間については、これもまた初動捜査で、アパートの住人から有力な証言が得られた。

「ええ、ほんと、身近でこんなことが起こるなんて……」

聞き込みに回った捜査員に、被害者宅の右隣、一〇一号室の三十代の主婦は言った。

「ええ、いましたよ、家に。夕飯の支度をしながら、テレビでお天気のことを観てました。旦那の帰りが心配でしたから。…………ええ、聞きました。刑事さんのおっしゃる、争う、というほどじゃないですけど、外の廊下の、ちょうど殺されちゃった大久田さんちのドアのところから、大きな男の人の声がしてました。確か、時間は七時くらいだったと思います。……え？　いえ、大久田さんの言い返す声までは、ちょっと……。テレビをつけてたし、聞き耳を立てるのも気が引けるし、それにあの雨と風でしょ？　あのお、もういいですか？　…………え？　ええ、以前はパートに出て働いてましたけど、いまはずっと家に。……は？　警察の方だからって、なんで理由まで話さなきゃならないんですか？」

「あ、ずっといましたよ、昨日の晩は」被害者宅の左隣、一〇三号室の二十代の男性の証言。

「というか、俺、ずっと家にいるんで。…………へ？　ええ、無職といえば無職ですね。ていうか、働く必要がないんで。親がお金を送ってくれてるんですよ。ま、世の中にはそういう階級の人間もいる、ってことで。…………あ、そういえば聞こえたなあ。なんか女と男が揉めてる声、聞こえましたよ。男が怒鳴って、ドアがんがん叩いて。………時間ですかあ、多分六時半頃か、もう少し経ってたかなあ、良く覚えてねえけど。時間っていえば、刑事さん、俺も貴重なネットに繋いでる時間を提供して、こうして重要な証言を警察に提供してるわけですよね？　いくらか謝礼なんか出ないんですか？　………やだなあ、冗談ですよ。怖い顔しないでください。あ、でも、事件のことをマスコミに話して金もらっても、罪にはなりませんよね？」

「ええ、在宅してました」被害者宅の階上二〇二号室、四十代の男性の証言。

「昨日は夜勤明けでしたんで。ああ、職業は警備員です。……あやしい物音、ですか。ええ、聞きましたよ。それで眼が醒めちまったんですわ。……いえね、さっきお話ししたとおり、夜勤明けで家に帰り着いて、酒飲んだあと万年床に転がったんですよ。そしたらね、寝てる私の頭に、がんがん音が響いてくるじゃないですか。ここのアパート、造りが易いんですよ、正直な話。壁なんか薄くて、となりで子供が騒いでる声なんか筒抜けでね、往生しますよ。まあ、そのぶん家賃も割安、ってわけで、文句も言えませんが。……ああ、すみません。で、その音が、下の階のドアを叩いている音だってのは、すぐにわかりました。最初は周りが暗かったから、真夜中かって錯覚したんですよ。で、驚いて枕元の腕時計を見たら、まだ七時くらいでね。二度びっくりですわ。……ええ、確かです。でもドアを叩く音と男の声は聞いたんですが、それ以外となるとね。なにしろあの天気でしょう、屋根や窓を雨が打つ音で、良く聞こえなかったなあ。……え？　家族はね、いますよ。かれこれ三年、別々に生活してます。……理由、ですか？　まあ、いろいろあったんですよ」

「――以上、若干のばらつきはみられるものの」

今朝の一回目の捜査会議で、爽子たち指定捜査員だけでなく、平賀捜査一課長ら幹部達もひな壇にずらりと顔を揃えた八王子署の訓授場で、園部係長はそう告げたものだ。

「証言から犯行時刻は二十八日十八時半から十九時半の間と思料されるが、これは昨日二十九日に行われた司法解剖の結果と合致する。なお、マル害の胸部の致命傷からみて、帰宅直後に殺害されたとみられるが、犯人も相当の返り血を浴びており、逃走の際、一階通路に血痕を残している。ただ、例の大雨が吹き込んで流され、血痕の形状は不明です」

そして、大荒れとなった二十八日の夜が明けた、二十九日。

無遅刻無欠勤を通してきた大久田理香が、連絡もなく休んだことを心配した同僚が、夕刻、アパートを訪れた。同僚がドアの前で大久田理香の携帯電話にかけたところ、施錠されたドアのすぐ内側から、それも玄関口で着信音が鳴り続けることに不審を抱き、アパートの管理会社に連絡した。そして警察官立ち会いの上、管理会社社員の手でドアを開けたところ――。

大久田理香が変わり果てた姿で倒れているのを発見したのだった。

「――これが、事案の概要です」

ひな壇の幹部席、長机の後ろに立って、名目上は捜査副主任官とはいえ実質的な指揮者である園部係長は、今朝行われた捜査会議を、そう締めくくった。

園部は、体格の良い捜査員が多い中、背の低い男だった。特別捜査本部の置かれた訓授場は学校の教室二つ分ほどの広さがあり、末席についた爽子からは、長机にならんだ捜査員の背中の連なりの上に覗く、園部の狭い肩幅と頭がようやく窺える程度だ。

だからかどうか、係長に昇任する前の園部とは以前、爽子は同じ捜査本部で捜査に当たったことがあるはずだったが、印象には残っていない。園部はその時、捜査四係の主任のひとりだった筈だ。

「捜査の重点項目は、証言にあった、犯行当夜に被害者宅を訪れていたという男性の特定。及び、被害者の犯行前の足どり。捜査員各員にあっては、捜査項目ごとの担当主任の指示に従い、捜査事項を徹底的に当たっていただきたい」

園部は、本部内をゆっくりと見回してから付け足した。

「いいですか。徹底的に、と言ったんです。よろしくお願いします」

世の中では、と爽子は園部の言葉を聞きながら思った。……何故か、捜査一課の捜査員は所轄の捜査員を見下した態度で下僕（げぼく）のように酷使する、と思われている。それは偏見に過ぎないが、そう見えるとしたら、一課の要求する捜査の水準が高いからだ。さらに、もっと切実な事情もある。

――この捜本で、捜査経験があるのは何人くらいだろう……。

訓授場を埋めた約八十人の本部員のうち、殺人事案を扱ったことのある〝刑事〟は、おそらく半分、四十人くらいかも知れない、と爽子は思った。捜査一課一個係十二名、九方面担当の第三機捜の五名、発生署の八王子署刑組課十人、そして自分たち応援捜査員を除けば、あとは八王子署の地域課や生活安全課から登用された捜査員だ。

まさしく混成な上に、経験不足の者が半数を占めた集団を指揮する一課としては、厳しくならざるを得なくなる。ごく短い期間で去らざるを得なかったとはいえ、かつては捜査一課に所属していた爽子には、それが解っていた。

園部の口調は、それらを反映したものだった。

「では、散会！　捜査にかかってください」

園部の声に、爽子たち捜査員は、一斉に折りたたみ椅子を鳴らして、立ち上がった。

――私が一課にいたのは……、もう遠い過去みたいに感じる……。

爽子はそう思いながら急に喧噪（けんそう）がかき回し始めた訓授場で、椅子を長机の下に押し込んだ。それから、一課係長を補佐する統括班――〝デスク〟担当から割り当てられた相勤者である櫛田を捜し、互いに簡単な自己紹介を済ませると、爽子は櫛田を促した。

「じゃあ、私たちも」

「行きますか」櫛田は首を左右に振って肩をほぐしながら、投げ出すように答えた。

それから、爽子と櫛田は、捜査本部の手配した車両が回される駐車場へと向かう捜査員の流れに、加わったのだった。


そうして、爽子たちを乗せた多目的車が行き着いたのは、被害者宅から最寄りの、八王子駅だった。

「いいですか。では、チラシの配布を行います」

捜査一課の古川主任が、爽子たち二十人ほどの捜査員を前にして、手にした紙の束を振って言った。

爽子たちが多目的車を降りたのは、駅北口に近い桑並木通りだったのだが、いま集まっているのは北口とは反対側の、南口だった。

多くの乗降客が行き交う南口は、駅舎からテラス状に大きくせり出したペダストリアンデッキ、通称〝とちの木デッキ〟となっている。

爽子は雑踏の喧噪を背に、手にした警視庁本部文書課が徹夜で作成したチラシへと改めて眼を落とす。『目撃者を捜しています』とゴシック体で記された表題に、『この女性に見覚えはありませんか？』と続き、末尾には特捜本部の特設電話の番号。そして、被害者である大久田理香の写真が、もっとも目立つように印刷されていた。

――あなたは、こんな笑顔のひとだったの……。

爽子は心の中で被害者に話しかけた。写真の中の大久田理香は、短い髪をした女性だった。杏形の眼でまっすぐこちらを見返しながら、口許だけで微笑んでいた。意志の強そうな、活発な印象を受けた。

捜査本部で捜査員に配布された資料に載っていた、無表情な、おそらく運転免許用の写真を眼にしたときとは違い、爽子は、被害者というだけでなく、大久田理香という一人の女性の面影を垣間見た気がする。

「言うまでもありませんが――」

古川主任の指示が続き、爽子は顔を上げた。

「――ただ漫然とチラシを手渡すのではなく、少しでも事件について知っている素振りをみせた通行者からは、必ず連絡先を聞き出してください。そのとき相手には、そちらの都合を最大限に尊重する旨、必ず伝えること。ああ、それから、腕章も忘れないように」

古川主任がそういって示した腕には、臙脂の布地に黄色く、所属を示す〝捜一〟の文字と、その下に役職をあらわす同色の線、通称〝金筋(きんすじ)〟の縁取る腕章が巻かれている。

爽子も臨場時だけでなく、こうした広報の際の必需品である腕章をしていたが、同じ臙脂色でも、所轄捜査員用なので〝捜査〟の二文字しか書かれていない、簡素なものだ。

「……解ってるよ、そんなこたあ」

同じく所轄用の腕章をした櫛田が、うんざりしたように呟くのが、頭の上から聞こえた。

確かに、と爽子は心の中で櫛田に同意して、ちらりと横目で左右を窺った。……日常的に捜査に携わる捜査員たちは、早く始めればいいのに、という苛立(いらだ)ちを隠した仏頂面をしていた。主任の注意事項に熱心に聞き入っているのは、普段は制服勤務の、地域課から借り上げてこられた若い警察官だけだ。

「上がりは正午！」古川は声を上げた。「始めてください！」

その一声で集っていた捜査員らは半円を崩し、それぞれの配置へと、朝の通勤時間帯のデッキ上に散った。

爽子もまた、人の流れのなかを泳ぎ切ると、駅を南北に貫通する連絡通路の入り口に場所を占める。

チラシによって通行人から情報提供を募(つの)るという仕事は、地取り、鑑(かん)取りに比べれば、地味な仕事だ。けれど捜査は、なにが端緒(たんちょ)になるか解らない。重要になるかどうかは、働きしだいだ。――さあ、始めよう……！

爽子は喧噪の中で、整髪料や化粧品の臭いの混じった人いきれと、置き土産のような湿度があわさった空気で薄い胸を膨らませると、口を開いた。

「捜査にご協力ください！」

精一杯の声を張り上げながら、爽子は櫛田が追いつく頃には、二枚のチラシを通行者に手渡していた。

「熱心だねえ」

櫛田が後ろで言った。その口調に、いくらか皮肉めいた響きを聞き取ったものの、爽子は「……いえ」とだけ小声で答え、人の流れに向かって声を掛け続ける。

「捜査に――」

古川主任の注意ではないが、ただ漫然とチラシを配ればいいって訳じゃない、と爽子は思う。それなら、アルバイトでも雇えば良いだけだ。爽子は配りながら、受け取って行き過ぎた通行人の背中を視界の隅で観察する。もしなにか心当たりがあれば、よく見ようと頭を下げたり、立ち止まったり、なにか反応があるはずだ。

だから、チラシを手に通り過ぎた男が立ち止まると、すかさず追いかけた。

「事件について、なにかご存じですか？」爽子は男の正面に回り込むと、声を掛けた。

「あ……いや」勤め人らしい中年の男は顔を上げた。「これ、二日前の事件のことですよね……」

「ええ、二日前、大雨が降って大変だった夜です」爽子はまっすぐ男の眼をみて答える。

「その女性に見覚えがおありなんですか？」

「あ、いや、そういうわけじゃ……」男は曖昧に視線を逸らして口ごもる。「……人違いかも知れないし……」

「どんな些細なことでもかまわないんです」爽子は言った。「お話しくださいませんか？」

「でも、俺、これから会社で――」

　爽子はひとにものを頼むこと自体が苦手な質なのだが、捜査員という立場となれば話は別だった。すかさず言葉を被せる。

「是非、お願いできませんか？　いま無理でしたら、もちろん御主人の都合に合わせますから。すこしだけでも、お時間を割いていただけませんか？」

　悪質商法なみの強引さに加え、爽子の、意志を視線で叩き込む刑事の眼に捉えられて、男は気圧されたように眼を瞬かせてから、不承不承、うなずいた。

「はい……、じゃあ……ちょっとだけなら」

「ありがとうございます！」

爽子は口許だけで微笑しながら、黒い表紙の執務手帳を取り出す。

「では、ご連絡先を戴けますか?……ありがとうございます。あ、夜もここで同じように皆さんに御協力を御願いしていますから、その時でもかまいませんから」

犯行と同時刻に、定時通行者を対象にした動態捜査を実施するのだった。

「あ、それから申し遅れましたけど、私は八王子署捜査本部の吉村、と申します」

爽子は男の携帯電話の番号を執務手帳に控え、口許だけでなく目許(めもと)も和(やわ)らげた顔を上げた。

「では、御協力ありがとうございました。……お仕事頑張ってくださいね」

爽子は笑顔で男が乗降客の背中の波に消えるのを見送り、三日分くらいの愛想を使ったような気がしながら、手帳をポケットに収める。それから新たなチラシを、通りかかった若い女に差し出した。

「捜査に御協力を――」

「なんだ、もう元に戻っちまってんじゃねえか」

「……え?」

爽子は櫛田に言われて、食べ終えかけたピラフの皿から顔を上げる。半年分の愛想を使い果たしたせいで、いつもの透明な表情になっていた。

八王子駅近くの、ビルの地下にある喫茶店だった。煉瓦を模した壁紙の店内は狭く、四人掛けの小さなカウンターと、壁際にテーブル席が三つあるだけだったが、昼休みの時間帯を過ぎて二人以外に客はおらず、マスターはカウンターの奥で洗い物をしている。テーブル席の一つを占めて、チラシ配布を終えた爽子と櫛田は向かい合い、昼の休憩をとっていた。

「戻ったというと……なにがですか？」爽子は聞き返した。

櫛田は定食ランチを先に食べ終え、コーヒーをすすっていた。

「顔だよ、顔」櫛田は自分の不精髭のういた頰を撫でてみせた。「表情のはなし。さっきまでは、愛想が良かったじゃないですか」

ああ、そういうことか、と爽子は気付いたものの、すぐに皿に眼を落とした。――私は笑顔が得意じゃない。

「これが普通なので……」爽子は言った。「努力はしますけど、慣れてください」

「おもしれえな、吉村さんは」

櫛田は鼻先で笑うと、煙草を取り出してくわえ、火を点けた。

爽子は、皿に残っていたピラフの最後のひとさじをぱくりと口に入れると、紙ナプキンを唇にあてて、改めて紫煙を上げる櫛田に目をやった。

椅子の背に深く凭れてややだらしなく足を組んだ姿は、どこか慢性的な倦怠を感じさせる。それは、日々、膨大な事案を抱えて重圧に喘いでいる捜査員の、典型的な姿の一つなのかも知れない。

「で、吉村部長は、彼氏とかはいるんですか。……おっとこれは、セクハラか」

同じ〝刑事〟なら階級にこだわらず皆同じ、あるのは検挙率という実績と経験のみ……。そういう職人気質の者が多い捜査員同士の無遠慮さで、櫛田は聞いた。

「それに近いひとは……いるような気がします」

爽子は、ちょっと考え込んでから答え、それから、考え込んでしまった自分自身に戸惑う。どうして、はい、います、と即答できなかったのか。爽子の脳裏に、いまも機動捜査隊の現場で、汗まみれになって働いているであろう藤島直人の姿が浮かぶ。

——私は藤島さんに恋以上のもの……、多分、愛情をもっている。とても強く。それなのに……、素直に応えられないのは何故だろう……。

男女の関係の一線を、未だ越えていないせいか。いえ、と爽子は思う。

藤島直人へだけではなく……、私に取り憑いている人間同士の繋がりへの不信のせいか。十歳の私に焼きつけられた、疑心の刻印のせいなのか。

「なんだよ、よく解らねえな」

櫛田は笑って、短くなった煙草を、テーブル上の灰皿で揉み消した。

「……けど、こっちは解りやすい話だよ。結構早く、ケリがつくかもな」

櫛田は足をほどいて身を乗り出し、テーブルに肘をついた。

「こっち、というと……」

「事案だよ」

櫛田が声を低めると、爽子は曖昧に逸らしていた眼を戻して櫛田を見た。

「どうして、早く解決すると……？」

「だってそうだろ。心臓をひと突きされたマル害が、自分の家の玄関で倒れてた。しかも、死亡推定時刻には男が訪ねてきてるって証言もある」

「ええ」爽子はうなずいた。

「大雨の夕方にやってきたのが、まさかマル害とは見ず知らずの奴ってことはねえだろ？　そいつと、帰宅直後のマル害が口論になり、玄関先で刺された。マル害は必死に抵抗してドアを閉め、なんとか施錠したが亡くなったと。で、男はドアノブを握った拍子に遺しちまった指紋とマル害の返り血を拭って逃亡したものの、いい加減だったもんで、結局は遺しちまった。——典型的な男女関係の縺れ……濃鑑事案に見えるぜ」

鑑とは〝繋がり〟あるいは〝関係性〟をあらわす言葉で、櫛田はそれが濃い、つまり犯人が被害者と近しい面識者ではないか、と考えているらしかった。

そして同時に、めぼしい有力な筋は本部捜一の連中がさらってしまい、自分たち外様の指定捜査員には、事案の中心から外れた労多くして功少ない仕事が回されてくる……、そんな櫛田の諦念も、爽子は感じ取った。

事件の構図は櫛田の推測どおりかもしれない、と爽子も思った。けれど、櫛田の抱くやり切れなさまで共有するのには、抵抗があった。

――どんな役割を与えられようと、ひとを傷つける奴を絶対に許さないのが、私たちの仕事だ……。

「被疑者が誰であれ」爽子は顔を上げて言った。「犯行前後の行動の解明には、できるだけ多くの目撃者の証言を積みあげる必要があります。私たちの仕事も、大切だと思ってます」

「まあ……ね。そいつは解ってるよ」

櫛田は目を逸らして、コーヒーカップをとり、冷えた中身を苦そうにすする。……年下のものに諫言されてばつが悪くなったのか。あるいは、相勤の硬さに辟易したのかも知れない。

「時間もいいようですね」

爽子はちらりと腕時計をのぞくと、テーブルの伝票に手を伸ばしながら言った。

「いきましょうか？」

事件発生日である、七月二十八日。

八王子駅南口は、まだ午後六時をまわったばかりだというのに、薄墨を流したように仄暗かった。いつもなら西日が街を橙色に染める時刻だった。けれど今日は、黒々とした雲が低く垂れ込め、降りしきる大粒の雨が街を洗っていた。

前日の天気予報で、風雨をもたらす低気圧の接近をあらかじめ知り、早めに仕事を切り上げた都心からの帰宅者たちで、南口は溢れていた。そうした人々は事前に傘を用意していたものの、いざ駅舎を出ようとして、ペダストリアンデッキを叩いて弾け続ける雨の激しさと不穏な空模様に、思わず躊躇し、傘を差すのも忘れて立ち止まってしまう。そうしてできた人垣が入り口を塞ぎ、混雑に拍車をかけていた。

「なんで、あなたがここにいるのよ！」

女の叫びが響いたのは、そんな混雑の中からだった。

恨めしげに空を見上げていた人々の頭が、一斉に声のした方へと向いた。

「もう、しつこくしないで！」

人々の好奇の視線の先で、ショートカットの若い女が険しい表情で叫んでいた。その女に、細身だが体格の良い男が前屈みになって、しきりと何か話しかけ、宥めているようだった。

「なあ、話を聞いてくれ！　聞けって！」

「聞きたくない、顔も見たくない！　いい加減にして！」

切って捨てるように叫んだ女の肩を、男は摑もうとした。

「やめて！　触らないで！」

女はそれを振りほどき、手にした傘を暗い空に突き刺すようにして広げると、看板の電飾を映して斑模様に輝くデッキへと、男を置き去りにして飛び出し、激しい雨の中へと駆けだしていった——。

「……以上、大久田理香が犯行当日、八王子駅南口で若い男と口論している姿が、目撃されています」

七月三十一日。……犯行から三日目の、朝の捜査会議。

爽子は、捜査員が長机の席を埋め、園部係長ら幹部も顔を揃えた中、訓授場の出入り口近くの席から立ち上がって報告している。

「なお、当該の目撃者以外にも――」

古川主任が幹部席に近い前の方の席で、座ったまま補足する。

「複数人の証言があり、写真面割りで確認したところ、いずれも大久田理香で間違いない、とのことで、確度はかなり高いと思われます」

「御苦労さん」

爽子は、園部にひな壇から形ばかり労われると、腰を下ろした。すると、立っている間には見えていた、幹部席で一本だけ折れた櫛の歯のようだった園部の小さな姿は、捜査員の背中の連なりの向こうに沈んで、最後列につく爽子の視界から消えた。

「……良かったな、参観日に先生に当てられて」

席に座り直した爽子に、隣から櫛田が囁きかけてきた。お馴染みになりつつある揶揄の響きが混じっている。

「いえ」爽子は、櫛田の物言いに、前を向いたまま一刹那だけ眉をひそめて呟き返す。

――どうせ他人のヤマだろうに、なんでそんなに張り切ってるのか、……ってこと？　別に張り切っているわけでも、出しゃばりたい訳でもない。ただ、チラシを配布しながら通行人に聴取し、その内容を担当主任に報せた結果、捜査会議で報告するように指示され、それに従っただけだ。

「冗談だよ、真にうけなさんな」櫛田は苦笑混じりに囁き、続けた。「だけど、これでケリだな、実際」

「どうしてですか」爽子は儀礼上、尋ねる。

「死亡推定時刻に、マル害の部屋の前で騒いでた男がいたんだろ。そいつとこの男が同一人物だとしたら、多分、ホシだ」

櫛田に言われるまでもなく、それが無理のない推測だと爽子も思った。

――多数の目撃者の前で、口論しているのだから……。

そう考えて、爽子の胸にふと疑問がよぎり、怪訝な口調でつぶやく。

「……でも、そうなら――」

「なんだよ」櫛田が眠気を堪えるような口調で囁きかえす。

「――男の行動は、ちょっとおかしいような……」

「マル害の目撃情報に関連して――」

爽子のささやかな疑問と呟きは、訓授場に響いた園部の声にかき消される。

「駅の防犯カメラ、これの映像解析結果の報告を」

「はい、任意提出をうけた駅構内の監視カメラの画像を解析したところ――」捜査支援分析センターの捜査員が、起立して言った。

捜査支援分析センターは、刑事部に近年新設された所属で、科学的な分析捜査を主任務とし、ローマ字表記した場合の略称、〝ＳＳＢＣ〟として知られている。防犯及び監視カメラの映像解析も重要な役目の一つだ。とはいっても警視庁本館の隣、警察総合庁舎別館の本拠で分析に当たるだけでなく、機動分析第一係及び二係は、殺人を含む重要事案発生の際には臨場係として現場に赴く。そして、捜一や所轄、機捜といった所属の捜査員に交じり、ＳＳＢＣの刺繍入りキャップ型捜査帽と腕章をして初動捜査に加わり、自らの手で犯行を捉えたと思われるカメラを探し出し、映像を入手する。

「――十八時二十三分から同三十分までの約七分間、南口において若い男女が口論する様子が記録されていました。映像を鮮明化し立体化して、顔貌の特徴点を被害者と異同比較したところ、大久田理香本人であるとの結果が得られました。男はそのあとも約十分間ほどその場に残っておりましたが、後を追うように立ち去っています」

「御苦労さん。――その大久田理香と言い争っていたという男だが」

園部が言った。「〝鑑取り〟捜査にあっては、重要な進展があった。有田主任、報告を」

ひな壇の前に、指名された主任の背中が立ち上がった。

「マル害周辺に当たったところ、大久田理香は元恋人と別れ話で揉めており、複数の友人が相談を受けていたようです」

本部内の空気が、しん、と静まる。

「元恋人の氏名は、徳永栄作（とくながえいさく）、二十五歳。現住所は北池袋（きたいけぶくろ）、職業は会社員。なお、当該人とマル害とは高校時代、部活動の陸上部で先輩、後輩の間柄です。その後は別々の大学に進学したものの、在学中に再会し、交際に発展したようです」

爽子は長机の上で執務手帳にメモをとってから、また眼を上げる。

「が、一年ほど前に大久田理香から別れ話を切り出したものの、徳永は納得せず、何度も電話やメールで連絡を取り、通勤の帰路に待ち伏せるなどしたようです。なおこの件について、警察に相談や被害届等は出されておりません」

「別れ話の理由は」園部からすかさず飛んだ質問が聞こえる。

「はい。ええ……、それについては、友人たちも聞かされていなかったようです」主任の答えは、歯切れ悪くなった。「ただ……、そのことについて問われた大久田理香は、とても口惜しそうな様子だった、との証言があります」

口惜しそうだった……？　どういうことだろう、と爽子は書き取りながら思った。

「……その徳永って奴が、別の女でもつくったんじゃないの」櫛田が小声で吐いた。

「ならどうして、被害者につきまとったんですか？」爽子は、皮肉の辛味をちょっぴり効かせた囁きを返した。

「別れ話の原因については置くとして――」

園部の声が響くと、爽子は顔を上げ再び注意を向けた。

「――重要参考人には違いない。鑑取りにあっては当該人の身辺捜査を徹底、行動確認員を二十四時間態勢で張りつけてください。〝飛ぶ〟可能性もある」

〝飛ぶ〟とは被疑者の逃亡を意味する。〝犯人は飛ぶもの、踊るもの〟……捜査員が叩き込まれるイロハのイだ。この場合、徳永が〝踊る〟、つまり拘束に抵抗して暴れるかどうかは解らないが、逃亡する可能性はある。

「それと並行し、徳永の〝面体〟の特徴をとらえた写真資料をできるだけ入手し、分析捜査に回してください」

園部はやや吊り気味の目を、長机の後列に向けて続ける。

「地取りにあっては徳永の〝人台〟をもとに、犯行当夜、地域住民に再度、聞き込みしてください。また、駅南口でマル害とともに目撃されたのが当該人なのかどうか、これの確認も動態捜査と並行して徹底すること。――以上！」

「係長」前列で質問の手が挙がった。「遺留指紋についてはどうですか？」

初動捜査の際、被害者宅のドアノブから、はっきり印象された遺留指紋が採取されている。物証のほとんどないこの事案で数少ない、しかし有力な証拠といえるものだった。

「当該参考人……徳永から秘匿採取、しますか」

それは、本人の同意を得ず、また意図も隠して指紋を採る捜査手法だった。もちろん裁判で証拠とは認められないが、ドアノブの遺留指紋と徳永の指紋が合致すれば、犯人性を強く裏付けられ、逮捕する根拠にはなる。正式な、証拠としての指紋は逮捕後に採れる。

しかし――、園部は犯人に繋がっているはずの糸の扱いを聞かれて、すこし黙った。

「……いや」園部は、ややあって言った。「秘匿採取は、外堀を埋めたあとでもいいだろう」

「しかし、駅で大久田理香とともに目撃されたのが徳永とすれば、時間的にも地理的にも〝接着性〟は充分です。近隣住民も、犯行時刻に当該現場のドアのまえで騒ぐ男の声を聞いています」

大久田理香を殺害する動機をもった徳永は、事件当夜、被害者のごく身近にいた。ならば、徳永は駅で別れた後にアパートへ向かい、十九時頃、帰宅したばかりの大久田理香を玄関先で殺害することは充分可能だ。

ノブに不自然なかたちで残されていた指紋が徳永のものならば、逮捕に足る決定的な証拠となる。

にもかかわらず何故、遺留指紋の照会を行わないのか？

質問者だけでなく、爽子も含めた捜査員たち全員の当然ともいえる疑義に、園部は表情を変えずに答えた。

「秘匿採取と照会は」園部は言った。「基礎捜査を徹底して間接証拠を積み上げた上で、任意同行の段階で実施したい」

「ですが、係長……」

「秘匿採取の実施については、捜査責任者であるこの私が総合的に判断する。いいですか」

押さえ込むような、園部の口調だった。

己の言葉に、捜査員らの肩から力が抜けるのを見計らってから、ややわざとらしく口調を和らげて、園部は告げた。

「手法については、鑑識課と検討します。――それでは、散会してください」

捜査員らが立ち上がり、椅子が床を擦る音と話し声、各担当主任の下へ集まる足音で、訓授場は途端に騒がしくなった。

「やれやれ、言ったとおりだろ。とっちゃんぼうやの係長さんは慎重なもんだが、案の定、早く終わりそうだな」

櫛田が騒がしさの中、椅子から腰を上げながら言った。

「秘匿採取した徳永の指紋と現場のが合致すりゃ、それでケリだ」

「……なら、いいんですけど」

爽子は、園部の意図を計りかねながら、櫛田に答えた。


園部の言う〝外堀〟――間接証拠を集める捜査を、爽子たちは続けた。

駅の防犯ビデオの映像記録に映っていたのが、大久田理香と徳永栄作だということを、念のために確認しなくてはならなかった。映像記録は、それ自体で充分に証拠としての価値がある。だが、万が一を考えれば、裏付けがあった方がなお、望ましいからだ。

そして、そういった〝念のため〟の仕事で走りまわることになるのは、やはり、捜査本部で中核を占めているわけではない、応援捜査員である爽子たちなのだった。

改めて、駅南口における目撃者たちを戸別に訪ね、写真面割りを行ったところ、全員が大久田理香と口論していた相手は写真に写っている男、つまり徳永栄作に間違いない、と口を揃えた。

大久田理香が立ち去った後も、徳永は南口で、十八時三十分から四十分にかけた約十分程度、ひとり悄然と佇(たたず)んでいた姿が防犯カメラに収められており、それは通行者の証言を時系列にそって記録した動態調査票からも確認されてはいた。けれど、爽子たち捜査員は、改めて通行者らから、その時の徳永のより詳しい様子を聴取した。

「男はどんな様子でした？　なにか、独り言とか……？」

爽子は、防犯カメラには記録されないであろう事柄を質した。

「いや、様子までは、ちょっと判んねえな」

証言者のひとり、アンダーシャツ姿の初老の男性は、古い民家の玄関先でそう答えた。

「俺も雨で急いでたしよ。それによ、男のあんな様子、じろじろ眺めるもんでもねえだろ。可哀想だしよ」

爽子たちとは別の地取り班も、現場付近で続けていた動態捜査で、目撃者を捜し当てた。ただしこちらは、被害者の大久田理香の足どりだった。

「あの日は大雨だったでしょ、ワイパーなんかほとんど効かないくらいの。だから慎重に運転してたんですよ。薄暗いから、ライトも点けて。そしたら、いきなり若い女が、ずぶ濡れで道路に飛び出してくるじゃないですか」

八王子市郊外の会社へ自動車通勤する五十代の会社員が、自宅を訪れた捜査員に言った。

会社から帰宅中のその会社員が、大久田理香と接触した場所は、八王子駅から大久田理香のアパートある子安町へ至る経路上。住宅地の、自動車同士がすれ違える程度の幅をした道路だった。

「そりゃもう、びっくりして急ブレーキですよ。…………ええ、その写真のひとで間違いないと思います。こっちも驚きましたが相手も同じだったんでしょう、急停止した車の前で、ちょっと立ち止まったんです。その時、横顔や髪がショートカットなのが見えましたからね」

それから大久田理香は詫びるでもなく、うつむき加減のまま、道路を急ぎ足で横切って消えたという。駅で徳永に待ち伏せされた大久田理香の身になれば、激しい雨も相まって、帰路を急ぎたい気持ちは、聴取した捜査員にも理解できた。

「なんだあの態度は、と腹が立ちましたが、まあ、あの時は事故を起こさなくて良かったっていう安心の方が強かったかな。で、胸をなで下ろした拍子に、カーナビの時計を無意識にみたんですね。滅多にないことだから、覚えてますよ、ええ。六時三十七分でした、間違いありません。…………え？　ちょっと刑事さん、言葉使いに気をつけてくださいよ。慎重に運転してた、って言ったでしょ？　ぶつかったりしてません！　こっちは徐行と変わらないスピードだったんですよ？　現にその女の人、車の前で立ち止まったときにふらつきはしましたけどね、ちょっとボンネットに手をついて支えた程度で立ち直って、そのまま歩いて行ったんですから。絶対、怪我なんかさせてませんよ！」

この証言は、大久田理香の生前の姿が第三者によって確かめられること、つまり最終生存確認となった。

そして、地取り担当は事件当夜の徳永栄作の目撃情報に関して、地域住民から決定的な証言を得た。

「ええ、この男なら見ましたよ。大雨の日でしょ？」

三十代の男性は、捜査員の差し出した、徳永の面割写真を見ると言った。

「事件のあったアパートからね、出てきたんですよ。あの雨の中、傘もなしで。なんか顔を隠すようにしてうつむいてね。おかしな奴だなあ、と思ったから覚えてんだけど。

……………時間、ですか？　そうだなあ、家に着いたのが七時十分くらいだったから、七時頃じゃないかなあ」

この他にも、駅に至る経路上で、複数の住民から同様の徳永の目撃証言を得た。

それは、捜査支援センターの捜査員が、私鉄の駅の防犯カメラの映像を解析した結果とも一致した。徳永は京王八王子駅から十九時二十二分に乗車し、JR山手線を経由して、二十時三十三分に東武東上線の、北池袋駅で下車していたのだ。

爽子はこの報告を捜査会議で聞いて、思った。――園部のいう〝外堀〟はこれで埋まった、と。

事件発生から四日目、八月一日。

その早朝、爽子は薄汚れたスチールドアの前に立っていた。

徳永栄作の住む、築二十年ほどの賃貸マンションだった。住宅や昔ながらの商店の密集する北池袋にあり、そういった生活感は、爽子の立つ内廊下にも及んでいて、左右に並ぶドアの脇の壁際には、子供の遊び道具や古新聞の束がよせられている。

けれどいま、その内廊下には捜査員たちが息を殺していた。ドアの前に立つ爽子を中心に左右に分かれ、ドアの覗き穴からは窺えない位置で、じっと待っている。

その、息を殺している捜査員がうなずくと、爽子も目顔で応えてから、呼び出しベルのボタンを押した。

「おはようございます」爽子は少し声を大きくして、ドア越しに告げた。「徳永さん？」

女性警察官が、逮捕や任意同行をおこなう際に被疑者や重要参考人を油断させ、住居のドアを開かせるのは、逃亡や立てこもりといった抵抗を防ぐ、古典的な手法だ。

爽子がここにこうして立っているのは、爽子が捜査本部で数少ない女性捜査員だからという、ただそれだけの理由だった。

しばらく待ったが、応答がない。

「……いるのは間違いないんだろ」

「ええ、まだ寝てるのか……」

捜査員同士が、囁きあうのが聞こえる。

「おはようございます！」爽子は声を高めて繰り返した。「徳永さ――」

その時、唐突に、ドアが内側から開いた。

「……はい」

ぼさぼさの髪を寝癖で逆立たせたランニング姿の男が、ドアの隙間から気だるげに顔を覗かせた。

徳永栄作だった。寝起きのせいなのか、半ば閉じたままの曇った目で、爽子を見下ろしている。なんの表情もなかった。

「徳永栄作さん、ですね？」

徳永がうなずくと、爽子はジャケットから紐で繋がれた警察手帳を取り出し、開いて見せた。

「警察です」爽子は徳永の目をまっすぐに見て言った。

「……ああ、はい」徳永は二、三度瞬き（まばた）をして、少しは意志の窺える目つきになった。

「……なんですか」

爽子が徳永にうなずいた途端に、爽子はドアの前から押しのけられて、一課の有田主任が徳永の前に立った。

「おはようございます、徳永さん」

有田が告げる間にも、ドアの左右に分かれていた四人の捜査員が、戸口の前に立ちはだかるように集まる。

「朝から申し訳ありません。これまでも、大久田さんとのことについてお話を伺ってきましたが――」

有田は四人の捜査員を背後に従えて続ける。押しやられた爽子は、それを捜査員の背中越しに聞いた。

「――もう少し詳しく聞かせてもらえないでしょうかね？　立ち入った話になりそうなので、署まで御同行いただいて」

「これからですか……」徳永は日焼けした顔を露骨にしかめて息をついた。「今日は土曜日ですよ、……理香が――いや大久田さんがあんな事になって、それでなくてもしんどくて、休みたいんです。またにしてもらえませんか」

「ええ、ですからその大久田さんの話ですよ」有田は口調こそ快活だったが、眼だけは猟犬のそれだった。「殺人事件の捜査です。協力してもらえませんか」

徳永は束の間、顔をしかめたまま有田を睨み、拒否する口実を探している様子が窺えた。

けれどそれが、岩に抗弁するのと同じくらいに空しい行為だと気づいたのか、ぼそりと答えた。

「……解りました。着替えてきますから」

徳永はそう告げて、ドアを閉めようとした。

「ありがとうございます。──ああ、それからちょっと長引くかも知れませんから、持ち回り品も用意してください。お邪魔してもかまいませんか？」

有田は徳永が閉めかけたドアを押さえ、そのまま中へと身を滑り込ませる。

見守っていた捜査員らも、一人、また一人と、ドアの内側へと消えてゆく。

爽子が、とりあえずあとに続こうとすると、最後尾の捜査員が振り返った。

「君はもういい。そこで待ってろ」捜査員はドアを閉めながら、狭まってゆく隙間から言った。「御苦労さん」

爽子を閉め出した捜査員の最後の台詞は、言葉こそねぎらいだったが、口調は露骨に用済みだ、と告げていた。重要参考人、被疑者──いや、まず犯人であることが確実であろう徳永の、身柄確保に伴う高揚感のせいにしても、一課の捜査員の態度はあからさますぎた。

爽子は廊下で一人、音を立てて閉じられたドアを、大きな眼を細めて見詰めた。やがて、眼を据えたまま、細い鼻梁(びりょう)の先で、ふんっ、と息をついた。

「あの……、こんばんは」

爽子は、樫材(オーク)の落ち着いたアンバー色のドアを開いて、頭だけを突きだし、中を覗き込むようにして声を掛けた。

そこは小さなバーだった。ウナギの寝床のような店の中は、照明を抑えられて仄暗い。十人が座れば一杯というカウンターだけの店だった。

「あら、……来てくれたのね。こっち」

爽子の声に、磨き込まれたカウンターに着いていた女が顔を上げて、呼んだ。

まったくの下戸(げこ)である爽子は、慣れない様子で周りを窺いながら、狭い店内に踏み込む。

「遅れてしまって……。すいません」

爽子は爪先立ちして高いスツールに身体を持ち上げ、なんとか女の隣に腰を落ち着かせると、そう詫びた。

「いいのよ」

そう言って髪の長い女——柳原明日香は、ほの明るい照明に浮かんだ端麗な横顔を、綻(ほころ)ばせた。

明日香は、捜査一課の数少ない女性係長だ。

所属は第二特殊犯捜査第五係。略称を〝特五〟。かつては四係だったのだが、特殊犯捜査係の増設にともない、ナンバーを譲るかたちで第二特殊犯捜査第五係となった。

そして、かつての〝特四〟は、爽子が一課在任時に所属していた係でもあった。

爽子と明日香が出会ったのも、〝特五〟がまだ〝特四〟だった頃なのだった。

そして捜査本部を抜け出した爽子と、多摩市で一番の繁華街、聖蹟桜ヶ丘のバーでこうして隣り合ってカウンターに座っている。

「いらっしゃいませ」マスターが照明の明かりの中に現れて、爽子に尋ねた。「なんになさいますか」

「あの……ええと」爽子は戸惑ったようにカウンターに視線をやりながら答える。「……何を頼めばいいんでしょう？」

「ごめんなさい。この子まったく飲めないのに、私が呼んだものだから」明日香がマスターに言った。「トマトジュース、あるかしら？」

マスターがカウンターの隅で背中を見せると、髪の長い女は、隣の爽子の方を向いて微笑んだ。

「うまく抜け出せた？」

「はい、まあ……」爽子は言った。「着替えを取りに帰りたいんです、と言ったら許可が出ました」

捜査本部が設置されると、一部の幹部をのぞいて、原則、全員が発生署に泊まり込みとなる。爽子の場合、派遣されたその日に八王子署の幹部から、通いでもかまわないが、と言われてはいた。男性捜査員は道場で布団を敷き詰めての雑魚寝が普通だが、女性捜査員だとそういうわけにもいかず、署側にしてみれば宿泊場所の確保が面倒だっただけなのだが、爽子は自分だけがなんだか甘えることになるような気がして、八王子署の女子更衣室に簡易ベッドを置いて、寝泊まりしているのだった。

「でも、あの……、私なんかより係長のほうが、……お忙しいんじゃないか、って」

「まあ、ね」

明日香は苦笑して、爽子に顔を向けた。

「吉村さんとまた一緒に仕事ができるかな、と思ったんだけど……。入れ替わりみたいになっちゃったわね」

爽子が派遣された翌日、多摩中央署管内の稲城市で、殺人事件が発生したのだった。

明日香は、〝事件番〟だった〝特五〟の係長として、警視庁本部から多摩中央署に設置された捜査本部に赴き、捜査指揮に当たっているのだった。

「うちの連中も、あなたがいないのを残念がってたわ」明日香はくすりと笑みをこぼした。「とくにホダくんなんか、すっごく残念そうだった」

「そう……ですか？」

爽子は、黒縁眼鏡をかけた若い特五の捜査員、保田秀の顔を思い出しはしたものの、どう答えればいいのか解らなくて、曖昧に呟いた。

その時、お待たせしました、とマスターがトマトジュースのグラスを運んできた。マスターがコースターとともに爽子の前に置いてから立ち去るまで、わずかな沈黙があった。

「まあ、こちらの事案は、〝流し〟の犯行の可能性が高いとは思うんだけど」明日香はグラスを取りあげながら口を開いた。「なかなか糸口がね……。目撃者も、防犯カメラの映像もなくって。そちらの事件とは、被害者の胸をひと突き、って手口は似てるんだけど――、そちらはもう被疑者は確保したんでしょう？」

「はい、こちらは〝濃鑑事案〟みたいなものでしたから」爽子は明日香の方に向いてうなずく。「いまは重要参考人扱いですけど、すぐに取り調べに切り替えられると思います」

「それは何よりね」明日香はちいさく笑った。「でも……こっちでも事件が発生してしまって、すこし残念なんじゃない？」

「え？」

明日香は笑みを消して、爽子を見た。

「あなた、強行犯係のみんなに休暇を取らせてあげたくて、応援を引き受けたんでしょう?」

「………」爽子は顔を前に戻し、まだ手を着けていないグラスに視線を落とす。

「あなたのいない理由が、志願して派遣されたからだと聞かされたとき、私にはすぐに解ったわ。一旦、捜本に出されたら、夏期の休暇をとるなんてできなくなるものね。……だからあなたは、ほかの人が休めるように、自分が行くと言ったのね?」

明日香の言うとおりだ、と爽子は思った。

指定捜査員が招集されるのは、捜査本部の第一期と呼ばれる期間だ。

そして第一期は、三十日間に及ぶ。その間、本部の捜査員たちに休日はない。

だから爽子は、特捜開設電報で事件発生を知ると、自分に行かせて欲しい、と望んだのだった。同じ強行犯係の同僚たち――、支倉は帰省を楽しみにしている様子だったし、若い高井(たかい)や三森にもなにがしかの予定があり、妻帯者の堀田や伊原も家族と過ごす時間がほしいだろう、と思ったのだった。それに――。

――それに、私には帰らなきゃならない場所なんてないもの……。

心の半分で私を拒否し続ける母がいるだけの、六畳一間のうら寂しいアパートの一室がそうだと言われれば、そうなのかも知れなかったけれど——。

「……でも」爽子は顔を上げると、微苦笑した。「全部無駄になってしまいました」

稲城で発生した新しい事件で、堀田係長以下、強行犯係の同僚たちの休暇の予定は取り消され、明日香の指揮下で捜査に当たっている。

「いいえ」明日香は艶やかな唇でグラスに触れながら言った。「あなたの気持ちは、きっとみんなに届いてると思うわ」

伝え方はとても不器用だけど……、と明日香は胸の内で呟いた。

いつも仏頂面、というより無表情の仮面に隠して、爽子が自分自身の安楽よりも、周りの人々の幸福を常に優先しているのを、明日香は感じ取っていた。

「ありがとう……ございます」爽子はグラスに眼を落としたまま、呟いた。

柔らかな薄闇の中に、優しい沈黙が落ちた。

「それ、飲んだら？」

明日香が爽子の前のグラスを目顔で示し、打って変わった軽い口調で言った。

「ビタミンは大切よ。二十代の乙女にも、三十路(みそじ)の乙女にもね」

「……はい」爽子は笑ってグラスを持ち上げると、一気に傾け、細い喉を鳴らして飲んだ。

「——とか言いつつ、私はこれなんだけど」

明日香もショットグラスを掲げると、乾杯、という風に掲げて見せてから水割りを唇に流し込む。

「でも、私の場合は帰れなくて幸いなのかも知れないけど……」

明日香がグラスをカウンターのコースターに戻してから、熱い息とともに呟く。

「それはなぜ……？」爽子は明日香の顔を、横から不思議そうに覗き込む。

「だって、この歳だもの。実家に戻る度に両親が、やれ男はいないのか、結婚しないのかってうるさくて。ま、仕方ないんだけど」

「そんなこと……」爽子は大きな眼を丸くする。

「で、こっちも腹が立つから、結婚なんていつでもできる！　って啖呵をきったら、できない奴に限ってそういうもんだ、って言い返されちゃって」

爽子は、くすりと笑った――。

……それからは仕事とは関係のない、四方山話と世間話に終始した。

楽しいばかりに時間が過ぎ、深夜を回る頃、爽子と明日香はスツールから腰を上げた。

二人でバーをあとにすると、爽子は、明日香を自分の私有車であるアルト ワークスで、数時間前に着替えを用意して出てきたばかりの多摩中央署まで戻って、送り届けた。爽子は署の上階にある単身待機寮に住んでいる。

「あの……、係長、ありがとうございました」

爽子は署の前でワークスを停め、助手席のウィンドウを開けて、明日香に言った。

なんだか久しぶりに笑った気がする……、と爽子は思った。そう、多摩中央署の同僚たちと離れて以来……。

私はこの歳で、寂しさを学んでいる……。小学生並みだ、と爽子は自分自身を思った。

「いいえ、私も楽しかった」

明日香は笑った。

「あなたたちの事件、はやく解決するといいわね」

「はい、そちらも」

爽子は、庁舎前に佇む明日香に見送られながら、八王子署に向けて、ワークスを発進させた。

ところが、明日香の言うようにはいかなかった。

当初は重要参考人として聴取された徳永栄作は、大久田理香殺害を頑として否定したのだ。

「俺は、理香を殺してなんかいません！」

「しかし事件のあった夜、十八時三十分ごろ、あなたと大久田さんが駅南口で口論しているのを、大勢が見ています。防犯カメラでも確認されました、徳永さん、あなた――」

取り調べを行った鑑捜査担当、捜一の有田主任は質問の矛先を変えた。

「――そのあと、どうされました？　諦めて、まっすぐ北池袋の御自宅まで帰られましたか？」

「……はい」

わずかな逡巡（しゅんじゅん）のあと、徳永は口ごもりながら答えた。

「――家へ……帰りました」

明らかな嘘だった。

徳永が京王八王子駅から十九時二十二分の電車に乗り込み、北池袋駅で二十時三十三分ごろに下車していたことは、捜査支援センターの捜査員が、防犯カメラの映像で確認している。つまり、八王子駅で大久保理香との口論の後、徳永には数十分にわたる空白の時間がある。

そして徳永が犯行を否認することなど、本部にとっては織り込み済みの事態に過ぎなかった。むしろ虚偽の供述は、より犯人性を強めることでしかない。

園部は満を持して、徳永の指紋の秘匿採取を命じた。

　有田は徳永に手渡して指紋を付着させた当たり障りのない書類を、取調室の外で待ち受けていた捜査員へと回した。受け取った捜査員は、その指紋付書類を丁寧にファイルに挟むと、警視庁本部鑑識課へ緊急対照依頼をすべく、八王子署を飛び出した。

　その間、有田は徳永を追及するのを控えて話題を変え、大久田理香と別れた理由について尋ねた。

「……俺、高校、大学時代を通して陸上の、長距離をやってたんです。それが縁で、理香とも親しくなって……。それで、国際大会に出たいって夢があったんで、卒業後は実業団を目指したんですけど、どこからも声が掛からなくて……。落ち込んだ俺を、理香は励ましてくれてたんです。いろんな大会に出場して良い結果を出してれば、きっと誰かの眼にとまるよ、頑張って、って。大会に参加するための旅費なんかも、理香は工面してくれてたんです。――」

　徳永は机に、眼を落とした。

「――でも、思うような記録が出せなくて。もちろん声を掛けてくれたり、スポンサーを申し出る企業もありませんでした。焦れば焦るほど、泥沼で……。だから、もう陸上はやめようか、って理香に言ったんですよ。正直、あいつの応援も重荷に感じるようになってたんで。……そしたら、理香はすごい勢いで怒りました。精一杯やるまえに、どうして諦めるのか、って。あいつ自身、高校時代、国体の強化選手に選ばれながら、怪我で断念したからかもしれません。とにかく、それからです。会って話そうにも、電話しても繋がらなくなって。だから、あの日、駅で待ってたんです。――」

そして、聴取に最初の休憩を挟む頃、本部鑑識課へ出向いた捜査員が署に戻ってきた。鑑識課の作成した指紋等確認通知書を携えて。

通知書に記されていた結果は――、秘匿採取した徳永の指紋と、被害者宅のドアノブから採取された指紋……〝捜査本部遺留指紋〟とは完全に一致、と記されていた。

逮捕するに、充分な証拠だった。

園部は、裁判所に逮捕状と捜索差押令状を請求し、発付された逮捕状をもって、徳永栄作を通常逮捕した。

「徳永栄作」園部の低めた声が、三畳ほどの狭い取調室に響いた。「お前を大久田理香殺害容疑で、逮捕する」

捜査本部は、被疑者逮捕に沸いた。

これからが大変だが、まずは逮捕できて良かった……。捜査は裏どりこそが重要と解っている捜査員たちも、素直に喜んだ。

だが……問題はここからだった。

動かぬ証拠を突きつけられた徳永は、犯行の夜、大久田理香のアパートを訪ねたのは認めた。

「駅で理香と別れ……、いや、逃げられたあと、……しばらくその場で呆然としてました。でも……やっぱり、どうしても俺の考えを聞いて欲しかったというか……。だから、あのあと、あいつの……理香のアパートに向かったんです」

しかし、殺害については、断固として否定し続けた。

「でも、だからって殺してません！　疑われるのが嫌で、言えなかっただけです！　実際、ドアの外からどれだけ呼んでも理香は出て来なかったんです！　ほんとですから！」

徳永の供述はそれ以降、一貫して変わらなかった。

また、取り調べと並行して行われた、徳永の北池袋の自宅マンションの捜索では、多数の衣類やいくつかの刃物類を押収した。

しかし――衣類から血痕など殺害に結びつく痕跡は検出されず、刃物の形状も大久田理香の遺体の創傷とは一致しなかった。

証拠物はすでに始末されたあとなのか。こうなれば、物証は、捜査本部が自力で検索して探し出すか、あるいは被疑者である徳永から行方を聞き出すしかない。

そのためには、徳永に大久田理香殺害を認めさせなくてはならなかった。

園部は徳永を〝ポリ検〟――ポリグラフ検査にかけるよう指示した。これはいわゆるウソ発見器とよばれ、正式には多角現象同時記録装置という。被検査者に犯行についての様々な質問を発し、その際の呼吸、血圧及び脈拍……心脈波や、皮膚電気反応で発汗といった身体反応を機械で測定して、被検査者の答えの真偽を見極める。

ただし使用に関しては被疑者の同意が必要であり、拒否されれば、裁判所に鑑定処分許可状を申請しなくてはならない。

断れば犯人性をさらに深めたかも知れなかったが、――意外にも徳永は、素直に同意した。

徳永が使用承諾書に署名すると、科学捜査研究所から派遣されてきた係官によって、検査は早速実施された。

もし顕著な反応を徳永が示せば、それを突破口に否認を突き崩せる。

「口ではやってないと言ってるが、反応が出てるじゃないか！」

……そう迫れる筈だった。

けれど結果は、〝陰性〟。……つまり犯人性を裏付ける反応はみられなかった。

犯行を否認、押収品にも痕跡無し。ポリグラフ検査にも反応はみられず……。しかし、捜査本部は意気軒昂（いきけんこう）だった。

徳永には動機があり、大久田理香の死亡推定時間に殺害現場であるアパートを訪ねたことも認めている。なにより、遺留指紋が一致しているのだ。

……あいつは自分の罪を認めたくないだけだ。歌わない——自白しないのは悪あがきに過ぎない。証拠を目の前に積み上げてやれば、必ず落とせる……！

捜査本部の捜査員の誰もがそう思い、〝否認ボシ〟を前にした刑事の習性で、捜査本部内の空気は再び沸きたった。

徳永に、なんとしても吐かせてやる。

そんな熱気の中——。

爽子はひとり、胸にふと生じた思いに戸惑い、立ち尽くしていた。

身体こそ、猟欲を剝き出しにした捜査員の群れの中にあったけれど、心だけは捜査本部のおかれた訓授場からは隔絶した、とても静かな場所にあるような、……そんな奇妙な感覚に捕らわれて。

爽子を捜査本部の熱気から遠ざけるのは、——氷の欠片のような、いくつかの疑問だった。

……犯行当夜の、殺害する意図があるにしては行動が不可解であること。

……殺害を示す明確な物証が見つからないこと。

……恋人を手に掛けたのなら動揺するはずのポリグラフ検査でも反応がないこと。

徳永はほんとうに……、と爽子は思った。

――ほんとうに大久田理香を殺した犯人なのだろうか……？

「……以上が、取り調べの状況である」

園部の声が、訓授場に居並ぶ捜査員の頭上に響く。

「徳永がどう言い繕おうと、遺留指紋という決定的証拠があるかぎり、犯人であることは間違いない。ついては、否認を切り崩すための〝落としネタ〟の収集、これを徹底的に行ってもらいたい。とくに、犯行に使用され遺棄された衣類や凶器の所在、及び入手経路の特定。これを優先項目とする。いいですね？　では、本日もよろしく。――散会」

朝の捜査会議だった。爽子はいつも通りに訓授場の一番後ろの席で園部の指示を聞いた。そして、これもまたいつも通り、小柄な指揮者の姿が捜査員たちの背中の連なりに隠れて見えないまま、会議は終わった。

「やれやれ、行きますか」

「……ええ」

櫛田がため息まじりに隣から促すと、爽子も答えて腰を上げた。

早期解決という当てが外れ、うんざりした顔の櫛田とともに廊下へ出てから、爽子は足を止めた。

「あの、……櫛田さん」

爽子は捜査員の人混み（ひとご）の中で振り返って、櫛田を見上げた。

「ちょっと、先に行っててもらってもいいでしょうか？」

「どうかしたんですか」

「ええ。ちょっと……」爽子は少し視線を落とし、口ごもってみせる。

「ちょっとって、なんですか」櫛田が顔をしかめて聞き返してきた。

爽子は、鈍感な、とでも言いたげに息をつき、眉を寄せて櫛田を見上げた。

「私、こう見えても女なんです」爽子は下から睨みながら言った。

「ああ、みりゃ解るよ」

「では、お解りになってもよいと思うんですけど？」

爽子が、全部言わせるつもりか、とばかりに少し苛立った声を出すと、櫛田もさすがに、爽子が女性特有の事情を訴えているということに気づいた。

「ああ、そいつは失敬。……あんたは、まだそんなもんのない歳だと思ってたのにな」

櫛田が爽子の童顔を揶揄する嫌味をひとつ残し、長身の背中を向けて行ってしまうと、いる。

爽子は辺りを見回した。幸い、先ほどまで廊下を満たしていた捜査員たちは、姿を消している。

――これでよし……、と。

相勤の櫛田を撒くと、爽子がひとり向かったのは――。

取調室だった。

――一度間近で、徳永栄作という人間をみてみたい……。

何が解るという保証などなかったが、爽子はそれでも、この眼で確かめずにはいられなかった。

取り調べはもう始まっているはずだ、と爽子は思った。勾留期間は原則として十日間、延長されても二十日間。徳永が頑なに犯行を否認している以上、捜査本部も悠長に構えてはいられないのだから。

爽子はひとり、人目を憚りつつ、刑事の大部屋と同じ階まで階段を降りると、取調室のドアが並んだ廊下の隅に立った。

一番奥のドアに、使用中、というプラスチックの札がかかっている。

爽子はそのドアの前で、耳を澄ます。……すると、頑丈なドアの向こう側から、途切れ途切れの声が聞こえてくる。この部屋か、と爽子は一人うなずいた。

――誰にも見つかりませんように……！

爽子は念じて辺りを見回してから、徳永が調べを受けているのとは隣の、未使用の取調室のドアを開けて滑り込んだ。

爽子はそっとドアを閉めて、室内へと振り返る。広さが三畳ほどなのは、徳永たちのいる取調室と変わらない。四方の壁が醸し出す圧迫感を申し訳程度に和らげているのは、奥の鉄格子入りの小窓と、隣室に面した壁に設けられたマジックミラーから漏れる光だけだ。

「――だから、俺のいうことも聞いてください！」

入ってすぐに、若い男のくぐもった声が、マジックミラーの辺りから響いた。

徳永が喋ってる……。爽子はその五十センチ四方のマジックミラーに、足音を忍ばせて近づくと、顔を寄せた。

……奥の椅子に座らされている徳永が、灰色のスチール机を挟んで反対側の席に着く〝調べ官〟の有田に、訴えていた。

「理香を殺したのは、僕じゃありません！」

「しかし、あんたが理香さんが亡くなった時間にアパートを訪ねているのは、あんた自身が認めていることだね？」

「ええ、そうですよ！　だからそれは認めてるじゃないですか！」

「しかし、最初は隠した。そうだね？　認めたのは、現場に残された指紋が一致したと、我々が伝えてからだ」

「それは……、後悔してます……。恥ずかしかったし……、その、……疑われたくなかったし……。で、でも！　理香を殺してなんかいません！」

爽子はミラー越しに、紅潮した徳永の顔を見詰め続けた。

「しかしね、徳永さん。あんたが訪ねて以降、あの夜は誰も彼女のアパートに来てないんだ。最後に接触したのは、徳永さん、あんたなんだよ」

「だから、そのとき理香は部屋から出てこなかったんです！　それに、部屋に行ったからって、僕が犯人って証拠にはならないでしょう！」

爽子は眉を寄せ、大きな瞳をわずかに細めて、徳永の顔を刺すように見詰め続ける。そして、思った。

――徳永は、言うだろうか……？

警察が決定的な物証を押さえていないことを知っている真犯人なら、口を突いて漏らす、あの言葉を……？

「徳永さん。だからといって、はい、そうですか、ではお帰りくださいと、我々は言うわけにはいかないんだよ。それは解るね？」

「だったら！　刑事さん！」

マジックミラーのなかで、徳永は握った両手を机に叩きつけ、喚いた。

「やってないって証明はどうすればできるのか、それを教えてくださいよ！」

爽子は、徳永の言葉が耳を打つと、眉間から力が抜けるのがわかった。

――〝やってない証明はどうすればできるのか〟……？

爽子は眼を見開き、すこし呆気にとられた表情になっていた。気がつくと、肩に入っていた力が抜けていた。

これは、もしかして……？　爽子は自分の抱いた違和感が裏付けられたように思い、逆に不安にかられて、マジックミラーの中の徳永に据えていた眼を逸らした。

――でも、まさか……、本当に徳永は……？

爽子は視線をさまよわせ、不安に追い立てられるようにして、取調室を出た。

――大久田理香さんを殺していない……？

疑問が頭の中で渦を巻き、不安……というより何か期待に似た感情が、胸の中で膨らむのを感じながら、爽子は廊下を歩き出したその途端――。

「おい、そこのお前！」

突然に声を掛けられて、爽子は迂闊にも、ガラスの壁にぶつかったように足を止めた。

しまった……！　深呼吸ひとつして振り返ると、この暑さにもかかわらず三つ揃いの背広姿の男が立っていた。

園部だった。

会議では常に捜査員らの背中の向こうに埋没している一課係長の頭から爪先まで、初めて眼にした、と爽子は思った。あらためてこうして相対すると、やはり園部は、がっしりした体格の多い捜査員の中では——というよりも男性としては、かなり小さい。さらに肩幅も狭いので、頭が余計に大きく感じられる。

その頭をまっすぐこちらに向け、園部は吊り気味の眼でじっとこちらを見詰めている。

「吉村か」園部が表情を変えず詰問した。「なにをしてる」

「……いえ。特には、なにも」

爽子は咄嗟に、少しかすれた声で答えた。

「こんなところで油を売らずに、さっさと捜査に行け」

園部は取り調べの進捗が思わしくない焦りからか、吐き捨てるように言った。

「……はい」

爽子は神妙に頭を下げてみせてから、くるりと身を翻して廊下を逃げだした。答えてから、ああ、どうして私はとりあえずの〝すいません〟という言葉が口にできないのだろう、と思いながら。

階段室へと逃げ込み、下へ降りながら安堵の息をついた。すると、最前に取調室で抱いた名状しがたい感情——疑問と不安の入り混じった、期待に似た感情が頭をもたげてくる。

私は、どうしたいんだろう……？

爽子は階段を降りながら、自問自答を繰り返した。

「遅かったじゃないですか。どうかしたんですか」

「あ……、え？　べつに。——行きましょう」

爽子は、署の玄関でスマートフォンの画面を面倒くさげに眺めながら待っていた櫛田が気づき、声を掛けてきたときも、どこか上の空だった。

——徳永は犯人ではないのかもしれない……。

爽子の脳裏に、その考えは取り憑き続けていた。

——でも、だからってどうすれば……？

「吉村さん」

「——え……？」

爽子は頭を悩ませながら、味のしないナポリタンをただ咀嚼し続けていたのだが、櫛田に呼ばれて顔を上げた。

気がつくと、口の中のそれは、離乳食並みに正体をなくしていた。

……そこは八王子駅近くの、個人経営の喫茶店だった。お昼時を過ぎた、広くはないが趣味の良い店内に、客はまばらだった。

爽子たちは、徳永が凶器となった刃物を入手した店舗を特定する、物割り班の応援に回されていた。そして、ほかの九組十八人とともに取扱店を虱潰しに当たっている。

だが――、爽子と櫛田が任されたのは、徳永が凶器を購入した可能性の高い駅周辺や被害者宅であるアパートへの経路上の店ではなかった。犯行時刻から逆算した徳永の徒歩圏内にようやく含まれる程度の、およそ可能性の低い地域が担当だった。

「あ、……あの、なんですか？」

爽子は慌てて口の中のものを飲み込んでから、グラスの水を飲むと、櫛田は鼻先で笑った。

「あんた、俺が飯の時に話しかける度に驚いてるな」

「……そ、そうですか？」

「朝いったのを、まだ怒ってるんですか？　それとも……そんなに重い質なんですかね」

爽子は、いつもならば女の身体的な事柄への揶揄には、冷ややかな眼で応酬してしまうのだが……、この時ばかりは、気の抜けた微苦笑しかでなかった。

「——いえ、そういうわけでは」

「じゃあなんですか、一体。朝からずっとだ。なにかわけがあるんですか」

「………」

「期間限定とはいえ、俺は相勤でしょうが」

爽子は、櫛田のいつになく度重なる問いかけに視線を避け、食べかけの皿に眼を落とした。

「吉村部長。ひとつ聞いても良いですかね？」櫛田は口調を改めて言った。

何かを嗅ぎつけた捜査員の眼で、爽子のうつむけた顔を覗き込む。

「あんた、なんか気づいたんじゃないのか」

「………」爽子は黙って紙ナプキンをとると、口許に当てた。

「まあ、デカだからな、お互いに」

櫛田は爽子が答える気がないと見て取ると、ふん、と鼻から息をつき椅子に凭れて続ける。

「デカなら、自分のネタは自分の胸の内だけで大事に温めといて、いざって時にぶつけたいって気持ちは解るよ、解りますよ？　けど、そういう思わせぶりな態度ばかりされちゃ

「――」

「……徳永は、本当に犯人なのでしょうか」

爽子は紙ナプキンをテーブルにおき、顔を上げると、心にとぐろを巻いた疑問を思わず告げていた。

それはもしかすると、組むように命じられて以来初めての、櫛田の捜査員らしい言葉に触発されたからかも知れない。これまでは、自分は応援であり助っ人なのだと割り切った、爽子に任せきりの態度だったのだ。

そんな櫛田の態度に、爽子はいままで嫌悪に近い感情さえ、抱いていた。

――けれど私も、ひとのことは言えなかったんじゃないか……。

爽子も自分が発生署の、まして〝基立ち(もとだち)〟――捜査を主導する捜査一課の捜査員でもない以上、下命された事項を確実正確に捜査するのみだとだけ、心がけてきたような気がする。若い女性が殺害された痛ましさに胸を突かれたのは確かだが、事案そのものは、どこか他人の事件(ヤマ)だと割り切る気持ちも。

そうした後ろめたさすべてが、櫛田の詮索(せんさく)に正直に答えさせたのかも知れなかった。

「はあ……？」

だが、いつになく積極的になった櫛田にしても、爽子から唐突に徳永の犯行に疑問を投げかけられて、呆れたように無精髭の浮いた顔を歪めたのは当然の反応だった。

「あんた、本気で言ってんの」櫛田はテーブル越しに爽子へ聞き返した。

　爽子は黙っていた。

「暑さに頭がやられた、ってわけじゃねえだろうな……」櫛田は呟いてまじまじと爽子の顔を見て、続けた。

「その根拠ってのは？」

「捜索で物証が見当たらず、ポリ検の反応も陰性……。そして――」

　爽子は櫛田の疑い深そうな眼をまっすぐ眼差して言った。

「――徳永は大久田理香さんと口論する姿を、駅で大勢に目撃されています。そのあと自宅で殺害すれば、自分が犯人だと真っ先に疑われるのは、徳永にも解っていた筈です。なのに、どうしてあの夜に、あえて犯行に及んだのか……」

「そりゃ、……あの二人は付き合ってたんだ。しかも別れ話で揉めてた。目撃者のあるなしにかかわらず、犯行後に鑑を取られたら、動機のある自分が真っ先に疑われるのは解ってたからだろうよ。どうせすぐばれる、隠しても無駄だ、ってな」

　櫛田は当然のように答え、続けた。

「それに、大久田理香との関係がいよいよ修復不能となれば刺そう、と徳永が無意識にでも決めてたのかもしれねえしな」

「徳永に最初から殺意があったのなら、駅で大久田理香さんと口論する必然性がありません。最初から自宅アパート付近で待ち伏せたほうが確実です。計画性がすこしでもあったのなら、なおさら人目につく駅での接触は避けるはずで、やはりアパートで待ち受けた筈です」

「しかし、駅で逃げられたあと、咄嗟に殺そうと決めたのかも知れねえだろ」

「徳永が衝動的に犯行を決めたのなら、凶器は駅で目撃されていた十八時四十分からアパートを十九時に訪ねるまでの二十分間に、駅から徒歩圏内、つまり手近な場所で入手しなければなりません。ならばすぐに特定できる筈ですけど……、それも当たりがありません。さらに――」

と、爽子は言いかけて、慌てて言葉を切った。

「なんだよ?」櫛田が訝しげに促した。「ここまでゲロったんだ、言っちまえよ。な？さらに……なんだ？」

「あ、……いえ……」爽子は誤魔化しながら、心の中で付け加えていた。

――取調室をこっそり無断で覗いてみて思ったのですけど、なんて言うわけにはいかないし……。

けれど爽子は、取調室での徳永栄作の言動で、疑問を深めたのだった。

それは――、執拗な取り調べをうけている最中にも、犯人なら口にするだろう言葉を、口にはしなかったのだ。

〝俺が犯人だっていうなら、目の前に証拠をもってこいよ！〟……と。

爽子はもちろん、取り調べの状況を、文字通り垣間見たに過ぎないのは解っている。たまたま、爽子の眼前では口にしなかっただけかも知れない。けれど、あの感情的になった態度からすると、これまでもずっと口にしていないのではないか……。

もちろんそれが自分の印象に過ぎないことも、また、徳永が犯人ではない証明とするには、あまりに薄弱すぎるのも爽子にも解っているが、そう思ったのだった。

「と、とにかく……！」爽子は気を取りなおして言った。「計画的であれ衝動的、どちらだったとしても、犯行に一貫したものが感じられないように、私には思えるんです。私には――」

爽子は一旦言葉を切ると、静かに言い足した。

「――徳永栄作は、ただ大久田理香さんと話したかっただけじゃないか、と思えるんです。嘘は言ってないんじゃないか、って」

爽子と櫛田の間に、店内の有線放送のジャズの音だけが流れた。

「ひとがひとを手に掛けようって時――」

櫛田が煙草をくわえながら言った。「そいつはまともじゃいられねえ」

煙草に火を点けてから続ける。「そういうまともじゃなくなってる奴に、一貫性を求めるってのは、どうかな？」

櫛田は、どこか言いきかせるような静かな口調だった。

妙な奴だとは思っていたが、ここまでおかしな女とは思わなかった……。櫛田の胸の内はそんなところだろうか、と爽子は思った。

「あいつ以外に犯人はあり得ねえよ。多少の矛盾があるとしてもな。……そういや、前にも同じようなところで、似たような話をした気がするんだけどな。――」

櫛田は言いながらテーブルのうえの食器を押しのけ、身を乗り出す。

「――まあいいや。吉村さんよ、あんたの推測はともかく、大久田理香を殺せたのは徳永以外にはいねえんだ」

「………」爽子は稚気漂う表情を変えぬまま、わずかに首を傾げ、続きを促す。

「十八時過ぎ、徳永と大久田理香は駅で目撃された。その後、マル害は同三十分頃に自宅アパートへ向かうのが、通りかかった運転者に目撃されてる。こいつは間違いなさそうだ。――そして、大久田理香は帰宅した。ここまではいいな」

「……ええ」

「大久田理香が着替える間もなく十九時頃、駅で振り切った徳永がアパートまで押しかけてきた。まあ、マル害が徳永を部屋に入れたとは思えんから、細く開けたドアの隙間を通してのやりとりだったんじゃねえかな。で、〝別れたい〟〝いや、別れない〟の押し問答になった。――結果、激昂した徳永は、凶器で大久田理香を刺した、と」

「はい」

爽子はじっと櫛田を見返しながら、話の内容を肯定するのではなく、傾聴しているのを伝えるために、短く答えた。

「大久田理香は、胸に致命傷を負いながらも抵抗し、なんとかドアを閉めた。あるいはだ、徳永自身が自分のやっちまったことに驚いて、その隙に、……だったのかもしれん。まあ、どっちでもいいんだが、とにかく大久田理香は最後の力で内側から施錠して、そこで倒れたんだ。それは、鍵を閉めるサムターンに大久田理香本人の血液指紋が残され、かつ、ひとつしかないアパートの鍵は、本人のそばの血だまりに落ちてたんだから、間違いねえよ。マル害自ら施錠し、唯一の鍵が屋内にある状況に加え、それ以降、アパートを訪ねた奴もいねえ。犯行は、最後に訪ねた徳永にしかできねえよ」

櫛田は、これで納得できるか、とばかりに爽子の顔を睨め付けた。

なるほど、筋は通ってる……。爽子はそう思いながら、表情を変えずに口を開く。

「……ドアノブから、翌日マル害を発見した関係者のものをのぞいて、徳永の指紋しか検出されなかったのは？」

「簡単だ」櫛田はにやりと笑った。「徳永が拭ったからさ。だが……、慌てて拭ったあと、もう一度、触っちまったんだ。刺したとはいえマル害の身を案じてドアを開けようとしたか……いや、おそらく無意識にな。言ったとおり、テレビの犯人と違って、人を殺したあと冷静でいられる奴なんていねえ」

まあ、なかにはそういう冷静な犯人もいるけれど……、と爽子は思いながら言った。

「なんだか、無意識という言葉を、都合よく使ってるようにも聞こえるんですけど……？」

「ま、それはともかく、だ。指紋は徳永が自分の手で始末したが、その他の痕跡は、あの土砂降りの雨が消しちまった。逃走したときに残したはずの、返り血の滴下痕なんかをな……」

櫛田は語り終えると、はっ、と煙草臭い息をついてグラスを取りあげたが、中身が空だったので舌打ちして元に戻した。それから言った。

「捜本の上の連中も、俺と同じ考えだろうな」

「そう……でしょうね」爽子もそこは認めた。

「だがあんたは……吉村部長は、納得してねえわけだ」櫛田が確かめるように言った。

「……はい」

——私は、徳永が犯人ではないという疑念を抱いてしまった……。

それも、確かめなくてはいられないほど、強く。

けれど、罪の臭いを嗅げばどこまでも追う猟犬である捜査員だとはいえ、手柄が欲しいわけじゃない、と爽子は思う。

ただ、ひとを傷つけた奴を——真犯人を野放しにしておくことを、記憶の中にいる幼い頃の私が、赦さないのだ。

「誤認逮捕の可能性がある以上、——確かめないわけにはいきません。それに……」

爽子は、言いかけて口を閉じ、唇を引き結んだ。

「それに、なんだ？」

「……私も、徳永逮捕に向かいました」爽子はうつむいた。「私にも、責任が……」

そう、私はあの朝、北池袋のマンションで、徳永に任意同行を求める捜査員たちの一員だった。そして、罪を犯していないかも知れない人間を、犯罪者として見て、犯罪者として扱ったのだ、と爽子は思った。

なんの疑問も持たないまま。……それが口惜しく、情けなかった。

「おいおい、あんたは上に言われて、逮捕に立ち会っただけだろ？」櫛田が呆れたように言った。「それに俺らは、指定捜査員だ。そこまで責任を感じる必要、あるか？」

いいえ、それは違う、と爽子は思った。指揮系統上での立場はともかく、捜本の一員である以上、被害者への責任は、指揮者である捜査主任官だろうと一時的な応援である指定捜査員だろうと、公平の筈だ。それなのに――。

私は捜本で捜査に当たり始めてから、機会はいつも眼の前にあったのに、気づくべきときに気づかなかった。自分でも許し難い怠慢だったと思う。

「私は……感じてしまうんです」爽子は言った。「それからおっしゃる通り、私が指定捜査員であるからこそ、疑問をもつ以上のことをしなくてはいけない気がして……。それに、徳永が逮捕されて勾留中ですから……」

指定捜査員が派遣されるのは、捜査本部の第一期、設置から一ヶ月間だ。

だから、なんとか捜査本部の一員であるうちに、徳永栄作が犯人でないのならその証拠を集めなければならない。なぜなら、一旦、捜査本部員でなくなれば、いくら外から意見具申しても、捜査主任官が聞き入れる可能性は、ほぼないからだ。

それだけ、〝基立ち〟――ひとつの事案に責任をもつ立場である捜査一課の〝ナンバー係〟は、強い権限を持っている。

さらに、捜査本部は徳永を逮捕している以上、よほどの確固たる証拠がなければ、方針の転換を図るのは困難だ。なにしろ誤認逮捕だとしたら、責任問題になるのは間違いないからだ。

「疑問を持つこと以上のこと、ってのは……」

櫛田が、探るような眼と口調で聞き返す。

「……動く、ってことか？」

「ええ」爽子はうなずいた。

「本気か？」

「そうじゃなければ、こんなこと言えません」

爽子がまっすぐ斬り込むように向ける視線に、櫛田は後頭部を掻きながら眼を逸らした。

「まあ……、吉村さんの推測も、あながち的外れじゃねえって気はするし――」

櫛田は息をついた。

「――それに、〝徹底的に〟が口癖の、チビスケ係長殿もいけすかねえけどな」

でもなあ……、と櫛田は続きを呟いて、煙草の箱を取り出して一本くわえ、火を点ける。

そして、紫煙を天井に吹き上げてから、爽子に顔を戻して続けた。

「あんたも言ったとおり、徳永がすでに逮捕されてるんだ。……こいつは、こっそり動くとしても、相当な覚悟がいるぜ？　なんてったって、これまでの捜査を否定すんだからよ」

「いいえ」

爽子は正面から櫛田の顔を見詰めた。

「櫛田さんは、私の話したことを聞かなかったか……、忘れたことにしていただけるだけで構いません。私ひとりで――」

「そんな言い訳が通用するかよ」櫛田はため息をついた。「あんたがなんかしでかしゃ、俺だって同罪だ」

「御迷惑はお掛けしないようにします。もしばれたら、さっき私が言ったとおりに答えてください。私も櫛田さんにはなにも話してない、と答えますから」

爽子は、まいったね……と頭をしきりに掻く櫛田に告げると、テーブル上の伝票に手を伸ばしながら、腰を上げた。

「時間もいいようですね。……いきましょうか」

爽子は以前の昼休みの終わりと同じ言葉を、頭を抱える櫛田にかけた。

けれど、一週間ほど前のあの時とは、爽子の覚悟は違っていた。

冷房の効いた喫茶店をでると、たちまち、湿った熱気と肌に痛い日射しに満ちた、夏の街だった。

「おい、そっちは方向が違うだろ」

歩き出した爽子の背中に、櫛田が声を掛けた。

「ええ」爽子は歩きながら答えた。「マル害宅までの道筋を、歩いてみたいんです」

そうだ、私は与えられた捜査事項をこなすだけで、こんな基本的なことも自分で確認しようとはしなかったんだ……。爽子は、自分で自分を貶（おとし）めたような苦い思いに、歩きながら臍（ほぞ）をかむ。

「大久田理香のアパートまでって言ってもなあ……」櫛田が愚痴のような口調で言う。「しかし……、あの辺りはまだ〝地取り〟の連中がうろついてるだろ。〝物割り〟の俺らが昼間うろつくのは、まずくないか？　俺さあ、署で赤字が溜まってるんだよ」

爽子は、まだそんなことを……、という思いでぴたりと足を止めた。

櫛田の言う〝赤字〟は、事案の取扱件数に比べて検挙実績がすくない、という意味だろう。でも……〝本当の赤字〟で記されるほどのことじゃない、と爽子は思った。……私の失態のように。

警察官の経歴上の失点は、文字通り勤務評定書に赤い字で書き込まれるのだ。

さらに爽子は、櫛田がどうして派遣されてきたのかをも察した。……他署で捜査本部が設置された場合、応援を求められた署が一線級の捜査員を一時的とはいえ手放すのを嫌い、二線級あるいはそれ以下の捜査員を押しつけてくる、というのは、まれにとはいえ耳に入る話だった。自分の縄張りが一番大事という、いつの時代どんな組織でも変わらない真理ゆえに、櫛田は不承不承やってこざるを得なかったのだろう。

爽子は、櫛田の熱意に欠けた態度をとる理由がようやく解った気がした。

そんな櫛田に、爽子は肩越しに片頬を向けて言った。

「ついてきてほしいとは、言わなかったはずです」

「そりゃそうだけどな」櫛田はあからさまな息をついた。「言ったろ？　あんたが捜査事故をおこしゃ、俺だって無事じゃいられねえんだぞ。だったら一蓮托生(いちれんたくしょう)ってことで、あんたがこれ以上の無茶をしないようにそばにいた方がいいでしょうが。それとも、俺は邪魔ですかね？」

「そんなことは……ありませんけど」爽子は呟いた。

巻き込みたくはなかったが、櫛田の言い分には一理あった。

「まあ、たいしたことないのは、これまででわかってるかもしれねえけど、俺も一応刑事なんだ。あんたの推測にも、ちょっとは興味があるしな」

櫛田はにやりと笑って、付け加えた。「だがな、信じる者は足をすくわれる、ってのだけは勘弁して欲しいよ」

「……すいません」

爽子は櫛田に小さく詫びると、再び歩き出した。

二人は一旦、八王子駅の、一週間ほど前にビラ配りをした南口まで戻った。

多摩地域——東京都西部でもっとも人口の多い八王子では、昼間でも駅や周辺の人通りは混雑している。

「ここからマル害宅まで、どれくらいかかるのかまず確かめたいと思って……」

爽子は、南口から利用客が途切れなく流れ出る巨大なテラス状の広場（ペデストリアンデッキ）、〝とちの木デッキ〟の雑踏（ざっとう）のなかで言った。それから、現在の時刻を腕時計で確かめる。

「——十二時五十分……」

「ちょっと待て、俺のはストップウォッチ機能がついてる」

櫛田が腕時計をセットすると、二人は歩き出した。

人混みの中をデッキから地上に降りる。さらに歩くと、同じ八王子駅前でも、ビルの林立した北口の風景とは対照的な、どこか懐かしい古い町並みの商店街が続く。

――そういえば、この辺りは戦時中の空襲を免れたからだと、聞き込み中に誰かが教えてくれたっけ……。

爽子は思いながら、大久田理香の幻を追うように、足を運び続ける。

商店街を抜けると、住宅街になった。爽子は、門前の表札や電柱に記された地番に気をつけながら、静かな街を櫛田とともに歩いて行く。

爽子は電柱を見上げながら歩いていた足を止めた。

「……ここ、ですね」

そこは、十字路だった。車両が譲り合ってようやくすれ違えるほどの道路が、交叉(こうさ)している。

そして、大久田理香の生きている姿が、帰宅途中の運転者によって、最後に目撃された場所だ。いまは、夏の気だるげな静けさの中、通りかかる人影も車両もない。

「ここまでで、何分ですか？」

「およそ九分だ」

爽子が照り返す舗装に眼を落としたまま尋ねると、櫛田が腕時計の表示を見て言った。

「どうも」爽子は口の中で礼を言い、顔を上げた。「行きましょう」

二人は再び、昼下がりの街を歩き始めた。

「おいおい、誰も見てねえだろうな……」

櫛田が気弱な窃盗犯のように呟いたが、爽子は好奇心旺盛、意気軒昂な小型犬（ヨークシャーテリア）の足どりで先を急ぐ。

と、角を曲がると、見知った建物が眼に入った。

モルタル二階建てで、鉄製の階段や外廊下の手摺りに、ところどころ錆（さび）が浮いている。

――大久田理香の住んでいたアパート、……遺体発見現場だった。

事件から十日近く経ったいまも、若い女性が被害者のせいか、アパートに面した道路にはマスコミ関係者と一目でわかる連中が数人たむろしていた。その中心では、若い男が腕を盛んに動かしている。身振り手振りで取材に応じているのだろう。多分、地取りに訪れた捜査員に冗談めかして謝礼を要求した、被害者の隣の部屋に住む……、たしか柏木（かしわぎ）とかいう男ではないか。

爽子は、どんな事件現場にも必ずいる輩（やから）に眉をひそめたが、それも一瞬で、すぐに櫛田を振り返った。

「駅から何分、かかりました？」

「約十八分くらいだ」

容赦（ようしゃ）のない酷暑と、大雨の夜という条件の違いはあるにしても、歩く速度にそれほど大差はない筈だ、と爽子は思った。ならば、大久田理香は十八時四十分前後には帰宅していた、ということになる。

――ん？　だとすると……？

「どうした？　もういいだろ、さっさと消えようや」

ふと心に浮かんだ疑問を掬い上げようとした爽子の耳に、櫛田の苛立った声が割り込む。

「ええ」爽子は櫛田を見た。「でも、もうちょっと……。マル害の部屋も見ておきたいんです」

「おい……！」櫛田が慌てた声を押し殺して言った。「そいつはさすがにやばいだろ。立番の〝さあ公〟に面が割れるだろ……！」

「解ってます」爽子も囁きで答えた。「櫛田さんは、離れたところで待っていてください」

「よせって……！　おい……！」

爽子は櫛田をおいて、歩き出した。たむろしたマスコミ関係者のそばを通り過ぎようとした際、振り返って注目してくる者もいたが、全身から拒否する気配を発散していたせいで、声を掛けてくる者はいなかった。爽子はそのままアパートの敷地に入った。

大久田理香の部屋の前の、打ちっ放しのコンクリートの通路には、現場保存のため、まだ若い制服警察官が立っている。

「なにか御用ですか？　あ、御身内の方？」

「ご苦労様です。捜本の吉村と言います」

爽子は立番の警察官が声を掛けてくると、手帳を示して言った。

「ちょっと確認したいことがあるので、部屋に入りたいんですけど」

はい、と八王子署の署員である警察官はあっさり答えて、制服のポケットから鍵を取り出して、ドアに向き直った。

爽子は平然とした表情のまま、内心で胸をなで下ろしていた。この署員が部屋の鍵を持っていない可能性もあった。そうなれば、鍵を持たずにやってきた私のことを不審に思うだろう。捜本に問い合わせされ、園部係長らの耳に入った可能性があった。また、署員に念のため業務用の官名刺を置いていくように言われれば、これまた困ったことになるところだった。そうはならなかったのは、すでに被疑者は逮捕されているがゆえの、気安さだろう。

爽子はそんなことを思いながら、捜査員が常時携帯する七つ道具のひとつ、白手袋をポケットから引っ張り出していた。

「――どうぞ」署員は鍵を開けると脇にどけ、促した。

「どうも」爽子は礼を言い、白手袋をはめた手でドアを開きかけて、付け加えた。「それと、これから部屋で確認することは、統括班(デスク)にだけ報告する特命事項なんです。ですから、他の捜査員には内密にしてください。お願いしますね」

解りました、と頬を緊張させる若い署員に、爽子はにこりと微笑んで、ドアを開けた。

……玄関に入り、後ろ手にドアを閉めた爽子がまず気付いたのは、——異臭だった。

閉め切られた部屋の中に、暑熱で蒸された臭気が籠(こ)もっている。……胃や腸の内容物、腐敗した肉体の臭いだ。

さて……。爽子は室内を満たした臭気の中、まず足下の、一メートル四方の三和土を見下ろした。灰色の汚れたコンクリートに、血だまりの痕が、茶褐色の不吉な抽象画のように残っている。——大久田理香はここで横臥(おうが)した姿勢で倒れていたんだ……。

隅には、ランニングシューズが並べられていた。爽子は、大久田理香が徳永と知り合ったのは、学生時代に陸上競技を通じてだったということを思い出したが、……あってもいいはずのものが、見当たらない。

——犯行当夜、使っていたはずの傘がない……?

領置品には、たしかなかった筈だけど……、と思いながら顔を上げると、簡素な台所があり、奥には六畳間があった。

爽子は靴を脱ぐと、部屋にあがった。

台所は、きちんと片付けられていた。流しもガス台も安っぽい造りの上に古びていたが、良く磨かれている。食器もきちんと小さな棚に収まり、ゴミについても容器ごとに分別され、空き缶に至ってはスチールとアルミに分けられていた。どうやら外出時に缶飲料を買っても、捨てられる場所がなければ、ちゃんと持ち帰って処分していたらしい。

大久田理香の几帳面(きちょうめん)でやや潔癖な性格が偲(しの)ばれたが……、逆に爽子の疑問は大きくなる。

――これだけきちんとしてるのに、どうして傘がないの……?

「しかしこりゃ、ほんとにやばくねえか?」

櫛田が助手席でぼやくと、爽子は運転しながら答えた。

「なぜですか」

二人は、爽子の私有車であるアルトワークスに乗って、八王子市内の都道を走っていた。与えられた捜査事項の合間を縫っての行動のため、時間短縮の必要性からだった。

「なぜって……。そりゃ、なんもしらねえ地域の制服警察官(ガチャ)なら、捜査専務の威光でうまいこと口止めできただろうが、今度は目撃者(マルモク)に直当(じかあ)たりだろ? 捜本の他の連中に、マルモクが口を滑らせりゃ、一発でアウトだ」

櫛田が狭い軽自動車のシートで、窮屈そうに身じろぎしながら呆れたように言った。

この人には覚悟というものがないのだろうか……？　爽子は、櫛田の懸念をその通りだと認めながらも、胸に湧いた怒りをなんとか抑え込むと、空いた道路に向けていた顔を、助手席の櫛田にゆっくりと向ける。そして、にこっ、と笑って首を傾げ、口を開く。

「じゃ、停めましょうか？」爽子は笑顔のまま言った。

櫛田はさすがにしかめた表情の顔を反らして、そっぽを向く。

爽子も笑顔を吹き消し、顔を前に戻して続ける。「ここならバス停も近いでしょう。私は、ひとりでも構いません」

「ああ、わかったわかった」櫛田は投げやりに答える。「もう……ね、諦めるのも諦めたい心境になってきたよ、俺は」

「だったら……！――」

爽子が、走っている車内から櫛田を蹴り落としてもいいくらいの気持ちになって言い募ろうとすると、櫛田は遮った。

「諦めるのも諦めたっていったろ、そう怒りなさんな」櫛田は苦笑した。「で？　マルモクから何を聞き出したいんだ」

「……確認したいことがあるんです」

爽子は前日、大久田理香の部屋を自ら調べた結果から、徳永栄作が犯人ではないという疑念をますます強めていた。

——駅で徳永から逃げ出したときには持っていたのに、殺害現場の自宅には見当たらない傘……。

それがなにを意味するのか。

——やっぱり、確かめる必要がある。それに、なにか痕跡が見つかるかも知れないし……。

爽子は昼間、大久田理香のアパートを調べてから一晩、まんじりともせず更衣室の片隅に置いた簡易ベッドの中で考え、そう結論したのだった。

そして今日、午前中は物割り捜査に従事すると、昼食時間を削り、生前の大久田理香を最後に目撃した人物のもとへと向かっているのだった。

その、吹き降りの夜に車両で大久田理香と接触しかけた会社員の勤務先である食品加工会社は、八王子市中心から南東にあたる郊外の、南大沢にあった。高層住宅やショッピングモールが建ち並んではいるものの、かつての農村の風景が大栗川の流れとともに残っている地区だった。

「それで、警察の方がまだ何か？」

目撃者の会社員——小田切は、目尻の皺が目立ちはじめた顔を仏頂面にして、爽子と櫛田に言った。

小太り中背の、どことといって特徴のない男性だが、昼食を済ませたばかりなのか、爪楊枝が口の端にのぞいていた。

連絡を取った際に指定されたのは、社屋と加工工場が併設された、小さな野球場ほどの敷地内にある駐車場だった。

「お昼休みに時間を割いていただいて、ありがとうございます」爽子はまず頭を下げてから、言った。「御迷惑は、お詫びします」

「まあ、いいですよ」小田切は不機嫌に続けた。「でも、なんです？　犯人は捕まったんでしょう？　新聞で読みましたが」

「すこしだけ、確認させていただきたいことがあるんです。そ——」

「あんたね、俺が車であの女の子とぶつかったって、まだ疑ってんの？」

爽子の質問を遮って、小田切がやや声を高めて言った。不機嫌の理由は、昼休みに警察官に押しかけられたということばかりではなかったらしい。

「いえ、そんなことは」爽子は争う意志がないことを示して、胸の前へ開いた両手をあげた。

「それは検案書——、あ、これは御遺体を調べた報告書なんですけど、それにもそうしたことは書かれていません。あの……、なにか、お話をうかがった際に捜査員が不愉快なお気持ちにさせたのなら、同じ捜査本部の者として、お詫びします。申し訳ありませんでした」

「そこまで言われちゃあね」

　小田切は多少表情を緩めて、口の端にのぞいた爪楊枝を、右から左に動かした。

「でもさ、善良な納税者からすりゃ、えらい災難なんだよ。市民の義務を果たしたってのに、ひき逃げしたんじゃないかって勘ぐられてさ。こっちはね、土砂降りの夜に突然にだよ、ずぶ濡れの女の子が飛び出してきたってだけでも——」

「その時のお話なんですが。——」

　爽子は小田切の言葉を堰き止めて、顔を上げる。まっすぐに視線を向けると、小田切の顔色が少し驚いたように変わった。ただの使い走り、それこそ〝女の子〟にしか見えなかった爽子が、文字通り刑事の貌に変貌していたからだった。

「——ずぶ濡れ、といまもおっしゃいましたが、それは、……大久田理香さんが、傘を差していなかった、という意味でしょうか？」

「あ……、ああ、そうです」小田切は無意識に、咥えていた爪楊枝を口から離していた。

「だからずぶ濡れ、と言ったんですがね」

やはりそうか、と爽子は思った。……思った通りだ。

「なるほど。……ありがとうございます」

爽子は、我知らずこみ上げてきた微笑をちらりと漏らして礼を言い、続けた。

「あと、それから、大久田理香さんを目撃した際に乗っていた車両をみせていただけませんか？　あ、これは別に……」

「疑ってるからではない、そうでしょう？」小田切はあきらめ顔で息をつく。「どうぞ。そうくると思ってたから、会社にお呼びしたんですよ」

小田切は先に立ち、色とりどりの自動車が埋めている駐車場の片隅に、爽子と櫛田を案内した。

「こいつです。好きなだけ見てって下さい」

小田切は赤色の外国製高級セダンを指し示すと、爪楊枝代わりなのか、煙草を取り出した。

「失礼します」爽子は、一応の断りを入れつつ白手袋を取り出した。

「たしか、小田切さんが急停車したあと、立ち止まった大久田さんはボンネットに手を突いた、というお話でしたけど……」

「右よりの、丁度ライトの真上くらいかな」小田切は煙を吐きながら答えた。「でも、痕なんかなにも残ってませんよ」

セダンの前部に回り込んでいた爽子は、ボンネットの滑らかな赤い曲面にへこみはもちろん、傷もないことを確かめた。それから、地面から立ち昇る、アスファルトの溜め込んだ熱を頬や額に感じながら、しゃがみ込んだ。

ヘッドライトのカバーやフロントグリルはもちろん、バンパーにも、目に付く痕跡はなにもなかった。

――目には見えないけど……、証拠が残っている可能性は、充分に、ある。

爽子はそう信じたかったが、いまこの場では、これ以上のことはできない。

「ありがとうございました」

爽子は立ち上がり、小田切に向いて言った。

「もういいんですか？」小田切がすこし拍子抜けした顔で尋ね返した。

「ええ、お手間を取らせてしまって。ありがとうございました」

「御協力、どうも」

爽子は礼を述べ、ほとんど傍観していた櫛田ともども頭を下げた。

「あ、それから――」

爽子は櫛田とともに立ち去りかけた足を止め、赤い高級外車のそばから見送っていた小田切を、振り返った。

「――また御協力を願うかも知れませんけど……」

いま漠然と心の中で形をなしつつある私の推測が事件の真実だったとしたら、きっとその必要が生じる。爽子はそう思いながら念を押した。

「……そのときもよろしくお願いしますね？」

「で？　なにが解ったんだ？」櫛田が助手席で口を開いた。

ワークスは八王子市街へと戻る道路、通称〝野猿(やえん)街道〟をひた走っている。

爽子はステアリングを握って運転しながら、黙っていた。

――私の考えたとおりだった……。

心の中ではそう呟いたけれど、物的証拠が見当たらなかった以上、軽々しく口にできることでもない、とも爽子は思った。

「なあ、おい。あんた、なんか気付いたんだろ？」櫛田が言い募る。「焦(じ)らされると、余計に暑苦しい」

「……暑いですか？　いまエアコンを入れます」

爽子は冷房のスイッチを入れてから、駐車している間に車内に籠もった熱を逃すために全開にしていた両側のウィンドウを、運転席から操作して閉める。

「で？　どうなんだよ」

櫛田が、周りの自動車や生活音が閉め出されると、催促した。

やや窮屈な軽自動車の車内を、エアコンから吹き出す冷風が満たし始めると、爽子は答えた。

「――傘が、ないんです」

櫛田は爽子の返答を聞くと、まじまじと爽子の横顔を覗き込んだ。

「傘が、ない？　どういう意味だよ？」

爽子は答えず、ただ前を向いて運転を続ける。櫛田はその頑(かたく)なな態度を持て余したように後頭部を掻いていたが、思いついたように言った。

「傘がないってのは、ひょっとして――」

「言っておきますけど、歌のタイトルとは関係ないですからね」

爽子は無味乾燥な口調で遮った。

「じゃあなんだ」櫛田は諦めたようにシートにもたれ、天を仰いだ。

「わかるようにいってくれよ」

まだ言いたくない、自分で確信できるようになるまでは……。爽子はそう思った。それは捜査の職人たる刑事としては当然の信条ではあったけれど、ここまで櫛田に付き合わせている、という負い目も、絶えず心にあるのも事実だった。だから、爽子は言った。

「大久田理香さんは犯行当夜、駅から自宅へ帰る途中、ある時点から傘を持ってなかったんです。自宅にも、持ち帰っていません」

「そうなんだろうな、さっきもそう言ってた」櫛田は言った。「それのどこに引っ掛かるんだ？　大風に煽(あお)られて傘が壊れたんで、その辺に捨てて帰ったんじゃないか？」

いえ、吹き降りの夜にもかかわらず大久田理香が傘を手放さざるを得なかったのには、そうせざるを得ない理由があったんだ……、と爽子は思った。櫛田の言い分にも可能性はあるが、大久田理香の性格からしてそれは考えにくい、とも。

いずれにせよ、まだ口にできる段階ではない。

「とにかく」爽子は言った。「私にはとても大事なことに思えるんです」

その日の深夜。

爽子は、八王子署の仮眠室のベッドで、瞼(まぶた)を開けた。

耳を澄ませて、庁舎内の気配を窺ってみる。が、大勢の警察官や市民の出入りで慌ただしい昼間とは対照的に、庁舎内には、がらんとした静けさの中を時折、宿直の署員の足音が聞こえてくる程度だった。

大丈夫そうだ……。爽子は薄手のタオルケットを、寝間着のTシャツとジャージを穿いた身体からはね除けると、二段ベッドの下の段から這い出た。

女性職員専用のこの部屋には、橙色の小さな淡い常夜灯が点いているだけだった。爽子は暗闇に慣れた眼で室内を見渡し、壁に掛かっていた非常用の懐中電灯を手に取る。念のためスイッチを入れ、柔らかい薄闇を裂く白光が、充分に明るいことを確かめた。

爽子は懐中電灯のスイッチを切ると、戻ってきた仄暗さの中で、白光に刺された眼を瞬いて、息をつく。

――じゃあ、行こうか。

爽子はスニーカーを履いて、そっと仮眠室のドアを開けた。

廊下も薄暗かった。当直者しかいないこの時間帯、庁舎内の電灯の、ほとんどが落とされている。

――主よ、これで二度目ですけど、今度こそ誰にも見つかりませんように……！

爽子は胸元で十字を切って廊下を歩き出したが、櫛田ら捜査本部の捜査員たちと遭遇する可能性は低いはずだった。

それは、櫛田たちは捜一の担当主任である古川の音頭で、〝検討会〟の為に夜の街へと出掛けてしまったからだ。〝検討会〟とは要するに飲み会で、捜査員が言い習わすもっともらしい呼び方に過ぎない。当然、爽子も声を掛けられたが、ちょっと夏バテで……、と辞退したのだった。それから、皆の眼を避けて早々に、署の好意で空けてくれることになった仮眠室へと逃げ込み、時間が経つのをひたすら待ったのだった。

爽子がどうしても同じ捜査本部の、それも顔見知りの捜査員に見咎められたくなかったのには、理由があった。それは——。

捜査本部のある訓授場へ、忍び込むつもりだからだ。

どうしても、自分の眼で確認しておきたい調書があった。けれどそういった捜査書類は、捜査本部の要である統括班、いわゆる〝デスク〟が一括して管理し、昼間はデスク担当主任が常駐している。こっそり盗み見ることなどできないし、それに、応援の指定捜査員がみせて欲しいと申しでれば、なんの必要があるのかと勘ぐられたうえ、理由を問い詰められるのが関の山だ。自分自身でも確信できていないいまの時点では、それは避けたい。

……だから爽子は、ほとんど窃盗犯、それも官公署荒らしの心持ちで廊下を過ぎ、階段を昇った。爽子は被害者のアパートを調べた際に、櫛田の小心さに呆れたものだが、こうしていると自分も人のことはいえない、と思った。

そうして、幸い誰にも鉢合わせすることもなく、〝戒名〟つまり事件名が記された長い紙が張り出された、訓授場のドアの前に立った。室内に人の気配がないのを臭いでも嗅ぐように探ってから、意を決してノブを握った。

鍵が開いていますように……！　爽子の強い願いとは裏腹に——ドアは簡単に開いた。息を止めてノブに手を掛けていた爽子は、はあっと大きく息をついて、肩を落としたが、慌てて周りを見回すと、中に滑り込んだ。

後ろ手にドアを閉めた姿勢のまま、爽子はもう一度息をついた。

広い訓授場のなかを、窓の外から差し込む明かりだけが、朧気に照らしていた。並んだ長机の表面が、漂う闇の中にうっすら光を反射して、整然と並んでいる。

長机の間を抜けて、ひな壇の脇までゆく。そこにはいくつかの机が固められ、その上には書類が積み上げられていた。

デスク席だった。爽子は懐中電灯を点ける。と、闇を切り取る白い円の中に、書類を紐で綴じた簿冊の黒い表紙が、幾つも浮かび上がる。

「ええと……。これは現場検証調書綴、こっちは鑑捜査報告書、鑑識捜査報告書、……」

爽子は片手で懐中電灯で照らしながら、重ねてある簿冊を手にとっては題名を口に出してゆく。

そして――。

「……あった」爽子は何冊目かの簿冊を眼にすると、呟いた。

地取り捜査報告書。爽子の小さな手が持ち上げている分厚い簿冊には、黒々とそう記されている。

爽子は誰もいないのが解りきっているはずの室内を、もう一度無意識に見回してから、簿冊を手に床に座り込んだ。

横座りして、床に広げた簿冊を左手で捲る。右手の懐中電灯の丸い光の輪の照らすなか、捜査員がどの地域を担当したのかを示す配置図、通称〝地割り表〟などは飛ばして、必要なページへと急ぐ。と――。

「ここだ……!」爽子は小さく叫んで、ページを捲っていた手を止める。

爽子が記憶を反芻しながら、紙に指を走らせて食い入るように読み込んでいたのは、大久田理香と同じアパートの住民たち、その証言だった。

――大久田理香さんは、十八時二十分頃に駅で徳永のまえから走り去ったあと、十七分後には家に帰り着いていた……。

動機を別にすれば、と爽子は読みながら考える。――大久田理香さん殺害と徳永を結んでいるのは、遺体発見現場であるアパートを徳永が死亡推定時刻に訪ねている、ということだけだ……。

そして、すべてを読み終えると、爽子は前屈みになっていた身を起こした。

「――やっぱり、そうだったんだ」

爽子は呆然として、天井の暗がりを見上げた。

すべてが、解ったのだった。

……大久田理香が持っていたはずの傘が消えた理由。

……そして、徳永が犯人ではあり得ない理由。

そして――。

……なにより、強い疑いを抱かざるを得ない、徳永とは全く別の人物の存在。

「でも……」

澄み切った爽子の脳裏に、ふと暗雲がさした。

――捜査本部は……園部係長は、私の結論を受け入れられる……いえ、受け入れるだろうか？　心臓に達する傷を負った被害者がそんな行動をとった、いえ、とれたということを……。

――！

爽子はそこまで考えて、驚愕に眼を見開いた。

——まさか、そんな……。

心臓に達する傷。その言葉が、聖蹟桜ヶ丘のバーで会った、現在は爽子の元の所属である多摩中央署に出向中の、柳原明日香の言葉を思い出させたのだ。

稲城の通り魔事件を捜査中の明日香は、こう言ったのだ。胸をひと突き、と。

ごく近い地域の、それも同じ手口の犯行が、この事件と無関係だとは思えなかった。

「もしかすると……、いえ、多分……」

爽子は呟いた途端、背筋が氷柱で下から貫かれたような衝撃が奔った。

「でも……、どうすれば……」

爽子は床にへたり込んだまま、呟くしかなかった。

翌日——。

爽子は、表面上は変わりなく、捜査本部の一員として物割り捜査に当たった。

昨日までの逸脱行動が嘘のような、淡々とした爽子の様子に、むしろ櫛田の方が興味を引かれたようだった。

「なあ、おい、吉村さんよ。あんた……、今度はどうしたんだよ」

金物屋を一軒一軒訪ね、徳永が刃物を購入しなかったかを聞いて回る道すがら、櫛田が横目で見遣りながら言った。

「どうした、……というと、なにがでしょう？」

爽子は前を向いたまま答えた。

「昨日まで、あれだけ張り切ってたじゃねえか」

「ええ、……まあ」

「傘がない、とか言ってたよな」櫛田が視線を戻して言った。「あれは、どうなったんだよ」

「ええ……、いろいろと、考えてはいるんですけど……」

爽子はぼそぼそと、口の中で言った。

「なんだよ、触りくらい教えてくれてもいいだろ？　ひとを巻き込んどいて、ちょっと水くさくねえか？」

「はあ……。そうですね、すいません」

爽子が曖昧に答えると、櫛田は、ふうん、と急に興味を失ったかのような声で応じて、会話は途切れた。

もちろん爽子の態度は、装っているにすぎなかった。

――私はどうすればいい……？

爽子は、捕らえどころのない返事と変わらない表情のしたで、考え続けていたのだった。

そうして到達したのは、いま自分にできることをするしかない、という結論だった。

だからその夜の、目新しい報告のない捜査会議を終えると、爽子は八王子署をひとり後にして、近くの駐車場に停めていた私有車のアルト ワークスに乗り込んだ。

夏の気温の高いことで知られる八王子の、蒸し暑い夜だった。住宅街は家々の窓の明かりと道路を照らす街灯の他は、夜本来の暗がりの帳が降りている。

爽子がワークスでやって来たのは子安町、大久田理香のアパートだった。

――捜査会議を終えた捜査員が、再び聞き込みに舞い戻ってくるかも……。

爽子は、アパートへの人の出入りが監視できる路上にワークスを停めて、シフトレバーをパーキングの位置まで押しながら、そう思った。……聞き込みは住民の都合と希望する時間に合わせて行われるからだが、そうなるとこちらの姿を見られる可能性もあった。かまうものか、そんなこと気にしてられない。爽子は自分に言い聞かせて、強くハンドブレーキを引いた。

爽子はひとりで、アパートに〝外張り〟――張り込みをかけるつもりだった。

難しい単独での張り込みだが、大敵である生理的欲求があった場合も、幸いトイレを貸してくれるコンビニエンスストアは近くにあるし、車両ならすぐに戻ってこられる。けれど――。

――何時間、ここで張っていられるんだろう……。

爽子はアパートの、明かりの灯った部屋を見ながら思った。明日も捜査は続く。もっともそれは、真犯人でない徳永栄作を検察に送致するための、爽子には意義を感じられなくなった捜査ではあったが。とはいえ捜査員である以上、与えられた義務は、炎天下で足を棒にして果たさないわけにはいかないのだ。

自分が張り込んでいられる時間内に、なにかが起こる可能性はほとんどないに違いない、とは爽子にも解っている。

――でもこれが、いまの私にできる精一杯のことなんだ……。

爽子はそう思い返して、慣れ始めた薄闇に目を凝らす。

と――、静けさの中に、ガチャリという金属音が突然、車内に聞こえた。それは、ごく近くから、爽子の耳を不意討ちした。

――！　爽子は驚いて、反射的に音のした方へ顔を振り向ける。

爽子が驚いたのも当然で、金属音は、ワークスの助手席側のドアが予告もなく開かれる音だった。

そして、何者かが助手席に身体を滑り込ませてきた。

「あ、……あの、……どうして」爽子は驚きから立ち直ると、助手席に乗りこんできた人物に口を開いた。

「あ？　驚かせたか」

座席におさまった櫛田は、口を歪めて笑った。

「いやなに、復命書のことでちょっとあやふやな部分があったもんだから、聞こうと思ってあんたを捜したんだよ。そしたら署内のどこにも姿がねえもんだから、もしかしてと当たりをつけてやってきてみりゃ、案の定だったたってわけだ。……ほれ」

櫛田は手にしていた、コンビニエンスストアの袋を差し出した。

「これは……？」爽子は受け取った袋に眼をおとした。

「夜食だよ」櫛田は言った。「よかったら、喰えよ」

爽子は、サンドイッチとペットボトルの入った袋に眼を落としたまま、悟った。

櫛田がいまここにいる理由を。――それだけでなく、捜査初日の朝、炎天を見上げた際に櫛田と交したやりとりに、違和感を持った理由も。

そしてそれらの理由から導き出されるのは――、爽子にある種の覚悟を促すものだった。

覚悟……？　と爽子は自問した。

――いいえ、むしろ私にとって望ましい展開なのかもしれない……。

私は、私のすべきことをするんだ。……心が定まると、爽子は自然に微笑んでいた。

「なんだよ、気に入らないか？」

櫛田が爽子の笑みを見て言った。

「若い女に一番人気ってやつを買ってきたんだがなあ」

「――いえ、ええと……」

爽子は、私はほんとうに張り込みが下手なんだな、と思いながら顔をあげた。

「……嬉しいです」

「なら良かったよ」

爽子は袋を膝の上に置いて、前に向き直った。

「櫛田さん」爽子はアパートを見詰めたまま口を開く。

「私のせいで巻き込んでしまって、申し訳ありません。でも……、お世話になったのも確かですから、それには御礼を言います」

「なんだそりゃ、たかがサンドイッチとお茶くらいで、随分と鄭重だな」櫛田は笑った。

「それとも、ほかに意味があるのか？」

「いいえ。――言ったとおりの意味です」

爽子は熱帯夜の中、寂寥とした冷たい微風が心に吹き込むのを感じながら、静かに言った。

この寂しさは、隣に座っている相勤の捜査員に感じているんじゃない、と爽子は思った。多分、ひとの有様（ありよう）そのものへ寄せる、私なりの感情なのだろう……。

そのあとは、夜は何事もなく更（ふ）けて行った。深夜、アパートの明かりがすべて消えてしまうと、爽子は差し入れの夜食をお腹（なか）におさめただけで張り込みをやめ、ワークスを運転して櫛田とともに八王子署に帰った。

翌日の夜。

一日中、炎暑の中を歩き回った捜査員たちの集まる訓授場の捜査本部では、夜の捜査会議が終わろうとしていた。

爽子はいつもどおり、入り口に近い末席に、櫛田と隣り合わせて座っている。

取調担当からは、徳永栄作が頑として犯行を否認している様子が報告され、鑑取り、物割りにも、捜査に進展はなかった。……成果無し、引き続き当たります、との連呼に終わった捜査員らの報告する声にも、張りがなかった。

徳永の自供も、物証も得られない捜査本部は、停滞していた。……広い室内には精気がなく、ただ昼間の名残（なごり）の熱が、汗や整髪料の臭いとなって漂っている。

「とにかく、――」

　実のない報告が出尽くすと、弛緩した空気を貫くような園部の声が、響いた。

「――本事案の解決は〝落としネタ〟、つまり物的証拠を我々が発見できるかにかかっている。徹底的に……、いいですか？　あえて二度いいますが、徹底的にだ、徳永が犯行を認めて、ぐうの音も出なくなる物証を、なんとしても押さえてもらいたい。いいですね？」

　それは難しいのではないか、と爽子は長机の表面に眼を落としたまま思い、園部の発言を聞いていた。

　――私の考えが正しいのなら……。

「私からは……以上！　散会！」

　園部の声に一拍遅れて、席を埋めていた捜査員たちは、重い腰を上げようとした。

「ただし、多摩中央の吉村は残れ！　ほかの者は解散！」

　追い撃ちのように続いた園部の一声に、捜査員たちは一瞬だけ身動きを止めた。――が、次の瞬間には、何事もなかったように立ち上がり、捜査員らは引き潮のように訓授場からでてゆく。

　爽子の隣に座っていた櫛田も、ちらりと爽子に眼を向けただけで椅子から立ち上がると、すぐに捜査員の流れに紛れて、入り口へと向かった。

――さあ、〝異端審問〟のはじまりだ……。

爽子は立ち去る櫛田を一顧だにせず、訓授場を満たす喧噪が、背後の出入り口へと消えてゆくのを聞きながら、そう思った。

集団の中にいる異分子を排除する儀式が、これから始まるのだ。

そうして……、ざわめきが廊下へと移り、誰かが外からドアを閉める、バタン！　という音が響いた。

爽子は、開廷を告げる木槌のような音と同時に、少女じみた童顔には不釣り合いな、〝刑事〟の峻烈な表情を浮かべる顔を上げた。

見ると、ひな壇の園部を始め、捜査一課四係の十人が、枯山水の庭にしつらえた石のように長机の列にまばらに残り、こちらを凝視している。

「吉村」園部が、ひな壇で座ったまま言った。「こっちへ来い」

はい、と答えて爽子は立ち上がると、長机の並んだなかに開けられた中央の通路を、ひな壇へと歩き、園部の眼前で立ち止まった。

爽子は、自分に向けられた園部とその配下たちの刺すような視線に、頬のあたりがちりちりと痛むのを感じたものの、眼を逸らしはしなかった。

「吉村」園部が顔の前で手を組んで言った。「君が、私の捜査指揮に疑義をもち、のみならず、捜査管理からも逸脱した行動をとっているとの話があるんだが、……本当かな？」

「おい、お前！　どういうつもりだ！」古川主任が、顔を真っ赤にして怒鳴った。

白々しい……！　爽子はそう胸の中で園部の詰問を断じる一方、古川には気の毒なことをしてしまった、と、いまさらながら自分の配慮のなさを悔やんだ。捜査本部内で自分の上司にあたる古川は、私の独断のために園部から監督責任を問われたのだろう。

「……申し訳、ありません」

爽子は古川に向かって頭を下げたが、古川は無視して、そっぽを向いた。

「ですが――」

爽子は上体を戻すと、園部をまっすぐに見詰めて続けた。

「徳永栄作が、犯人ではない可能性があるからです」

訓授場に張りつめていた空気が、一瞬、漂白されたようになった。爽子から逸れた視線が、捜査員たちの間で行き交う。……こいつ、何を言い出す気だ？

「それが、君の疑義というわけか……？」

園部は呆れたように聞き返した。それから、はっ、と声を出して大声で笑い出す。

「ははは……、面白いな。そうだな？　みんな？」

園部はさらに笑いながら、お前たちはなぜ笑わない？　と言わんばかりの態度で広い室内を見回した。捜査員たちは、急きたてられたように、追従の笑いをあげる。

もう後ろめたい気持ちになんて、ならなくてもいい。……爽子は哄笑に取り巻かれた中、この集まりの趣旨を察すると、そう思った。現在、捜査は停滞している。このままこの状態が続けば、園部の捜査指揮に不信を抱く者が係内に現れないとも限らない。そうなる前に、園部は適当な生け贄の羊を皆の前に引きずりだすことで、見せしめとするつもりなのだ。そしてその生け贄の羊は、探すまでもない。捜査を逸脱した、この私だ。

――〝異端審問〟かと思っていたけれど……、と爽子は大口を開けて笑う園部を見ながら思った。……よりいかがわしい〝魔女狩り〟の集会だったらしい……。

「……私の考えが正しければ――」

爽子が園部を見詰め、力を込めて言葉を押し出すと、園部は笑ったままの形で口をあけた埴輪のような顔で、声を出すのをやめた。

周りの声も小さくなってゆくなか、爽子は続けた。

「――徳永に大久田理香さんは殺せません。不可能なんです」

「な、なに言ってんだお前はぁ！」園部は突然、堰が切れたように喚いた。

爽子は驚いて眼を見開き、口をわずかに開いたまま立ち尽くした。園部の語気や言いぐさに驚いたのではなかった。園部の怒声が、口から飛び出してすぐに裏返り、甲高い子どもじみたものになったからだった。あまりにも、その小さな身体に似つかわし過ぎた。

「ホ、ホシはなあ！　徳永以外にはいないんだ！　お、おまえなにを言って……」

園部は、冷徹な指揮官然としていた態度は微塵もなく、ただ感情を噴出させている。

「いいかあ、良く聞け」園部は、すこし冷静さを取り戻した声で続けた。「徳永には、大久田理香を殺害する動機があるんだよ、動機が！」

「いいえ」爽子は言った。「この事案の焦点は、〝動機〟ではなく〝殺意〟です」

園部は、頭の中で爽子の言葉を吟味する間に、興奮を収めた。だが、発せられた言葉は辛辣だった。

「……お前、何を言ってるのか、自分で理解してるか？　徳永には別れ話の縺れという動機があって、殺意を持つに至ったのは明白だろうが」

「動機があって殺意があったのならなぜ、徳永は衆人環視の駅で大久田理香さんと接触したのでしょうか？　最初から明確な殺意があったのなら、アパートで待ち受ければいいはずです。また、駅で別れた後に衝動的に決意したのなら、駅から徒歩圏内で凶器を入手したはずですが、捜査すれば容易に判明する筈の入手先も、特定できません」

「そんなのはお前、徳永が凶器を持参した可能性もあるだろうが」

爽子は内心、くすっ、と笑った。が、表情を変えずに続ける。

「おっしゃる通りならば計画性があったということで、なおさら、駅で多くの通行人に目撃されるのは避けたはずです。それにその場合、逮捕されるのも覚悟の上ということになりますが、ならば逮捕されてすぐに自供してもおかしくはありません。ですが、いまにいたるも、徳永は犯行を否認し続けています」

爽子は、細いおとがいを引いて、園部を見た。

「……つまり徳永の犯行だとするには、計画的あるいは突発的、いずれからみても行動に一貫性がなく無理がある、ということです」

「だとしてもどうだというんだ？　徳永の行動に多少の不条理な点があるとしても、マル被がみんな合理的な行動をとるのか？　そうじゃないだろう。それにだな。――」

園部は爽子の眼を見返した。爽子の想定外の反撃に、論点を変えるつもりらしかった。

「――犯行当夜、大久田理香の部屋を訪ねたのは徳永だけだ。他にはいない。徳永以外に、誰が大久田理香を殺害できるんだ？　言ってみろ」

「重要な点は、まさにそこだと私も思います」爽子は言った。

「動機を別にすれば、大久田理香さん殺害と徳永を結びつけるのは、遺体発見現場であるあのアパートです。しかし、逆の見方をすれば、徳永を犯人だとする根拠も、犯行当夜の死亡推定時刻に徳永がアパートを訪ねているという事実、この一点しかない、ということです」

　爽子は、少し息を継ぐ間をとった。

「そしてそれは、園部係長ご自身も良くお解りの筈です。だからこそ、徳永の指紋を秘匿採取して、ドアノブから検出された遺留指紋と照合してはどうか、という意見具申にも慎重だった。違うでしょうか？」

「…………」園部は眉をひそめて爽子を見詰めたまま、無言だった。

「ドアノブの指紋と徳永のそれが合致するのが明白でも、それは徳永がアパートにやってきたという証明にはなっても、殺人の決定的証拠というには難しい。……けれど合致してしまえば、徳永だけに捜査の目が集中してしまう——それを恐れたのですね？」

　捜査の初期段階では、あらゆる可能性を考慮しなくてはならない。しかし、指揮をとる者が、一つの手がかりを重視してそれを態度に出せば、別の手がかりを任された捜査員らは自分たちが傍流に回されたと感じ、捜査本部内の士気に影響する。

「……そうだ」

　園部は初めて爽子の言葉を肯定した。

「お前の考える程度のことは、私も考えた。そしてその後の地取りの結果などを勘案（かんあん）して、徳永以上に犯人性の高い被疑者はいない、と判断した」

それにだ、と園部は続ける。

「お前、検案の報告を忘れたのか？　被害者はな、心臓に達する刺創を受けてんだよ。心臓だぞ、心臓。ほぼ即死だ。――とすれば、殺害現場のアパートに、犯行時刻、徳永が確かにいたという事実それ自体が、犯行を裏付けているのと同義だ」

「忘れてるかも知れねえから教えとくけどよ、お嬢さん」

若い捜査員が、爽子を揶揄する口調で合いの手を入れる。

「マル害が自分で施錠したのは、サムターンに残った血紋から間違いないし、一つしかない部屋の鍵は、マル害の血だまりの中に落ちてたんだよ。どうやって徳永は施錠できたんですかね？　ひょっとして、密室殺人とでもいうつもりか？」

「いいえ、施錠したのは大久田理香さん本人で間違いないでしょう」

爽子は若い捜査員の反問を素っ気なく肯定し、わずかに逸れた視線を再び園部に据えた。

それから、爽子は一歩踏み出して、続けた。

「ただし……、施錠後に死亡したのがアパートでも、マル害が致命傷を負ったのは、アパートとは別の場所だとしたら……？」

「なんだと？」

園部は、一歩迫った爽子を睨みすえながら言い返した。

「マル害は帰宅する前に、すでに刺されていたとでも言うつもりか？」

はい、と爽子は園部の剝かれた眼に平静な視線を返しながらうなずく。

「そうなれば……、先ほど申し上げたとおり、徳永と大久田理香さん殺害とを結んでいるのがアパートという〝場所〟である以上、徳永の犯行だとする根拠がなくなります」

「馬鹿かお前は！　徳永だろうとお前のいう別のマル被がいたとしてもだ、瀕死のマル害をわざわざアパートの部屋まで運ぶのに、なんの意味がある！」

「係長の言うとおりだ」

園部がひな壇の長机を叩いて怒鳴ると、主任の有田も、並んだ長机の列から同意した。

「マル害が自分の足でアパートに向かっている姿は、帰宅途中の会社員に車から目撃されてるだろう！　それはどう説明するんだ？　人違いだとでも言うつもりか！」

そんなことは解ってる、と爽子は思った。だからわざわざ、自分から確認に動いたのだ。

「心臓を刺されながら、施錠できたことだけでも奇跡に近いんだぞ。それを……お前の言い分だと、マル害は致命傷を負いながら家まで自分で帰ったことになるだろうが！　馬鹿も休み休み言え」

園部は時間を無駄にした、という口調で吐いた。

爽子は一瞬、眼を閉じて息をつき、それから口を開いた。

「その通りです」確信に満ちた口調で告げた。

「大久田理香さんは、心臓に致命傷を負った後、さらに自分の足でアパートまでたどり着き、そこで鍵を閉めた直後に死亡したのです」

「あり得ん！　心臓を刺されて歩いて家に帰っただと？　大概に――」

「……いいえ！」

爽子は眼を見開いて、さらに一歩を踏み出した。

犯罪捜査に携わるものは、常識に重きを置かねばならないのは当然だ。しかし、常にあらゆる可能性が存在することも、頭の片隅に留めておかなくてはならない。〝あり得ない〟〝やれやれ、そんなことあるわけない〟……そういうふうに検討もせず、可能性を排除していいのは素人だけだ。

そして爽子は、心理学や法医学、あらゆる知識を動員して犯罪を分析し、被疑者を逮捕することを、自らの存在意義だと信じていた。

だから、特別心理捜査官に任用されたのだ。

「心臓に致命的な刺切創を受けた場合、……受傷者が移動行動をとる事例はあります」

爽子が告げると、訓授場内の空気がとまった。

「……なに？」園部のやや裏返った声は、場の空気を代弁していた。「それは、本当の話か」

「しかし、いくら何でも……。車から目撃された地点からだけでも、アパートまで数十メートルは離れてるんだぞ、それを――」

「国外の事例ではありますが――」

有田の疑問を、爽子は遮って続けた。

「――受傷後に約五五〇メートルも歩行した例、日本国内でも約二〇〇メートルも……、よろしいですか、走った例まであります。なかには、妻に包丁で刺された夫が、六〇メートルも走って逃げだし、通行人に申告した例まであります」

爽子は、また一歩を踏み出した。

園部の着いたひな壇の長机とは、もうほとんど距離は残されてはいなかった。

「……希な例ではありますけど、大久田理香さんが意志の強い性格であり、元陸上選手でもあって心肺機能にすぐれていたこと。さらに事前に駅で徳永と口論して興奮状態にあったことを考えると、私には無理筋とは思えません。なにより、犯行すべてを無理なく再現することができますから」

「……言ってみろ」

園部は無表情に爽子を見上げたまま、ぽつりと言った。そんな園部を、爽子は大きな眼を半ば閉じた静かな表情で、見下ろした。

袋小路に迷い込んだ者と、すべてを見通した者との差が、如実にあらわれていた。

「例えば……大久田理香さんが家に着いてから徳永が訪ねてくるまでの、空白の時間です」

「空白の時間だと？」

「思い出してください。大久田さんは、仕事から帰った着衣のまま、発見されたのです。先ほど有田主任のご指摘どおり、彼女は十八時半頃、路上で目撃されています。ならば十八時四十分くらいには家にたどり着いていたと考えるのが自然です。ならばなぜ、十九時頃、徳永が訪ねて来るまでの二十分の間に、雨に濡れそぼっていた服を彼女が着替えなかったのか。そして徳永も、訪ねたが会えなかったと証言しています。亡くなっていたからこそ、着替えも、徳永に応えることもできなかったのです」

「その二十分間については、我々も検討した」園部が言った。「マル害は、徳永を警戒したんだろう。アパート周辺に徳永が先回りして、待ち伏せてるんじゃないか、とな。大久田理香は徳永がどこかに身を潜めていないか、しばらく周囲の様子を見てから、部屋に帰った。だからそれだけの時間が掛かったんだ」

「いいえ、たとえ無事だったとしても、私にはそうは思えません」

「――根拠は！」

「大久田理香さんは、傘を持っていなかったからです」

「傘？」園部は、また声を裏返して聞き返した。

「彼女は駅から傘を差して走り去りました。しかし、車両から目撃した会社員の証言では、道路に飛び出してきた大久田理香さんは、傘を差していませんでした。あの一時間に五〇ミリという土砂降りの中ならば、傘もなく雨に打たれ続けるよりも、眼の前の自宅に多少のリスクはあっても駆け込むのが自然ではないかと、思います」

「そんなのは推測だ。被害者が徳永に、相当な恐怖感をもっていたからこそ、雨に堪えて様子を窺ったとも考えられるだろう」

「そうですね」爽子は言った。「でもそれも、係長の推測です。ですが、このとき確実なのは、大久田さんが駅では持っていた傘を、この時点で持っていなかったこと」

反論をあっさりと受け流された園部はさらに強張った表情になったが、訓授場内の捜査員たちは、いつしか押し黙って、爽子の言葉に耳を傾けていた。

「そして私はこの傘がどこで消えたのか。……それが重大な手がかりだと思えました」

「傘がどうした！　そんなもん……風に煽られて壊れりゃ、その辺に投げ捨てて帰ったとしてもおかしくないだろう！」

「いいえ。犯行当夜は吹き降りだったとはいえ、雨に比べて風は傘を壊すほどではありませんでした。そして……、なにより彼女のきちんとした生活態度から、考えにくいです」

爽子は言下に答えて、思った。大久田理香は几帳面な女性だったんだ、と。……外出先のゴミ箱に捨ててきても良さそうな物まで、自宅に持ち帰ってきちんと処分していた。そんな女性が、どんな理由があれ、傘を投げ捨てて帰る可能性は低い。

「ではなぜ、彼女は土砂降りの中で傘を手放したのか……、いえ、手放さざるを得なかったのでしょうか……？」

「お前……吉村」園部がくぐもった声で問うた。「犯人に襲われたからと言いたいのか！」

「その通りです」

爽子は硬い声で告げた。

「車両から目撃された十八時三十分頃の時点で、大久田理香さんは傘を持っていなかった。つまりそれより以前に、彼女は路上で犯人と遭遇して致命傷を負ったんです。そこで傘を手放した。それからおそらく、……これは想像ですが、刺された直後に逃げだそうとして、道路に飛び出したんです。だから運転者になんの挨拶もなく立ち去ったのです。死の恐怖に、それどころではなかったでしょうから。でも、それが幸いした」

「幸い……？　なんだ、それは」

「犯人の、さらなる犯行の手を止めさせたことです」

　爽子は答える。

「犯人は大久田さんにとどめを刺そうとしたはずですが、車両が現れたことで、断念したのです。そして……、大久田さんは懸命に歩いて部屋にたどり着き、そこで……亡くなったのです」

　爽子は言い終えると、肩で息をついた。――捜査員たちは誰も口を開かず、それぞれ眼の前の机に眼を落としていた。爽子の話に瑕疵はないか、思い巡らせている。

「しかしだな、なぜ通りかかった車両に、助けを求めなかったんだ？　それに、運転者も被害者の出血に気付かなかったんだ」

　有田が爽子に尋ねたが、それは意地の悪い反論というより、爽子の考えに価値を認めて補足説明を求めている口調だった。

「心臓に致命傷を負った大久田さんは、一度に大量の血液を失った、言わば虚血状態でした。そうなった場合、人は習慣と本能に従って行動します。彼女にとって安全を確信できる場所は、自宅だった。だから必死に、帰り着こうとしたのではないでしょうか。……運転者がその様子に気付かなかったのは、被害者が急に飛び出してきたことで動揺していたことと、被害者の上衣の前が開いて横側から見た目撃者からは胸元が隠れていたから……ではないかと思います」

爽子の説明が一応は筋が通っていると感じ、皆が押し黙る中、園部が口を開いた。

「話としては、面白かったがな」園部は言った。「しかし、お前は自分の言ったことを、どうやって証明する？　心臓に致命傷を負ったマル害が歩いて家まで帰りました、なんてことをだ、どうやって証明する気だ？」

「できる、と思います」

爽子は床に落としていた眼を、周りからの視線を浴びながら再び園部に据えた。

「……なに？」

「車両で目撃されたことに関しては、二つの意味で幸運でした。一つは、すでに言いましたが、犯人が凶行を続けられなかったこと。もう一つは――」

爽子は間をとってから、言った。

「――当該目撃者の車両には、確実に大久田理香さん本人の血液が付着していると考えられるからです」

物証の存在を指摘する爽子の言葉に、捜査員たちは弾かれたように顔を上げた。

「復命書によれば、大久田理香さんは車両とは接触しなかったものの〝車体に手を突いて身体を支えてから立ち去った〞、とあります。その手には、傷口を押さえた際の血液が付着していたとみるのが妥当です。あの雨で流されてしまっているとしても、ルミ険を実施すれば、検出及び採証は可能なはずです」

ルミ険――ルミノール反応検査は、実に二万倍に薄まった血液さえも検出する。血液が車体の部品の隙間に入り込んでいれば、いかに豪雨に曝(さら)されたとはいえ、問題はなかった。

「それによって実証されれば、大久田理香さんが致命傷を負ったのが、アパートの玄関ではなく、路上であることは確実になります。それに、玄関を開ける際に使った鍵にも取り出した際に血はついている筈ですから、鍵穴にも残っている可能性があります。いずれにせよ、犯行が十八時三十分前後であるのなら、十八時四十分まで駅の防犯カメラに映っていた徳永……さんに犯行は不可能、ということです」

爽子は、半ば閉じていた眼を開き、園部に告げた。

「――鑑識への要請を、上申します」

園部は自分をまっすぐに見詰める、切っ先のような爽子の眼光から逃れるように、焦燥の浮いた目を逸らした。長机の表面を視線でまさぐり始める。

思考を集中し、爽子の仮説のどこかに穴がないかを、必死で探している。

「不幸な偶然が重なったせいだと、私は思います」

爽子は園部の様子に、ふと表情を和らげると静かに言った。どこか慰めるような声色だった。

「別れ話で大久田理香さんと揉めていた徳永さんが、駅で口論し、そのあとアパートを訪ねたこと。なにより……あの大雨が、路上に残されていた犯行の痕跡を流してしまったからです。もしあんな激しい雨が降っていなければ、血痕の状況から、犯人との接触地点などの犯行態様は、すぐに判明したはずですから。すべては、不幸な偶然の連鎖が招いたのだと思います。――」

「じゃあホシは誰だ……！」

園部は顔を上げ、爽子を睨みつけた。

「お前の推測に、一定の合理性があるのは認めてやってもいい。……ああ、認めてやるよ」

園部は爽子を睨みつけたまま、首を上下させながら言った。

「だがな、どんなに辻褄が合っていたとしても、推測は推測にすぎない。我々を完全に納得させるには、マル害だけでなく、お前のいう徳永とは別の被疑者についても、説明できて然るべきだ。できるのか？　長々と講釈を垂れたんだ、できないとは言わせない。そしてできないのであれば、マル害の状況も全部、お前の妄想ということだ。どうだ、違うか？」

爽子は、園部が血走った眼を向けながら吐いた言葉に、拗(す)ねたような抵抗を感じ取った。

けれど、爽子は、特にとどめを刺そうという気もなく、口を開いた。

「解りました。――では犯行直後、犯人が大久田理香さんを凶器で刺した時点から、お話ししたいと思います」

特別心理捜査官である爽子には、犯人が事件を起こす以前に遡って語ることもできたのだが、〝事件のことは犯人(ホシ)に聞け〟、つまり事件の詳細な真相は逮捕後に犯人自身から聞け、という捜査員の不文律に従い、そう答えた。

「あの夜、犯人は帰宅途中の大久田理香さんを、車両の運転者に目撃される直前に、路上で刺しました。犯人は凶器を事前に準備していましたが、大久田さん個人を狙ったものではない、と思われます。犯人と彼女はおそらく、〝片識(かたしき)〟かそれに近い〝薄鑑(うすかん)〟程度の関係しかなかったと思います。犯人が大久田理香さんだと気付いたのは、犯行に及んでからだと思います」

「犯人はマル害を知っていたが、マル害の方は犯人の顔を知っている程度だったというのか？」

「はい。これもまた、私たちにとっての不幸な重なりのひとつですが」

　答えた爽子に、園部はさらに質した。

「どうして面識がないといえる？」

「それは、二つの点からいえると思います。まず、犯人がリスクの高い路上で犯行に及んでいる点」

　親しい間柄ならば、被害者の部屋か自宅など、いくらでも犯行が露見しにくい場所に誘ったうえで犯行をおこなえる筈だということを爽子は指摘して、続けた。

「さらにもう一点。……一度見失った筈の大久田理香さんを、彼女の自宅まで迷うことなく追っているからです」

「ではやはり、あのドアノブを拭ったのは――」

「順番にお話しします」

　爽子は園部の呟きを引き取り、続けた。

「犯人は犯行に及んだ後、さらに大久田理香さんを刺そうとしましたが、それも車両が現れたために、断念せざるを得なかったのはお話ししたとおりです。そして、追いかけた自分の姿が、運転者に見られたのではないかと考え、一旦は逃亡しました。だからこそ、瀕死の大久田理香さんがアパートまで帰り着くことができたのです。いくら元陸上選手で意志が強いといっても、心臓に致命傷を受けているのですから」

爽子はすこし息をついた。だが、園部を始め、口を挟む者は誰もいない。

「犯人はしばらく周囲で様子を窺ったあと、大久田さんのアパートへと向かいました。迷いはしませんでした。なぜなら、彼女があのアパートに住んでいるのは、犯人も知っていたからです」

「しかし、犯行の直後なら、路上の滴下血痕をたどれた筈だ。面識者でなくとも……」

「大雨だけでなく、早い時刻から暗くなっていた犯行当夜、闇に紛れた路上の血痕をたどるのは、かなり難しいと思います。それに、メングレであったからこそ、大久田理香さんが一命を取り留めるのを恐れ、追いかけたのです」

爽子は園部へ明快に答えると、続けた。

「とにかく、犯人は大久田理香さんが逃げ込んだ十八時四十分以降に、アパートの部屋までやってきました。そして、ドア越しに声を掛け、ノブを握って施錠を確認したはずです。しかし、反応がないとみると、自分の遺した指紋をドアノブから丁寧に拭き取り、立ち去ったのです。そのとき、大久田理香さんが開けたさいに付着した血痕も、拭き取られました。だから、その後にやってきた徳永さんと、遺体発見時に付着した関係者指紋しか検出されなかったのです。そして、通路の血痕も吹き込んだ雨に流された結果、私たちは、大久田理香さんが帰宅直後に部屋の内側、玄関で刺されて死亡した、と考えてしまったわけです」

爽子は、すっ、と息を吸い込んだ。

「つまり被疑者は――」

最後の事実をその場にいる全員へ告げるべく、爽子は園部にだけ向けていた顔を上げた。

「――大久田理香さんとは顔見知りであり、十九時ではなく、瀕死の彼女が部屋に辿りついた十八時四十分頃に、そのドアの前にいたのが自分ではなく徳永さんだと偽る必要のある人物、ということになります」

園部を始め、捜査員たちの顔色が変わり始めた。

爽子の告げる条件に合致するのは、ただ一人しかいないではないか――。

「吉村……お前が言いたいのは……」

爽子は前を向いたまま、うなずいた。

「はい、私が疑っているのは――」

爽子は再び園部を正面に見詰めると、告げた。

「――被害者の隣の部屋に住む、柏木興一です」

染めた髪をぼさぼさに伸ばした、ふやけた顔をした若い男。初動で聞き込みにやってきた捜査員に、話を聞かせるかわりに謝礼でも出ないのかと、へらへらした口調でうそぶいたうえに、さらには、マスコミ相手にも身振り手振りで得意げにインタビューに応じていた、あの男だった。

爽子が、忍び込んだ夜の捜査本部で、地取り捜査報告書を確認したところ、柏木興一は徳永が大久田理香のアパートに押しかけてきた時刻を、こう証言していた。

……〝時間ですかあ、多分六時半頃か、もう少し経ってたかなあ、良く覚えてねえけど〟、と。しかも〝女と男が揉めてる声、聞こえましたよ〟とも口にしていた。

十八時三十分から、およそ十分間前後。それは、犯人が大久田理香をアパートの部屋まで追い、ドアの外から反応を窺っていた時刻とほぼ一致する。柏木は咄嗟に、自分がドアの前で声や物音を立てていたであろう時刻を捜査員に告げ、隠そうとしたのだ。

そして決定的なのは、女――大久田理香の声を聞いた、という言葉だった。

帰宅してすぐに死亡していた大久田理香と、徳永が争えるわけがない。

「柏木……？　あのふざけた野郎か……！」

捜査員のひとりが声を上げると、次々と別の声があがり始める。

「しかしまさか……」

「理屈では、ってだけだ……！」

「いや、しかし……一応、筋は――」

にわかに騒然とした訓授場内に、一際、大きな声が上がる。

「静かにしろ！」

園部は爽子を視線に捉えたまま叱責し、室内が静まると、口を開く。

「だが、吉村。——柏木が犯人だとする物証はない。そうだな？」

爽子は園部の睨めあげる眼を見返しながら答える。

「はい」爽子は言った。「ですが、一刻の猶予もないのです。早急に捜査方針を転換する必要があります」

「なぜだ！」

爽子の確信に満ちてはいるものの平静な口調に、園部が苛立ちも露わに問い返す。

「それは、柏木興一が別の事件を起こしている可能性が高いからです」

「別の事件だと？」

「はい。私の所属である多摩中央署管内、稲城市で刃物による通り魔事件が発生しています。私も詳しいリンク分析をしたわけではありませんが、それでも、発生日時がちかく、それに手口といった犯行態様が似ています。なにより——」

爽子は小さく息をつき、続ける。

「——一定地域内に、刃物を凶器に通行人を刺して回る者が、何人もいるとは考えられません」

広い訓授場内が、しん、と静まりかえった。

しわぶきひとつ漏らさず聞き入る捜査員の顔には、爽子の推測が事実なら、という条件付ではあったが、同じ表情が浮かんでいた。

これは、大変なことになった……！

「……だが――」

園部は捜査員らの胸中を代弁するかのように、呻くように言った。

「――我々はすでに、徳永を逮捕、勾留してるんだ……！」

爽子は、園部の言葉に、眼を見開いた。

――なにを言っているの……！

徳永栄作のことは、誤認逮捕には違いない。不幸な偶然の重なりがもたらしたとはいえ、それは大きな失点だ。それはそうかも知れない。でも……！

爽子の胸の中を満たした憤懣に、感情の火花が引火した。

「……おえんじゃろ！」

爆発した感情の勢いそのままに、爽子は、否、という意味の岡山弁の叫びを、口から叩き出していた。

「園部係長……！　あなたは事件を片付けたいだけなのですか！　それとも……犯人（ホシ）を捕（と）りたいのですか、どちらなんですか！」

園部は爽子の叫びに、しばらく押し黙った。それから顔を上げた。

「……検討くらいはしてやってもいい」園部は言った。「だがな、吉村。自分の推測を過大評価して、期待はするなよ」

小柄な捜査主任官は、怒りに濁った眼で爽子を睨み、不快な臭いでも払うように手を振った。

「吉村、もういい。私の目の前から、とっとと消えろ」

「わかりました」爽子は透明な表情で言った。「ですが、以上お話ししたことは、よろしくお願い致します」

「……いいから失（う）せろ」園部がぼそりと吐き捨てた。

爽子は一礼し、机の列の間を、訓授場の出口へときびすを返しかけてから、動きを止めた。下唇を噛（か）んで、うつむいた。

――このまま引き下がるわけにはいかないんだ……！

そう決意して、強張（こわば）った顔を上げると、爽子は薄い笑みを浮かべて振り返った。

「園部係長。ご承知のように、現在多摩中央署に出向しているのは、捜一にいた頃の私の上司です。そして――」

爽子は高鳴る心臓を意識しながら、なんとか平静を装った声を出すのに成功した。緊張で引き攣ってはいたものの、園部に微笑みかけることもできた。

「――お解りになったと思いますけど、私はこうみえてお喋りなのです。ですから、その元上司と電話で話した際に、私が推測したことを、ついうっかりと漏らしてしまうかも知れません。そうすると、あちらの本部も黙っていないでしょうから――」

多摩中央署の捜査本部で指揮を執る柳原明日香が、正しいことのためなら手段を問わない女性なのを、爽子は身をもって知っていた。爽子の推測を知れば、黙っていないどころの騒ぎではおさまらない。そして園部は、同じ捜査一課の係長である明日香の気性を当然、知っている。それを利用しての、爽子の賭だった。

「――検討は、私がこのお喋りな口をつぐんでいられる間に、お願いします」

では、と爽子は一礼してきびすを返し、机の間を歩き出した。園部らの視線が背中に突き刺さっているのを感じつつも、歩調が乱れないよう自分を励ましながら、訓授場のドアまで辿りついた。

それから、大久田理香さんもこんな気持ちだったのだろうかと、ふと思いながらドアを開けると、室内の園部らの誰とも視線を合わさずに一礼し、ドアを閉めた。

爽子が廊下で、溜めていた息を大きくついた途端――、傍らから声がかかった。

「すまなかったな」

櫛田が腕組みして立っていた。

「……私を最初から監視していたのですね。――」

爽子は安堵の表情を消し、息をついた拍子に丸まった背をのばすと、櫛田に眼を向けずに、無味乾燥に答えた。

「――園部係長の指示で」

園部とは、ともに同じ捜査に当たったことがある。それは、爽子が捜査一課を外された原因となった、都内連続女性殺人事件の捜査本部で、だった。

園部は、爽子に強い印象を持っていたのだろう。ただし、捜査を逸脱する危険人物として。だから、事前に捜査本部に派遣されてくるのを知るや、爽子とは別の意味で問題の多い櫛田に、なんらかの見返りを条件に監視を命じたのだ。

そしてそんな櫛田の態度を、爽子が最初に気に留めたのは、……捜査初日、炎天下を仰いだ駐車場からだった。あつい、と呟いた爽子に、櫛田はこう言った。――あんたは、滅多に胸の内を表情に出さないと聞いてたんだが、と。

初対面にもかかわらず、誰に私のことを聞いたというのか。

それに、徳永栄作の取り調べをこっそり立ち聞きした後に園部と遭遇したあの時、先に庁舎から出ていた櫛田は、私が追いついた時、不愉快そうに顔をしかめてスマートフォンを眺めていた。あれも、園部が私の行動の兆候に気づき、監視を〝徹底的に〟するように求めて叱責するメールを読んでいたのではないか。

まあ、メールの件は状況証拠としても曖昧だけど、と爽子は思う。けれど、昨夜の張り込みに櫛田が現れたことで、疑いは決定的になった。やってきた理由を櫛田は適当に並べたけれど、〝若い女に一番人気の〟商品を差し入れに選ぶほど、私があそこにいるという確信があったのは、なぜか。携帯電話で居場所を確かめてきたわけでもないのに。

それは私が張り込んでいることを、事前に知らされていたからだ。おそらく、会議散会後も捜査に当たっていた四係の捜査員らが私の姿を見付け、連絡を受けた園部に叱責されて、押っ取り刀で駆けつけた……そんなところだろうと思う。

なにより、それまではやる気のなさそうだった櫛田が、口では文句を垂れながらも妙に積極的になったのは、私が独自の行動をとるようになってからだ。

「ああ、あのいけ好かねえチビスケ係長の命令でな」

櫛田は園部の指示で監視していた事実を認め、爽子の整ってはいるが人形のように硬い横顔から目を逸らし、後頭部を掻きながら続けた。

「言ったろ、俺、赤字が溜まってんだ」

「………」爽子は眉一つ動かさず、無言だった。

「怒ってるか？」

爽子は、大きな眼の上で、長い睫毛（まつげ）をゆっくりと上下させながら、深く息を吸い、吐いた。

「……いいえ」

爽子は前を見据えたまま答え、廊下を歩き出した。

――いまさら傷つくことなんて、私にはなにもない。

爽子は置き去りにした櫛田に見送られながら、強がりのように、あるいは自分に言い聞かせるように、内省を断ちきった。そんなことよりも……。

――捜査は振り出しに戻った。闘いは、これからなんだ……。

「……以上が、私の推定する犯行の態様です」

訓授場の捜査本部で、園部らを前に半ば吊し上げに近い状況ではあったが、自らの推測を告げた二日後、爽子はもう一度、説明を繰り返すことになった。

場所は、八王子警察署の、主が席を外した署長室だった。

　そしてその場には、平賀捜査一課長と桐野理事官が応接セットの上座を占めていた。下座でひとりぽつねんと座らされた爽子の右手のソファには、園部を挟んで三係の二人の主任が座っている。

　そして、その反対側のソファには――、現在、多摩中央署に出向中の特殊犯第五係係長、柳原明日香が座っていた。三係と同様、植木と岸田という二人の主任が、その横に並んで着いている。

　その明日香が、説明を終えた爽子に、よくやったわ、というように切れ長の目許だけを和ませて伝えてきた。爽子は、ちいさな黙礼で応えた。

「解った」平賀は形ばかり爽子を労うと園部に顔を向けた。「それで、どうなんだ？　園部係長、鑑識はどう言ってる？」

「……はい。当該目撃者の車両及び被害者宅のドア、これの鍵穴を鑑識が調べたところ――」

　答えた園部は、二日前の夜に比べて、小柄な身体がさらに縮んでいるように爽子には見えたのだが、それは体格の良い部下に挟まれているから、というだけではなさそうだった。

「――微量の血液が検出されました。ＤＮＡ型鑑定の結果がでるにはまだ時間を要しますが……、検査の結果は人血であり、マル害の血液型とも一致しました」

「それはつまり、被害者が帰路に致命傷を負いながらも自宅に逃げ込んで死亡した、それを証明すると考えても良いのだな？　家に押しかけた徳永栄作に、玄関で刺されたのではなく」

「……はい」園部は、膝の上で拳を握りながら答えた。

「完全な誤認逮捕ではないか……！」

平賀は、大きく息を吐いた。

「動機や犯行前の状況から、逮捕したマル被、いや、徳永さんに君らが嫌疑を集中させてしまった事情は理解できるが、もう少し慎重に証拠を検討し、捜査できなかったのか！　しかも問題はそれだけではない。いまさら多摩中央管内の路上殺人と同一犯の犯行の可能性が高いと言い出すのは、どういうことだ」

「はい。……ここと多摩中央管内の事案、双方の被害者の刺創を改めて比較するよう依頼した結果、両事案とも同じ成傷器が使用された可能性がきわめて高い、と鑑定されました。つまりその……同一犯、ということに」

おそらく遺体を検案した鑑定医も、まさか、と思ったのだ。二体の創傷が似ているのに気付いたとしても、片方の犯人はすでに逮捕されているのだから、と。鑑定医にそう考えさせてしまった自分たち八王子の捜査本部の落ち度は大きい、と爽子は下唇を噛んだ。

しかも、さらに重大な落ち度は――。

「我々は第二の犯行を許してしまったということだ！」

桐野が傍らから叱責の声を重ねる。

「園部係長、君にはそれが解ってるのか？　君らが誤った捜査をしなければ防げたかもしれん犠牲だ！　どう責任をとる！」

「も、申し訳ありません！」

園部は、小柄な身体を弾かれたように、ぴょこんとソファから立ち上がる。両脇に座っていた二人の主任も慌てて倣い、爽子もまた、椅子から立った。

――責任は、私にもあるんだ……。

「申し訳、ありませんでした……！」

園部の詫びとともに、爽子を含めて立ち上がった四人は頭を下げた。

「もういい、座れ。いまは責任を云々するより、捜査が最優先だ」

平賀が不愉快そうに吐くと、爽子は園部たちとともにようやく頭を上げて、座った。

「それで？　有力な被疑者が浮かんだと報告を受けたが」

「はい。柏木興一、二十二歳。無職で、マル害の隣の部屋に住んでいる男です」

平賀の問いに園部は答えた。

「どんなやつだ」

「ほぼ終日、出歩くこともなく部屋でインターネットのゲームをしているようです。アパートの住民たちの話でも、ほとんど姿を見掛けることはなく、実際、食料品などの買い物もネット経由で注文するらしく、宅配で受け取っています。定職に就いたことはなく、生活費は練馬区で不動産業を営む実家が面倒をみています。現在、二十四時間態勢で、行動確認員を張りつけております」

「課長、ちょっと質問が。よろしいですか？」

これまでずっと無言だった明日香が軽く手を挙げ、平賀がうなずいて了承すると、爽子を見た。

「吉村部長、特別心理捜査官のあなたが被疑者とみてる柏木興一――、この男はどういう人間かしら？」

――柳原係長は、八王子の本部にいる私を、すこしでも擁護しようとしてくれてるのだろうか……？

爽子は明日香からの指名にすこし面くらったものの、答えた。

「あ、……はい。聞き込みに訪れた捜査員やマスコミへの平然とした態度、それに犯行を重ねたことからみると……、自己愛性の強さや悔恨の欠如が感じられます。これは、通り魔を含めた無差別犯行を行う者の特徴と、一致しているように思います」

「ということは、柏木が冷酷なうえに、証拠が残らない天候を選ぶ狡猾さも備えた危険人物であると……。そういう理解でいいかしら」

「……はい、多分」

爽子はそう答えたけれど、本当のところは、柏木が証拠資料の消失を意図してあの風雨の夜に犯行に及んだのかどうかまでは、解らなかった。けれど、その可能性はあるとも思う。

「そう、ありがとう」

明日香は爽子に微笑むと、平賀に向き直った。

「課長、いまの吉村部長の意見、私には傾聴に値すると思われるのですけれど……」

「まあ、そうだな」平賀は素っ気なくうなずいた。「ほかには、なにかあるか」

「いえ」明日香は目礼した。「失礼しました」

「とにかく、だな。――」

平賀は口調を変えて、その場にいる爽子たち全員を見渡して告げた。

「――連続殺人となれば、捜査態勢の抜本的な見直しが必要だ」

平賀の発言に、一座の空気が張りつめる。

明日香は切れ長の眼をすっと上げ、園部もまた、会議が始まってからずっと伏せぎみだった顔を上げていた。テーブルを挟んで、女性としては長身の係長と男性にしては小柄な係長は、互いに視線を据えていた。脇に控える腹心の主任たちも同様だった。

一人の犯人を巡って、二つの捜査係の駆け引きが始まるのだ。

「二つに分かれている捜本の指揮系統を一元化し、共同捜査態勢とするのが順当だろうが……」

「そ、その場合……！」

先に口火を切ったのは、園部だった。

「……その場合には！　第一の犯行の現場であり、なにより被疑者の居住地である、ここ八王子の当本部に纏めるのが順当かと思われます。課長、なにとぞ我々に挽回する機会を与えて戴きたいのです……！」

園部は縋り付かんばかりにテーブルへ身を乗り出し、平賀は、思案顔で唸った。

「捜査上の利便性を勘案すれば、それで致し方ないか。――」

「お待ち下さい、平賀課長」

二人のやりとりをじっと見守っていた明日香が、艶やかな唇を開いて、言った。平賀の言葉を押しとどめ、園部の頬を平手で張りつけるような、硬い声だった。

明日香は園部が懇願する間、その横顔に、氷じみた冷ややかな眼を注いでいた。

――この男は、どんな事情が存在したにせよ捜査上の失態を犯した。にもかかわらず、まだ手綱を握る資格があると勘違いしてる……。

それは、まあ、理解できないわけでもなく、そうしようと努力することもできる。それは、私たちにとって、ホシを捕った数だけがすべてだから。一課の大部屋にいる者で、他人に獲物をくれてやるのを潔しとする奴など、一人もいない。だから、それはいい。しかし、この園部という男、こいつは……。

――こいつは私の爽子を……私の一部を、辱めようとした。

明日香は、この会議に先立ち、爽子の携帯電話に連絡を入れていた。被疑者を逮捕したはずの八王子が、突然に捜査方針を大転換し、捜査一課長まで出席する会議を要請する背景には、爽子がなにか関係しているのではないか、と直感したからだった。

〝私が、その、……勝手なことをしてしまって……。でも、私に理由を説明する機会を与えて戴けました。そうしたら園部係長や皆さんが動いて下さって……〟

相変わらず、言葉の少ない爽子の返事だったが、明日香は察した。

〝説明する機会〟とは、いわゆる〝吊し上げ〟だということを。組織――、いや、人間の集団というものは、教室で騒ぐ小学生から極左組織、企業まで、内部の引き締めという名目で同じことをする。もちろん警察も。

そして明日香は、自分の身に起きたおぞましい経験からも、そのような生け贄の儀式じみた辱めが、虫酸がはしるほど嫌いだった。

だから、目の前で失点挽回に汲々とする、身体も肝もちいさなこの男に、遠慮も容赦もする必要を認めなかった。

「私は、多摩中央と八王子、それぞれを別の事件として捜査する態勢を、継続した方がよろしいかと思います」

明日香の発言に、爽子を含めた全員が呆気にとられた。一連の事件が柏木という同一犯の可能性が極めて高いにもかかわらず、捜査本部を分けたままにすることに、なんの意味があるのか。

「柳原、どういうことだ？　なぜ捜本を分けたまま、捜査を継続する必要がある？」

「物証がないからです」

明日香が短く告げると、園部が気色ばんだ。

「柳原係長！　どういう意味ですか、それは？　確かに二件の犯行を繋げる物証はないが、柏木輿一の犯人性が濃厚で、再鑑定の結果から一連の犯行であるのは、あなたも認めたはずだ。それをいまさら……。それに、物証の有無が〝基立ち〟の条件というのなら、そちらにもない。ならば対等ではないか」

　どちらの捜査本部が主体になるかを巡り、実権を握りたい園部の本音が露呈していた。

「ええ、園部係長のおっしゃる通り、物証はこちらにもありませんわ。不甲斐(ふがい)ないことですが、でも――」

　明日香は平然と微笑んだ。

「私が申し上げているのは単に犯行を結ぶ証拠ではなく、これからの捜査で、我々がなんとしても押さえなくてはならない、決定的な物証のことです。続けてよろしいでしょうか？」

　平賀が了承すると、明日香は口を開く。

「現在のところ柏木興一……当該マル被の、直接犯行に繋がる証拠を我々は得ておりません。もちろん、これから物証を押さえるべく最大限の努力を傾けるわけですが、問題は――この柏木という被疑者、かなり狡猾だと予想されることです」

「そんなことは言い切れない……！」

「そうでしょうか？　証拠資料が流失する天候を狙って犯行に及び、実際、物証を残していません。捜査員を平然とあしらい、マスコミ相手に茶番を演じる図太さ……」

「天候はたまたまあの夜、思い立ったからかも知れないだろう！　私にはこいつは、自分の犯した罪が解っていない、自己顕示欲の強いだけのただの馬鹿者にしか感じられない」

「そうですか？　柏木が狡猾なのは、課長もお認めになっていますが。園部係長は、違うご意見なのですね？」

　明日香は慌てて平賀の顔色を窺って口をつぐんだ園部を見据えた。と同時に、視界の隅に、明日香が口を挟んで質問した理由を、ようやく理解した爽子の、驚いた顔が映った。

「マル被の能力を最大限に見積もるのは、捜査の常道です。とすれば柏木は、我々に物証という尻尾（しっぽ）を、なかなか摑ませない恐れがあります。それどころか、最悪なのは、捜査の手を察して物証を隠滅、廃棄する事態です」

「捜査密行の原則については君に言われるまでもないが……。柳原、そのことと指揮系統の話と、どう繋がるのだ」

「はい」明日香は微笑を浮かべたままうなずき、続けた。

「そこで、我々は表面上はいままで通りの捜査態勢を継続することにより、柏木興一には、警察は八王子と多摩中央の事件の関連に気付いておらず、さらに、犯人像を絞り込めていない、と思い込ませるのです。未だ自分に捜査の眼は向けられていない、と」

「そんなのは認められん！　課長、あくまで捜本を一本化し、その後に全力で捜査に当たるべきです！」

　園部が声を裏返して割り込んで平賀に訴え、さらに明日香に顔をもどして続ける。

「それに、徳永さんはどうする気です？　容疑が晴れた以上、早急に釈放しなくてはならないんだ！　そうなれば当然、報道され、柏木は捜査が白紙に戻ったことを容易に知ることになるでしょうが！　なんの意味もない！」

「そうだな」平賀は肯くと明日香をみた。「柳原、君は徳永さんの扱いについては、どう考えている？」

　明日香は平賀を見詰めて、微笑んだまま口を開く。――その答えは、全員の意表を突いていた。

「いいじゃありませんか、このままで」

「……なんだと？」呆然とした園部の口から、言葉がこぼれ落ちた。

「徳永さんには大変お気の毒ですけど……八王子が犯人を押さえているという状況は、我々にとって、捜査を秘匿するのに最高の隠れ蓑だと思いませんか？　なにしろ被疑者が逮捕されているのだから自分は安全圏にいる、と柏木に確信させているのですから。――さて」

　明日香は居住まいを正すと、改めて平賀に微笑を消した顔を向けた。

「平賀課長、桐野理事官。稲城市内通り魔……いえ、路上殺人事件特別捜査本部の捜査副主任官として、三つの提案を致します。まず第一は、先ほど申し上げた、捜本を共同態勢とすることなく個別に捜査していると欺騙（ぎへん）すること。第二は、徳永氏を説得の上、捜査協力を依頼し、署内にとどまっていただくこと――」

「そんな……」園部が呻くように言った。「そんな……、〝ハム〟みたいな汚ねえ捜査手法が採れるわけがないだろう！　それが〝女狐（めぎつね）〟の本性かっ！」

「おう！」

明日香の隣に座っていた髪を刈り込んだ男が、鋭い声を出した。この男も園部と同じく短躯（たんく）だったが、肩ががっしりと広くて逞（たくま）しかった。

「園部の旦那、もうちっと口の利き方を考えちゃくれねえですか」

特五の主任、植木だった。ほとんどヤクザの口調だったが、実際、所轄署時代には暴力団担当だったこともある。明日香の腹心の一人であり、特五の〝若頭（わかがしら）〟を自認している四十代の警部補だった。

「やめろ、馬鹿」

明日香とはソファの反対側の端に座った男が、植木を叱りつけるように言った。

こちらは植木とは対照的に、長身で細面（ほそおもて）の神経質そうな顔をしている。同じく特五の主任、岸田だった。

「けど兄弟よ、こんな義理場で姐さんに不穏当な言いかたされちゃあよ……」

「だから、俺の家族にてめえみたいな悪人面はいねえって、いつも言ってるだろ。――すいませんね、園部係長。こいつには、良く言い聞かせておきますから」

岸田はうんざりしたように植木に答え、園部には殊勝な口調で詫びたものの、内心は植木と同じらしく、園部をじっと見詰めていた。

「認めない、認めないからな」園部は言った。「徳永さんを説得する？　絶対に認めない！」

「そして三つ目、これは是非ともお認め戴きたいのですが――」

明日香は園部だけでなく、部下たちにも頓着せず、平賀だけに向けて続ける。

「――吉村部長を、私たちの本部に戴きたいと思います」

爽子が末席で、頭の後ろで結んだ髪を揺らして弾かれたように顔を上げるなか、園部の声が響く。

「認めない、認められない！　まだ第一期は終わってないんだ！　吉村はここにいさせる！」

まるで一昔前の万年野党と化したような園部の台詞に、明日香は内心で失笑した。……爽子の能力を惜しんでいるわけではないだろう。ただ、私の意のままになりたくない一心で、反対を喚いているだけ。

「なんの不都合があるんですかい？　ちっと早めに、もとの所属に帰そうってだけじゃねえですか。それにあのねえちゃんは特五の出で、姐さんや俺らの舎弟みてえなもんだ」

「いまはうちの人間だ！」

「へえ、そうですかい？　それにしちゃあ、あとでお報せにあがろうって心づもりで健気に働いてたねえちゃんを、えらく可愛がってくれたと聞き及んでますぜ。おまけに、調べた結果を、まるで〝空気を吹き込む〟輩みたいにあしらったそうじゃねえですか」

「捜査管理の必要性からだっ！」

もう勝負はついた、と明日香は、世にも実のない応酬が飛び交う中、口から唾を飛ばして喚く園部を眺めながら思った。

――完全に冷静さを失っている。そしてそんな醜態をさらせば、上司からどんな評価が下されるかも、解らなくなるほどに……。

では、最後の一押しだ……。

「――平賀課長、いま一度申し上げます」

明日香が口を開くと、植木はぴたりと口を閉じ、園部も気勢をそがれて口を開けたまま黙った。

「我々はすでに誤認逮捕を犯し、さらには第二の犠牲者をも許してしまいました。防げたはずの犠牲者を、です。もう後はありません。どんな些細な過ちひとつも許されないのです。——よろしいでしょうか？　ただのひとつの過ちも」

明日香は自分の言った内容が、相手の胸の奥まで染みこむのを待った。

「状況は、逼迫しております。そして、申し上げた策が最善にもっとも近いと、私は確信しています」

明日香は平賀の眼を見詰めて、告げた。

「ことは、お二人の犠牲者のみならず、警察の威信にも関わります。——この場での御検討を、お願いします」

「待て、柳原」

明日香に決断を求められた平賀は、重い息をついた。

「捜査がいよいよ微妙な局面に至ったのは、間違いないだろう。それは私も認めるが、しかしだ。……君のいうとおり事を運んで、逮捕に繋げる勝算はあるのか」

「思い切って——」

桐野が言った。

「——柏木を任意同行、住居を捜索するのは」

「その場合、いくつか問題が」

明日香は表情を変えずに答えた。

「任同したとしても、現状、私たちに柏木を落とすネタはありません、なにひとつ。それに、ガサをかけて犯行を示すブツが発見できれば問題ありませんが、手元に置いている保証はありません。時間が経ちすぎています。隠匿する時間は、いくらでもありました」

だから高度な秘匿態勢をとる必要がある、と言外に明日香は匂わせた。

「……そうだな」平賀は認めた。「だが君の提案は、徳永さんの協力が取り付けられなければ成立しないんだぞ」

「それはどうするつもりだ」桐野が口を添えた。

「私自身が、説得に当たります」

明日香は打てば響くように答えたが、園部の抗議の声が上がる。

「認めない！　認められません！　捜査の責任者として、徳永さんへの面会は一切拒否する！　容疑が晴れたのに勾留を続ける……？　そんなのは人権問題だ！」

「誤ってお縄、ってのは、人権侵害じゃないんですかね？」植木が言った。

「あれは……、事故だ！」

「もういい、やめろ！　お前ら全員、頭を冷やせ！」

会議は紛糾し、平賀は休憩を告げた。

「やれやれ、園部さん、往生際が悪いわねえ」明日香は嘆息混じりに言った。

「それに、意外と強硬。――」

そこは、女子トイレだった。

明日香は洗面台に浅く腰をあずけて腕組みし、天井を見上げていたが、傍らに顔を向けて言った。

「――どうしたものかしらね？」

「……ええ」

爽子が、明日香の脇で答えた。

「やはり園部係長の許可がないと、徳永さんと会って話すのは難しいと思います。容疑が晴れたとはいっても、形の上ではまだ取調中ですから」

爽子は染みの目立つ床に、眼を落とした。

「それに、身柄を預かる留置管理係も、……許してはくれないでしょうし」

爽子自身も碑文谷署で女性留置係をしていた経験があった。

「参ったわねえ」明日香はぼやいた。「一本、つけたくなる」

「あの……、係長は、まだ煙草を……？」

「時々ね。いい男でもいれば、やめてもいいんだけど。ほんと世の中、参ることばっかり」

爽子は少し俯いて、くすりとちいさく笑う。

明日香は、ふとあどけなくなった爽子の笑顔を、苦笑交じりの横目で睨んでいった。

「あ、吉村さん、いい男なんて望み薄だって思ったんでしょ？」

「え？　あ……、いいえ。そうじゃなくて、私が可笑しかったのは――」

爽子は驚いて頭を振って否定すると、言った。

「――係長はよく、参ったとおっしゃいますけど……」

爽子は微笑み、自分より背の高い明日香を少し首を傾げて見上げた。

「……でもそうおっしゃったとき、本当は、次にすべきことをもう決めてらっしゃること

が多いですから」

やれやれ、この子には敵わない……。明日香は笑い、人差し指をおとがいにあてて答え

た。

「――まあね」

明日香にはひとつ考えている策があった。それは、園部たちへのちょっとした提案だっ

た。明日香も少しばかり譲歩しなければならず、それが引っ掛かっていたのだ。

が、少しの妥協はやむを得ない、と明日香は思い返した。

——わずかばかりの名誉を分け与えることになっても、最終的に、熟(う)れた果実がこの手でつかめればいい……。

それに、この提案ならば、平賀たちの支持も、取り付け易くなる。なにしろ、誤認逮捕のみならず、それによって第二の犯行を許すという、警察の威信が問われる事態なのだから。それはともかく——。

あの小柄な御同輩は多分、私の提案に乗ってくる。最低限の面子(メンツ)を保とうとして。

「それじゃ吉村さん、先に戻ってて」

明日香は爽子に言い置いて、歩き出した。

「あの……、係長は……?」

「ちょっと用事を、ね」

明日香は爽子と別れてトイレを出ると、園部の姿を捜した。

園部は、屋上にいた。部下の二人は煙草を吸っていたが、園部は吸わないらしく、缶コーヒーを握っていた。

「園部係長、ちょっとお話が」

「なんですか、一体」園部は不愉快そうに顔をそらして吐き捨てた。「徳永さんを説得するという話なら――」

「ええ、その話です。でも――」明日香は微笑んだ。「ひとつ、交換条件をだそうかと」

「交換条件？」園部は口許に運んでいた缶をとめ、訝しげに明日香を見た。

「なんですか、それは」

「園部係長が受け入れてくだされば、あなたも私も、みんなが丸く収まるんですけど」

「……どういうことです？」

「お耳を貸して戴けるようですね」

それは、と明日香は話しながら、汚れたコンクリートを白く輝かせる夏の陽のもと、園部に歩み寄った。

「先ほどの柳原係長の提案だが、……園部係長も同意した」

平賀が、会議が再開されると、休憩前と同じ席に着いた全員に告げた。

「そこで、捜査密行および秘匿の観点から、八王子、多摩中央両本部は、表向きは共同態勢としないものとする。だが……」

平賀は上座から明日香に顔を向ける。

「……だが以上のことは、徳永さんの協力如何にかかっている。本当に承諾をとれるのか？」

「お任せください」

明日香は平賀の視線を返して答えながら、人払いした屋上での、園部との密談を思い返していた。

園部は、明日香の提案を聞かされると、当然のように不審な顔をしたものだった。

「……そんな条件を提示して、君らにはどんな得があるのです？　我々に、いささか有利すぎると思うのですが」

「納得していただけませんの？」

「ええ、裏を勘ぐるのが当然でしょう」

園部は硬い表情で、長身の明日香を見上げて言った。

「ホシを捕りたいだけですわ」明日香は言った。「そのために私は、私の考える高度な秘匿態勢が、どうしても欲しい。となれば、私としても多少の妥協はやむを得ませんもの」

「……そうかもしれないが」園部は一口、考えこむように缶の中身を啜った。

「御納得いただけませんか？」明日香は声を低めた。「それに、勘違いされると困るんですけれど、私はなにもかも譲るわけじゃありませんわ。世間から、どう見えるかはともかく、部内的には、真の勝者はホシの身柄を捕った者なのですから……。違います？」

「無論です。しかし……」

園部は言葉を濁したが、明日香は園部の考えていることが手に取るように解る。

私が新たに提示した条件を飲んだとしても、ホシを追うにあたっての条件そのものは、お互いに対等のまま、競争なのは変わりがない――、と。さらには、誤認逮捕という失態を犯し、もう失敗の許されない崖っぷちに園部はいて、〝保険〟が欲しい筈だ。

「加えて、――」明日香は畳みかけた。「事件解決後にあがるであろう世論の批判にも釈明できますから……、課長たちは受け入れてくださるはずですが。如何でしょう？」

園部は黙り込み、横顔をみせて形ばかり缶コーヒーを口に寄せた――。

……実のところ、と明日香は署長室の会議の場で、思った。

――私は園部が口を開く前に、その答えが解っていた。

園部は、いいでしょう、と一言いったのだ。

明日香にとっては、黄金の鍵のような一言を。

「誠心誠意をもって」明日香は平賀に答えた。「全力で徳永栄作さんを説得し、捜査への協力をお願いします」

明日香はソファから立ち上がりながら、末席に顔を向けた。

「吉村部長、同席しなさい」

取調室の空気は、澱んでいると相場が決まっている。

それは、いくら風を通そうと新人捜査員が掃除に励もうと、消えてなくなることはない。真に罪を犯して連れてこられた者達の身体から撒き散らかされた瘴気が、煙草のヤニのように染みつくせいかもしれない。

明日香がドアを開けると、奥でこちらを向いて椅子に座った、徳永栄作の肩の落ちた上半身は、そんな澱んだ空気の中に沈んでいるように見えた。

「失礼します」

そう声を掛けながら、明日香が爽子を伴って入ってきても、徳永は顔も上げなかった。明日香は、爽子が壁際の補助官席につくなか、徳永とは机を挟んだ席に、椅子を引いて座った。

徳永は陸上競技の選手を目指していたと聞いていたけれど……、と明日香はうなだれたままの徳永を見て思った。憔悴しきって萎んだような身体からは、精気が感じられない。運動を能くする者から感じられる、発散される気迫のようなものは微塵もなくなっている。無理もないか、と明日香は思った。

――勾留されて連日の取り調べが続くと、皆こうなってしまう……。

「徳永さん、徳永栄作さん」

「……はい」

徳永は、明日香の呼びかけに、机の上に眼を落としたまま口の中で答えた。

「初めまして。私は、警視庁捜査一課の柳原明日香といいます」

無言で俯いたままの徳永に、明日香は静かに語りかける。

「早速ですが――、よく聞いてくださいね。いいですか」

明日香は幼子を諭すように言った。

「あなたにかけられていた、大久田理香さん殺害容疑は、晴れました」

「……え？」

徳永は初めて、無精髭と脂の浮いた顔をのろのろと上げた。

「徳永栄作さん。――」

明日香は椅子からたちあがり、背後で爽子も倣った。そして、二人は同時に、頭を四十五度、最敬礼の角度まで下げた。

「あなたを誤った容疑で逮捕し、大変な思いをさせてしまったことを、一課の一員として心からお詫びいたします。申し訳ありませんでした」

徳永は唐突な待遇の激変に、戸惑うより驚いて声を上げた。

「……ど、どういうことですか？」

「ええ、いま申し上げたとおりです」明日香は席に着くと、安心させるように微笑んだ。

「ですから、あなたはもう被疑者ではありません。どうか安心して、気持ちを楽にしてください」

「じゃ、じゃあ理香を殺した奴が捕まったんですか！」

急に勢い込んで尋ねる徳永に、明日香は曖昧に微笑んだ。

「喉が渇いてるんじゃありませんか。……吉村さん」

爽子がすぐに席を立って、ドアを出て行った。

「留置場での生活は、さぞ不自由だったでしょう」

「犯人は捕まったんですか！」

徳永は明日香に摑みかからんばかりに詰問したが、それも爽子が麦茶のはいったプラスチックカップをお盆に載せて再びドアから現れるまでだった。これまでの取り調べの経験からか、徳永は条件反射のように椅子の上で姿勢を戻した。

「どうぞ、お飲みになってください。冷たいうちに」

明日香は、爽子が茶をそれぞれの前に置くと、まず自分からカップを手にとって、唇に運んだ。質問をはぐらかされた徳永も不承不承口をつけたが、すぐに渇きを思い出したのか、喉を鳴らして飲み干した。

「……まだ、たくさんありますから」

爽子はそう言って、プラスチックのピッチャーで徳永のカップにお代わりを注いでやってから、席に戻った。

「それで……、それで、犯人は捕まったんですね？　俺の疑いが晴れたってことは、そうなんでしょう？」

「残念ながら」明日香は徳永の眼を見て答えた。「そして、それについて、大切なご相談があります」

「相談って……なんですか」

怪訝そうな表情を浮かべる徳永に明日香は眼を据え、口を開く。

「私は現在、稲城市で発生した通り魔事件を担当しています。そしてその犯人が、大久田理香さん殺害の犯人と同一人物である可能性の高いことが、捜査の結果、解りました。その事実を示唆し、……徳永さん、あなたの無実を証明したのは、そこにいる吉村巡査部長です」

徳永の眼が補助官席で目礼する爽子に逸れ、それから明日香に戻った。

「ですから、徳永さん、この犯人は大久田理香さんを手に掛けた後、さらにもう一人、殺害しているのです」

犯人にとって、大久田理香だけでは飽き足らなかった。……つまり、犯人にとって大久田理香の命にはそれだけの価値しかなかった、という意味だった。本人にはもとより、身近な人間にとっても掛け替えのない、たったひとつの命なのにもかかわらず。

「絶対に、許すことはできません。捕まえたいのです、なんとしても」

明日香は両手を組み、わずかに身を乗り出す。

「そこで、あなたにお願いがあります。……あなたの容疑は晴れましたが、もう少しだけ署内にとどまって戴くことをお願いできないでしょうか？　もちろん勾留ではありませんから、行動範囲は庁舎内のみという制約は設けさせていただきますが、あとはご自由に過ごしていただいて結構です。お金の問題ではありませんが、国の制度によって補償も受けられます。それに、いまお休みになっているお勤め先には、私が責任を持って事情をご説明に伺うつもりです」

「どういう、……ことですか」

徳永は無表情に、硬い呟きを押し出す。

「犯人は小狡い男で、しかもあの大雨の中の犯行でしたから、物的証拠を残していないのです。いまのところ挙がっているのも、状況証拠だけです。問題は、あなたが釈放されることによって、この小狡い男が捜査が白紙に戻ったことを知って警戒し、手元にある証拠を処分してしまうことなのです。そうなるともう犯人は野放しです。三人目の犠牲者が、必ず出ることになるでしょう」

明日香は、一息ついて、続けた。

「そうさせないため……大久田理香さんのようなひとをもう出さないために、しばらくの間だけ、徳永さんにここにいていただくようお願いしたいのです」

徳永は明日香を睨んでいた目を逸らし、考えるように顔を伏せた。

「はっきりいつまで、と言い切ることはできませんが……、現在、私たちは犯人の名前から住所、すべてを把握しています。二十四時間態勢で監視をつけていますから、近日中に必ず尻尾はつかめます。ですから――」

明日香は、陰に隠した徳永の顔を、覗き込むようにして告げた。

「――お願いできないでしょうか？」

その場にいる三人全員が黙り込んだ取調室に、分厚い壁を通して届く蝉（せみ）の遠い鳴き声だけが、ノイズのように聞こえた。

「……ざけんな」

しばらくして、徳永が顔を伏せたまま吐き出すように言った。

「徳永さん……？」明日香が聞き返した。

「ふざけんなっつってんだよぉ！」

徳永は喉から声を炸裂させて、顔を跳ね上げた。剝いた眼で明日香を睨み、裂けるほど開かれた口から、声を迸らせる。

胸の中で、逮捕されてからいままで溜まりに溜まっていた憤懣が、明日香の提案を火だねにして、一気に爆発したのだった。

「なんで俺がそんなことをしなきゃなんねえんだよ！」

喚いて薙ぎ払った徳永の腕が、明日香のスーツの袖をかすめて、机の上のカップを吹き飛ばす。こぼれた褐色の麦茶が大小の水滴となって弾ける。

徳永は椅子から飛び上がった。

「何日こんなところに閉じ込められてると思ってんだよぉ！　ええ？　それも毎日毎日、朝から晩まで、同じことばっかり繰り返しやがって！　俺が理香を殺したあぁ？　ふざけてんじゃねえよ！　そんなことしてねえって何遍言やあ解るんだよ！　聞く耳持たなかったあの糞刑事たち呼んで来いよ、呼べよ！　偉そうなチビの刑事を連れてこい！」

立ち上がった徳永は腕を振り回し、身を震わせて声を張り上げ続ける。竜巻のような暴れかただったが――。

　明日香は、そして爽子も椅子に着いたまま、身じろぎひとつせずその姿を見守っていた。

「そのうえ今度は捜査に協力してくれだ？　ふざけんなよ！　そんなのお前らの仕事だろうがよ！　警察だろ、ちゃんと犯人捕まえろよ、税金泥棒じゃねえか！　理香を殺した……、殺した……犯人は！　……お、お前らが……自分で、……自分で……」

　徳永の荒らげる声が、激しい息づかいに途切れがちになった。感情をぶつけようにも言葉が尽きかけていた。

　明日香は座ったまま、憎悪を込めた眼で見下ろす徳永の激昂がおさまり、忙しなかった肩の動きが緩やかになりはじめた、まさにその時を捉え――、口を開いた。

「徳永さん」明日香は呼びかけた。「あなたは、容疑が晴れても真犯人が逮捕されないままなら、世間からは、かつて自分を支えてくれた人を殺したのではないかと、ずっと疑われ続けることになります」

「なんだよ、また脅しかよ！」

「いいえ。自分のなにもかもを差し出してでも一緒に生きたい、支えたいと願った徳永さんの疑いが完全に晴れることを、理香さんなら望むでしょうから。――優しい人だったと、聞いています。私たちなんかより、徳永さんの方がよく御存知でしょうけど」

束の間、激情が消え、生前の大久田理香の面影を追って徳永が視線をさまよわせると、明日香は椅子を勧めた。徳永が、すとんと腰を下ろすと、続けた。

「……私たちが協力をお願いしたいのは、何故だかお解りになりますか」

「さっき言ったじゃないですか」徳永が椅子に座って、明日香の正面でぼそりと答えた。

「犯人を捕まえたいからでしょ」

「ええ、それは認めます」明日香は率直に告げ、続ける。「でもやっぱり、大久田理香さんの願いでもあるからです」

「……どういうことですか」

明日香は徳永の眼を見詰めて言った。

「聞くのはお辛いでしょうけど……、犯行当夜のことをお話しします」

「理香さんはあなたと駅で別れた後、犯人に路上で刺されてからも約十分間ほどは、息があったとみられています……。ですから、瀕死の重傷を負いながらも、理香さんは幸運にも犯人を振り切ることができました。……あの夜の大雨の中、理香さんは凄まじい苦痛に堪え、雨に打たれながら、懸命に足を動かしたんです」

明日香は息をついて徳永から一旦、目を逸らした。そして、まざまざと脳裏に情景を想像している徳永に眼を戻して続ける。

「奇跡的にアパートまで辿りつき、力を振り絞って部屋の鍵を閉めると、理香さんは玄関で倒れました。横倒しになった視界の中に、三和土に自分の流す血が広がってゆくのを、為す術もなく目にしながら……。もう指一本も動かせない、助けを呼べない。理香さんはとても怖かったと思います。そんな理香さんが、薄れてゆく意識のなかで〝たすけて……、たすけて……〟と、すがるように呼びかけ続けたのは、誰だったのでしょうね……？」

徳永はわずかに俯いて無言だった。

「私は――、徳永さん、あなただったと思いますよ」

徳永は、表情を隠したまま答えた。「……勝手な想像しててんじゃねえよ」

そうは言ったものの、脳裏のスクリーンには、大久田理香との思い出の数々が映し出されているのだろう。徳永は記憶という映写室の薄闇の中、たったひとりそれを観ている。

――そう思いながら、明日香は言った。

「ええ、勝手な想像です」

明日香はうなずいて、続ける。

「でも、ひとつだけ確実なのは、理香さんだけでなく被害者はみな、犯人が捕まるのを望む、ということです」

ですから、と明日香は気迫を込めていった。

「私たちは徳永さん、あなたに捜査に協力して欲しいのです。……いえ、協力と言うより――」

私はいま、どちらの顔をしているのだろう？　明日香は話しながら、ふと思った。いましているのと同じようにして、多くの〝協力者〟を獲得してきた〝公安一課の女狐〟の貌か。それとも、人を傷つけた者の臭いをどこまでも追跡する捜査一課の猟犬としての貌なのか。

「――あなたには、大久田理香さんの命を奪った者への捜査に、参加して欲しいのです。い、い、い、い、あなたにしかできない役割で。……あなたが理香さんの最期の願いに報いたいと望むならば」

明日香は語りおえ、徳永は机に眼を落としたままだった。

言葉が宙から消えると、狭い取調室の空気は急に湿度を増したようだった。

明日香は徳永の様子に注意しながら、ふと、腕時計に視線をやった。――もう、正午近かった。

「ああ、もうこんな時間ですね」明日香は微笑んだ。「長々と申し訳ありませんでした。返事は、急かすつもりはありません。お昼をゆっくり食べて――」

明日香は徳永に告げながら振り返り、爽子に目顔で退出を報せ、席を立とうとした。

「刑事さんは……、柳原さん、って言いましたっけ」

ええ、と答えて明日香は上げていた腰を椅子に戻した。爽子もそれに倣う。

「ひとつ、確認してもいいですか……?」

どこか、縋り付くような声だった。ひとりでは重すぎるなにかを背負わされた者が、助けを求めるような、そんな声だ……。そう思いながら、どうぞ、と促した明日香に、徳永は言った。

「理香は刺されてから十分は生きていた、って言いましたよね……?」

徳永は唇を白くした顔をあげて、明日香に続けた。

「だったら、俺が駅でうだうだせずに、理香を追いかけてれば、助けられたかも知れないってことですか……?」

徳永の心の中で、思い出が自責の念に変わろうとしている。

「それは……!」

爽子がいたたまれなくなり、鋭利な刃と化し始めた思い出に心を引き裂かれ始めた徳永へ、声を掛けようとした。椅子を弾いて立ち上がりかけた爽子に、明日香は片頬をみせて、ただ一言だけいった。

「吉村さん」

明日香の声は、厳しかった。爽子は徳永の心痛さえ利用する明日香のやり方に、端整な顔をこれ以上ないくらいに歪めたものの、席に腰を落とした。

「それは、誰にも解りませんよ」明日香は徳永に眼を戻し、静かに言った。

「でも……チャンスはあったかも……、知れないですよね」

徳永の声が、嗚咽で湿り始めた。

事件発生からの早期に逮捕された徳永には、大久田理香の死を悼む時間さえなかったのかも知れない。取り調べの最中は身の潔白を主張するのに精一杯だったのだろう。責めることはできない、と明日香は思う。それが自己防衛本能というものだ。

けれどいま、身に覚えのない罪から解放された徳永は、はじめて感情を吐露しようとしている。

「か、考えてみたら……、俺、あいつになんにもしてやれなかったんですよ……。自分のやりたいことに、む、夢中で……」

徳永の日焼けした顔が歪み、下がった目尻から、涙が溢れた。

「で、でもあいつは……、そんな俺を、いろんなことを犠牲にして……、さ、支えてくれたんですよ……！」

「それだけ大切だったのだと思います……。徳永さんも、徳永さんの夢も」

徳永は歯を食いしばり、堰を切ったように泣き始めた。机の上を、涙の滴があの夜の雨のように濡らし始めると、爽子は決然と椅子から立って、迷いなく明日香の脇を通り過ぎ、徳永の震える背中に、そっと手を添えた。

「御自分を責めなくてもいいんです」爽子の声は優しかった。「憎むのは、犯人だけでいいんです」

徳永はしばらく、顔を見せぬまま、机の上で拳を握りしめたまま泣いていた。

明日香はその間、自分の心が、元とはいえ恋人を無惨に殺された男の悲嘆に共鳴するにまかせて、じっと待った。

そのとき、取調室のドアが外からノックされた。

「昼食の時間です」留置管理係の署員が、ドアの隙間から顔を覗かせて言った。「身柄を――」

「け、刑事さん……！」

徳永は、泣き濡れてくしゃくしゃになった顔を上げると、明日香に言った。

「理香を殺した……、糞野郎を……、捕まえてください……！　お願いします……！」

「徳永さんには、協力を承諾していただけました」

明日香は爽子を伴って署長室へと戻ると、平賀たちの囲む応接セットのテーブルに、一通の手書きの書類をおいた。

「これが、上申書です。署名捺印もあります」

平賀は手を伸ばして、紙片を取りあげた。落涙のせいで、所々でインクの文字が滲み、紙面が波打っている。

「徳永さんの思いを、受け止めたいと思います」

平賀は、上申書の内容を傍らから覗き込む桐野と確かめてから、テーブルに戻して口を開いた。

「……そうか」

「では、徳永さんの協力が取り付けられたということで――」

桐野が言った。

「――次に、八王子と多摩中央、両本部の連携及び指揮系統についてだが」

さあ、ここからが仕上げだ。仏頂面で腕組みしている園部を視界の端に見ながら、明日香は思った。そして、少し芝居がかった声を上げた。

「あら、私、勘違いしていたのでしょうか？」

「勘違い？」園部が腕組みしたまま、怪訝そうに尋ね返す。「なんのことです？」

明日香は微笑んだ。そして、あとひとつで完成するパズルに、最期のピースを塡(は)め込むような気持ちで、続けた。

「両捜査本部は分離したまま、しかも徳永さんを表面上は勾留し続けるのですから、当然、捜査は私たち多摩中央だけが受け持つものと」

「なん……だと？」

園部が、全員の思いを代弁するように、呆然とした口調で言った。

この女、あるいは柳原係長は、なにを言い出すのだ……？　明日香に向けられた全員の視線が、そう告げている。

「だって、そうじゃありませんか？」

明日香は、むしろこちらが困惑している、という口調で言った。

「すでに犯人を逮捕しているここ八王子が、別の犯人を追いかけ始めれば、目立つじゃありませんか。必ずマスコミ、とくに雑誌媒体は嗅(か)ぎつけて公(おおやけ)にされてしまう。そうなると、せっかくの秘匿態勢が無駄になってしまいますね？　けれど私たち多摩中央だけの捜査なら、問題はありませんもの」

明日香は眉を寄せ、微苦笑しながら続ける。

「課長は当然、いま私の申し上げたことをよくよくご承知の上で、御決断いただけたと確信していたのですが……」

明日香は、園部から捜査の主導権だけでなく、——犯人さえも取りあげようとしていた。自分たち多摩中央から目を逸らす囮、あるいは隠れ蓑の役割だけを押しつけて。

「柳原、貴様……」園部が呻いた。「謀ったな……！」

明日香は、時代劇じゃあるまいし、と園部の言葉に内心苦笑しながらも表情だけは改め、平賀を見た。

「平賀課長。本件捜査の〝基立ち〟は、私たち多摩中央本部にお任せ戴きたいと思います」

平賀は黙り込んだ。黙考する一課長を明日香は見詰めつづけ、そんな二人の様子を、園部が焦りも露わに忙しなく見比べる。

ややあって、平賀が言った。

「……よし、やってみろ」

「か、課長ぉ！」

園部が裏返った声で喚くのを無視して、平賀は続けた。

「ただしだ、柳原。私が認められるのは、被疑者を逮捕勾留できる期間だけだ」

刑事訴訟法により、警察は逮捕した被疑者を最大二十日間勾留して、取り調べを行うことができる。事件発生から十日。つまり、明日香に与えられたのは二週間、という意味だった。

「これ以上は徳永さんの同意があるとはいえ、人権問題だ。さらに、徳永さんの拘束を解けば、必然的に秘匿捜査の態勢は意味を失う。解ってるな」

「――はい」明日香は平賀に視線を据えたまま、口もとだけで答える。

「私も〝刑事〟だ、それなりに泥は被ってやる。……だがな、柳原、期間中にホシが捕れなかった場合には、以後の捜査を園部係長に引き継いで、お前は一切の手を引け。それだけじゃないぞ、一課の大部屋に、もう席はないと思え。いいな」

――失敗すれば捜一から叩き出される……、そういうことね。

明日香はそう思い、園部が少しだけ溜飲を下げて安堵する顔を視界の端に捉えながら、艶やかな桜色の唇の両端をあげて微笑んだ。

「ありがとうございます」明日香は一言、答えた。

「警視庁として看過できない重要事件だからこその措置だ、それを忘れるな」

桐野も付け加えた。「横紙破りを認めたからには、相応の結果を必ず出せ。いいな」

「ご期待ください」

明日香は背筋が震えるような感覚を味わいながら答えた。

「では平賀課長、桐野理事官、私たちは捜本に戻ります。——行きましょう」

声を掛けられて、いつもは威勢のよい植木や沈着な岸田も、いささか毒気を抜かれたように、ソファからうっそりと立ち上がる。

「あら、どうしたの？　あなたも、行くわよ」

明日香は、座ったまま戸惑っている爽子に声を掛けた。

「あの……、でも」

「課長も認めてくださったでしょ？　さ、急いでね」

「……はい！」

爽子が笑顔を咲かせて、立ち上がった。

明日香が爽子たちの先頭で、ドアを開けようとしたその時、背後から園部の声が追いかけてきた。

「そんな厄介者までわざわざ連れ帰るとは、物好きなもんだ」

明日香はノブに伸ばしていた手を、ぴたりと止めた。傍らで立ち止まった爽子の後頭部で結んだ髪があがり、俯いたのがわかった。

「私は部下が熱意ゆえに問題を起こした場合——」

明日香は背後の園部に、肩越しに片頬を向けて答えた。

「――それに応えられなかった私自身の能力の不足を恥じ入りますが……、あなたは違うのですか」

明日香は吐き捨てるように告げるとドアを開け、廊下に出た。

「いやあ、姐さん。課長に啖呵切ったときは、惚れちまいそうになりやしたが……」

「まったくだ。俺なんか危うく粗相をするところだったよ」

廊下を歩きながら、植木が明日香の背後で感じ入ったように言うと、肩を並べた岸田も同意した。

「それほどでも」明日香は先に立って歩きながら、ふっと微笑みを漏らした。

「……しかし、大丈夫なんですかい」

口調を改めた植木に問われると、明日香は思った。――捜査には、どれだけ最善を尽くそうとも、賭けねばならない時がある、と。

「責任は、私がとりますから」

明日香は必要なことを告げてしまうと、心もパンプスで廊下を踏む足も軽くなった。

――さてさて、昨日までの袋小路とは、さようなら。ここからが……。

本当のはじまりだ。そう思うと、自然と鼻先に歌がこぼれる。好きなエンヤの〝カリビアンブルー〟だった。

「あの……、係長……？」爽子が低いハミングに気付き、怪訝そうに傍らから見上げる。

「どうかされました……？」

「え？　ああ……」

明日香は爽子をちらりと見て微笑むと、囁いた。

「……あなたがいて、仲間がいて、そして後に引けない事件がある。だからよ」

爽子は少し驚きながら聞いていたが、嬉しそうにちらりと微笑んだだけで、気恥ずかしそうに前を向いた。

明日香たち特五係は、荷物をまとめてから多摩中央署へと戻る爽子と一旦別れ、通用口から八王子警察署庁舎をでると、停めていた一課の公用車、アリオンに乗り込んだ。

そして植木の運転で、自らの戦場へと帰っていった。

「主任――――！」

爽子が多摩中央署の講堂に入ってすぐに、支倉由衣の声がした。振り返った途端、背中に手が回され、女物のワイシャツに包まれたふくよかな胸が、顔に押しつけられる。

支倉らしい大仰な喜びの表現だったけれど、抱きすくめられた当の爽子はといえば、古巣へと帰還できた嬉しさを素直に顔にすべきか、それとも、いつもの当たり障（さわ）りのない表情でやりすごすべきかと、一瞬、混乱した。そして結局——文倉のふくよかな胸を押しつけられたまま、いつもの透明な表情で爽子は言った。

「……どうしたの？」

捜査本部のおかれている講堂には、連絡を受けて出先から呼び戻された捜査員たちが、続々と集まり始めている。大勢の革靴が床を踏み、椅子を引く音。そして話し声……、それらが混然となって、騒がしかった。

文倉はそんななか身を離すと、爽子の顔を覗き込んで不思議そうに聞く。

「え？　そりゃあ、主任が戻ってこられたからですよ？」

「……どうして？」

今度は爽子が怪訝そうに聞いた。

——私なんかが帰ってきたからって、どうしてそんなに喜ぶの……？

「嬉しいからに決まってるじゃないですか」文倉は呆れたように苦笑する。「ずれてるなあ、主任は」

「なんだ、あんた、もう帰ってきたのか」

そんな声もかかり、爽子が見ると、強行犯係主任の伊原が若い三森を連れ、厳つい顔を向けていた。

「ひょっとして、あっちはクビか?」

「……そんなところです」

どうして解ったんだろ……。伊原の嗅覚にすこし感心しつつ、爽子は答えた。

「ほんとかなあ」小太りの三森が揶揄まじりに言った。「ひょっとして、柳原係長の引きじゃないんですかあ……?　吉村主任、気に入られて――」

「よせよ。――吉村主任、お疲れ様です」

そう三森を窘めながら現れたのは、強行犯係の緩衝材である高井と、〝出歩くモアイ像〟の異名をもつ佐々木だった。

「お元気そうで何よりです」佐々木は、いつもの冗談とも本心ともつかない口調だった。

爽子は、慌ただしく捜査員らの行き交う講堂で、久しぶりに同僚たちの顔を見回すと、自分は自分の居場所に戻ってきた、――帰ってきたのだ、と思った。

「ただいま……、帰任しました」爽子は全員に向けて言った。

「お帰りなさい」文倉が笑顔で言った。

「あの……堀田係長は……?」

爽子が尋ねるのと同時だった。講堂の入口から明日香を始め、植木と岸田ら特殊犯五係の面々と署の幹部が姿を見せ、まっすぐに奥のひな壇へと歩いて行く。そしてその列の最後尾に続いていたのは、強行犯係長の堀田だった。

堀田は、机の間を抜けてひな壇へと向かう明日香たちの特五の列から離れると、爽子たちを見付け、やってきた。

「やあ、みんなそろってるね」堀田は笑顔で言った。「吉村主任、出向ご苦労だったね」

「いえ……」爽子は口許にちいさな笑みを浮かべて、頭を下げた。「堀田係長も、お疲れ様です」

「よおし、みんな、集まったものから席に着け！」

植木の胴間声が、ひな壇のそばから響いた。

「係長から、捜査について大事な話がある！」

椅子が床を擦る音がいくつも重なるなか、爽子ほか多摩中央署強行犯係の六人も固まって、並べられた長机の席につく。

大勢の捜査員たちが席を埋めてゆく騒がしさの中で、堀田が、隣り合って座った爽子に、小声で話しかけた。

「……あっちの本部では、大変だったようだね」

「私が、期間を残して帰ってきた理由は――」

爽子はすこしうつむき、やはり囁きで問い返そうとした。

「柳原係長が是非にと君を引っ張ってきたと、さっきの集まりで聞いたよ。それ以上の詳しい説明はなかったがね。だが、そう説明したとき、私の思い違いかも知れないが――」

「なにか……？」

「いや、彼女……柳原係長は、激怒してたようにみえたな。あっちの本部にね」

「柳原係長が八王子に、ですか？」

「ああ。もちろんそういう素振りや表情は一切なかったが、なんとなく、ね。まさしく、誰かが逆鱗に触れた、という感じかな……」

一体なにが、それほどに明日香を怒らせたのか。爽子は思い起こしてはみたものの、心当たりはない。

「彼女を怒らせたのが、君に関係するかどうかは解らないよ。……しかし、君が帰ってきた事情については、なんとなくだが想像はできる」

「……すいません」爽子は呟くように詫びてから、顔を堀田に向けた。「柳原係長だけでなく、堀田係長にも――」

「よおし！　ほぼ全員、面が揃ったな」

ひな壇近くから上がった植木の声が、爽子の囁きを飲み込んだ。

爽子が顔を前に戻すと、いつの間にか周りで立ち歩いていた捜査員はいなくなっていて、かわりに席を埋めた背中だけが連なっていた。そしてその連なりの上に、ひな壇の幹部席についた明日香たちの、こちらを見据える姿があった。

席に着いたものの、捜査本部デスク班から突然、それぞれの捜査事項を切り上げて講堂へと集合するよう指示され、わけも解らず帰ってきた捜査員たちは、その理由について、相勤や仲間同士でひそひそと話していたが、——それも、植木が再びひな壇脇のデスク席から声を上げるまで、だった。

「いまから係長から重大な話がある。耳の穴をかっぽじって聞け。……では、姐さん」

明日香が、幹部席の中心で立ち上がった。

お疲れ様です、と明日香は微笑んで居並ぶ捜査員らの労をねぎらってから、表情を改めた。

「急に呼び戻されて、皆さん、驚かれたと思います。ですが捜査上、極めて重大な事柄を周知しておく必要上からです」

その場を埋めた者の視線が、明日香に集中した。

「まず、——被疑者と覚しい男が割れました」

急転直下の事態に、捜査員らの口からどよめきが上がる。

どういうことだ……? 驚く捜査員らに、明日香は八王子署管内の事案の概要を簡単に説明すると、言葉を継いだ。

「さらに当該被疑者は、ここ多摩中央の事件の犯人である可能性が高いことも、あわせて判明した」

　爽子は、さらに周りの捜査員たちがざわめくのを聞きながら、明日香が口調を少しずつ硬いものに変えているのに気付いた。

「残忍で、狡猾な被疑者だ」明日香はひな壇の上で言った。「そのマル被を欺瞞するため、捜査は八王子との共同態勢とはしない。保秘の観点から、ホシを捕ったことになっている八王子が動くのは得策ではないからだ。よって――」

　明日香は講堂にいる全員を見渡してから、告げた。

「――我々、多摩中央本部のみで、これを捜査することとなった」

　捜査員たちの、おお……という再度のどよめきが講堂に満ちた。明日香は静まるのを待って、口を開く。

「ただ、問題はここから。――残忍で狡猾な当該マル被を捕るには、徹底した秘匿捜査が必要となる。二十四時間態勢で、当該マル被の徹底した行動確認を実施するが、絶対に気取られてはならない。また、同時並行して裏付けも行うため、厳しい捜査になる」

　さらに、と明日香は続けた。

「私たちに与えられた時間も、限られている。それは、勾留していると見せかけている徳永氏に、いつまでも協力をお願いできるわけではないからだ。徳永氏が我々の捜査線上から完全に外れたことが報道されれば、秘匿態勢は意味を失う」

明日香は長机に両手を突くと、身を乗り出して宣告した。

「そして徳永氏の協力が得られるのは、……二週間だけだ」

二週間……、捜査員らの口から嘆息に近い声が漏れた。

明日香は講堂内を隅々まで見回してから、背筋を伸ばした。

「私たちは与えられた時間内に、マル被――柏木興一の尻尾を掴まねばならない。それができなければ、マル被は私たちの手から取りあげられる。みすみす目の前にいる獲物を、八王子の連中に譲る――いや、くれてやることになる。……いいか、人定(じんてい)からヤサまで割れている、格好の獲物を、だ」

明日香は、殺気立ち始めた捜査員たちの視線を浴びながら、間をとった。

「そんな獲物を自らの手で狩れなければ、私たちに残るのは空しさと徒労(とろう)、そして負け犬という評価、それだけだ」

明日香は強く言い切った。

しわぶきひとつ漏らしたり、額や首筋に浮いた汗を拭う者もなく、捜査員たちは、ただ黙って、明日香の白い顔を見返していた。

明日香は、講堂内の緊張が、ぴん、と張りつめたその時、不意に表情を和らげた。

「……しかし私は、今日までの皆さんの働きを知っています。めぼしい手がかりに恵まれなかったにもかかわらず、決して諦めず、努力を惜しまなかった皆さんとならば、八王子に譲ることなくホシを捕れると確信しています。必ず……、私たちの手で、逮捕しましょう。よろしくお願いします」

明日香が頭を下げると、講堂内に、おお、という歓声が上がった。

爽子は心が鼓舞（こぶ）されたのを感じながら、ひな壇上の明日香に、うなずき返す。

なにかの決起集会のような、外の炎暑に負けない熱せられた空気の中で、多摩中央署の捜査本部は、再始動した。

多摩中央署の〝通り魔〟事件捜査本部は、被疑者である柏木興一への、徹底した監視を開始した。

捜査本部の約半分にあたる三十名が交代で、昼夜を問わない二十四時間態勢で張り込み、尾行といった行動確認を実施する。

だが、——柏木興一は子安町のアパート、被害者宅の隣の部屋に閉じこもっていた。

日用品は相変わらずインターネットで注文して宅配で受け取り、買い物にも出掛けない。従って、張り込んだ捜査員らが柏木の姿を現認するのは、宅配の荷物を受け取る際に開くドアの隙間から、染めた色の抜けかけたぼさぼさ頭が、覗いたときくらいだった。

もちろんその間も、捜査本部は積極的に裏付け捜査に動いていた。その結果、稲城で発生した事件の当夜、犯行時間帯に、ＪＲと私鉄を使っていたことが、駅の防犯カメラの記録から判明した。

「なるほど、なるほど……」

明日香が立ったまま感心しながら覗き込んでいた、長机に置いたノートパソコンのモニターから、身を起こした。

モニターには、やや俯瞰した角度で、黒いリュックを背負った柏木が駅の構内を歩く姿と、捜査員が密かに撮影した写真を立体処理したものが、並べて映しだされていた。

「間違いないわね」

「はい、特徴点及び解剖学的に完全に一致。――容貌突合、です」

長机に着いてマウスを操作する捜査支援分析センターの捜査員が答えた。

「あなた方には頭が上がらないわね。それに、いつも仕事が早くて助かります、ありがとう。――吉村さん？」

明日香は礼を言うと、ＳＳＢＣの捜査員を挟んだ反対側で、同じように画面を見詰めていた爽子に声を掛ける。

「あ、……はい。間違いないと思います。それと……」

それと、なに？　目顔で先を促す明日香に、爽子は答えた。

「柏木は、地図上で二件目の犯行地点を選んだんじゃないでしょうか」

「どうして？」

「はい。人は無意識に、ほぼ一定の範囲で行動してます。それは、いわばテリトリーのようなものですけど……。その際、道路や河川といった地形にもかなり影響を受けるといわれてます。あの道や川からこちら側は安心できる、という風に」

「無意識に引いた境界線の内側にあって、知悉している土地だからこそ、安心して犯行の現場に選ぶ……。〝地ボシ〟がそうね」

ええ、と爽子は明日香に答えて、続けた。

「でも柏木は、二件目は徒歩圏内の八王子市内ではなく、離れた稲城で犯行に及んだんです。確かに快楽殺人の場合、犯行周期は短くなる反面、移動距離が延びる傾向はあります。ありますけど、でも、……わざわざ電車に乗って、しかも乗り継ぎまでしたのはなぜでしょう？　偶然に足が向いて、適当に電車を降りた可能性もありますが、やはり、柏木は八王子との関連を隠すため、地図上で検討し、八王子とは離れた稲城を意図的に選んだうえで、犯行に及んだのではないでしょうか……？　警察の管轄まで考慮していたかは、解りませんが……」

「と、いうことは……」明日香は呟いた。

「柏木は一般的な、犯行それ自体を目的化した通り魔とは違う、ってことね？　自らの計画に従って、さらに犯行に及ぶ可能性が高い、と。次に狙われるのは――？」

「犯人の願望は、どんな被害者を選択したかに表れます。でも……、一連の事案の被害者は、一件目は女性でしたが、二件目は仕事帰りの男性です。法則性がありません。つまり……」

爽子はちいさな薄い口もとを引き結んで言葉を切ってから、言った。

「……無差別犯行を企んでいる、とも考えられます」

この柏木という男には、孤独で醸成された悪意のようなものを感じる、と爽子は思った。

――無差別な犯行に及んだのは、憎んでいた対象さえ渦巻く憎悪のなかに溶けてしまい、もはや柏木にとっても、自分がなにを憎んでいたのかさえ曖昧になっているからでは……。

「解った。白昼の繁華街で暴れられたら、大惨事ね。――植木主任？」

明日香は爽子に答え、背後の植木に告げた。

「行確につく各班の指揮者には、拳銃を着装させて。万が一、柏木が犯行に及ぼうとした場合は、現場判断で適宜使用してよし。本部に指示を仰ぐ必要はない。——以上、徹底させて」

「〝道具〟を持たせるんですかい？」植木が驚いた顔をした。

「この暑い中、拳銃を隠しながら携行するのが大変なのはわかってるんだけど、ね」

「いや、そんなことより、姐さん……。大仰すぎやしませんかね」

「大丈夫、拳銃使用の責任は私がとります。それとほかの者も、突発資機材として警棒を着装すること。これも徹底して」

へえ……、と困り切った番頭がついたため息のような返事をして、植木はひな壇の脇の、長机が固められた〝デスク〟へと戻って行った。デスク担当の捜査員たちも、拳銃着装の下命に驚いてこちらを注視していたが、明日香が、よろしく、とばかりに笑いかけると、慌てて眼の前の仕事に戻った。

「それにしても……」明日香が爽子の方に向き直って言った。「一日中、部屋に閉じこもってゲームばっかりやってると、柏木みたいにおかしくなっちゃうのかしらね」

「……いいえ」爽子は答えた。「ゲームと暴力性の因果関係については、各国の心理学の研究者が発表していますけど……、まだ結論は出てないんです。毎日、長い時間ゲームをしている子どもには暴力的傾向がみられる、と主張する研究者もいますけど、むしろ、子どもが一日何時間もゲームをする家庭環境のほうが問題、との指摘もありますから」

「なるほど」

明日香は、爽子の生真面目ではあるが面白味のない返答に、くすりと笑ったが、すぐに笑みを消して続けた。

「それはともかく、柏木はいつまで住居(ヤサ)に閉じこもってるつもりかしら。参ったわね」

柏木興一が動きを見せない以上、爽子たちはひたすら待ち続けながら、間接証拠を集めるしかない。

「〝腰道具〟はいいとして、姐さん――」

植木は電話で下命をし終えると、受話器を置きながら言った。

「野郎、こっちの手が届いているうちに、ヤサから出てきますかね？　桐野理事官が言ったように、いっそガサを打つってのは」

「それはいよいよ最後の手段ね」明日香は呟いて、続けた。

「せっかくの秘匿態勢だもの。いまは待つしかなさそうね」

だが唐突に——止まったかにみえた事件は、動き始める。

最初の動きは、全国紙の朝刊一面に載った記事だった。

『稲城市通り魔事件　有力容疑者浮かぶ』——。

記事は、捜査関係者の話として、被疑者が若い男であり警察が監視下においていることを伝えていた。

報道機関が独自に取材した内容を警察の発表を待たずに公表する、いわゆる〝前打ち〟と呼ばれるスクープ記事だった。

柏木逮捕の切り札である秘匿態勢を水の泡とさせる——それどころか粉砕する可能性のあるその記事に、朝の捜査会議が始まる前から、多摩中央署の捜査本部は騒然となった。

爽子は、ひな壇で席に着いた明日香の傍らに立ち、広げられた朝刊の紙面を、言葉もなく見詰めるしかなかった。

「柳原係長……」

爽子は明日香の横顔を窺った。

「…………」明日香は硬い表情で座ったまま、じっと長机の上の紙面に眼を落としている。

そして、その塑像のように動かない明日香を、行確についている者以外の、植木や岸田ら特五の面々が半円状に取り囲んでいる。その人垣の半円には、泊まり込んでいる道場から降りてきた捜査員らが続々と押し寄せるように加わって、さらに大きく広がってゆく。

「どこから嗅ぎつけたんだ……！」

岸田が吐いて、神経質そうな顔を歪めて天を仰ぐ。

「あのクソチビ……！」植木が呻いた。「陰険な真似をしやがって！」

「誰のことを言ってる？」

「決まってんだろ、八王子の糞野郎だ！」植木が、聞き返した岸田だけにではなく、全員にふれるように喚く。「あの野郎、仕返しのつもりか！」

園部係長がマスコミに……？　爽子はそれを聞いて思った。

その可能性はある、とは爽子も認めた。記事が八王子の事件との関連には触れず、多摩中央の通り魔事件にだけ言及しているからだ。何より、この記事がでたことによって自分たち多摩中央の捜査が頓挫すれば、捜査の主導権は、自動的に園部たち八王子の手に落ちてしまう。

しかし……、煎じ詰めれば、自分たち多摩中央と八王子の利害は一致している。

だとしたら……？　爽子は明日香の険しい横顔を、ちらりと眺めた。

「あの野郎、てめえが下手を打ったからって、こっちにケツを持ち込もうなんざ……」

「やめろ馬鹿、落ち着け」

「……かにしてください！　ちょっと――」

頭に血を昇らせた植木と、それを宥める岸田とのやり取りの最中に、若い男の声が割り込もうとしたが、すぐに紛れて聞こえなくなる。

「なんだあ？　兄弟、これで落ち着いてられるほど……」

「いいから口をつ――」

「ちょっと静かにしてください！」

騒がしさへ楔を打ち込むように、デスク席から再度、声が上がった。

岸田と植木はもとより、同僚と言い合っていた数十人全員が、その語気の鋭さに、ぴたりと口を閉じて、声の主の方へと頭を巡らせた。

それは、特五の保田秀だった。デスク席で受話器を耳に当てたまま、セルフレームの奥の、普段は細い眼を見開いている。

「行確班より至急報！」ホダこと保田は叫ぶように告げた。「マル被が……、柏木が姿を現しました！　自宅を出て、徒歩で移動を開始したそうです！」

捜査本部にとって、今日二度目の衝撃だった。

一瞬、水を打ったように静かになった。間違いではないのか、と。

「行確班が指示を求めています！」

保田が続けると、捜査員たちは待ちに待った瞬間だと悟った。

おお！　と講堂内に、歓喜と混乱の入り交じった声が上がる。

「――了解」

明日香は、ひな壇の席から簡潔に答えながら、立ち上がる。そして、その場をみまわして全員に告げた。

「かねてからの打ち合わせ通り、我々は完全秘匿で柏木の行確を開始します！　各班は所定の行動を開始して！　ぼやぼやしない！　急いで！」

明日香は腰に手を当てて、吼えた。

「せっかく巣穴から姿を現したんだ、奴を見失うな！」

「聞いたとおりだ、かかれ！　行け！」

植木の一喝に、半円をつくっていた捜査員たちの人垣は、一斉に散った。

そして、あらかじめ編成されていた各班の班長のもとへと数人ずつ集まり、用意されていた資機材をかっ攫うように受け取ると、次々に講堂を飛び出してゆく。

そして、床を踏み鳴らす靴音と怒声が、講堂から廊下へと消えてゆくと、明日香は爽子を見た。

「さあ、吉村さん、行くわよ。ホダ君も急いで！……どうしたの？」

「あ、……いえ！」爽子は明日香の顔を見詰めていたが、我に返った表情でうなずく。「お供します！」

爽子は、先ほどの疑問をずっと考え続けていたのだが、ふと浮かんだある可能性を頭から消した。きっと、思い過ごしだ、と。

「勝負どころね」明日香が廊下を早足に行きながら呟くのが、背中越しに聞こえた。

「はい」爽子はノートパソコンを抱えて追いながら答える。

庁舎通用口を出た中庭には、先に捜査本部を飛び出していた保田が、白いワンボックス車を回して待ち受けていた。

そのワンボックス車は、明日香が用意させた現場指揮官車だった。――公安部が秘匿追尾に使用する、変装用の小道具を満載した〝作戦車両〟には及ぶべくもないが、それでも軽度の支援ならできる。

明日香は、柏木興一を公安の手法で尾行するつもりだった。

「出します！」

明日香と爽子がスライドドアを開けてワンボックス車の後部座席に乗り込むと、保田が運転席でふり向き、シフトレバーに手を掛けて言った。

「ちゃんと前を向いて、運転に集中してね」

先に乗り込んだ明日香が保田に声を掛けるのを、爽子はドアを閉めながら聞いた。

「……？」爽子は明日香の隣の座席に座り、ノートパソコンを開きながら、怪訝そうに明日香を見る。

爽子には解らなかったけれど、明日香は若い保田がほのかな好意を爽子に寄せているのを知っていて、それをからかったのだった。

かつて公安部にいて追尾に習熟してる明日香には、軽口を叩く余裕があった。

明日香は右耳にイヤーマイクをかけると、プレストークボタンを入れた。そして、走り出したワンボックスが、署の敷地から歩道を跨いで車道へと乗り入れた揺れに、座席の上で堪えながら、口を開く。

「こちら柳原」明日香は言った。「指揮官車はこれより開局、運用開始。以後は〝ヤナ〟と呼称されたい。――行確現認中のトメさん、〝お客さん〟の着衣、現況を送れ」

同じ無線でも基幹系や捜査系とは違い、使用者の限定される無線系ほど、口語で運用される。そして〝お客さん〟とは、被疑者あるいは対象者の呼称として、こういった場合に多用される符丁(ふちょう)だ。

「こちらトメ」

柏木の自宅を張り込んでいて、そのまま尾行に移った班の班長からの無線が、イヤーマイクから明日香の耳に届いた。

「〝お客さん〟にあっては黒いキャップ着用、上衣も黒いTシャツ、下衣も同じく黒いジーンズ。赤いリュックを携行。駅方面へ歩いている……！」

爽子も耳にイヤホンを着けていた。そして聞き取った無線の内容を、ＳＮＳアプリケーションを立ち上げたノートパソコンのキーボードに打ち込んでゆきながら思った。

――柏木はこの炎暑の中へ、黒ずくめの格好で現れた……。

死神を気取っているつもりなのだろうか？　爽子は嫌な感じがした。

明日香は走り続けるワンボックス車の車内、眉を寄せた爽子のとなりで、無線で指示を続ける。

「こちら〝ヤナ〟、〝お客さん〟の着衣にあっては傍受のとおり。以上、了解した班から現況を知らせて」

八王子へと急行中の各班長から次々に無線で、了解、という応答と、現在地の報告があった。

「こちらも了解。――トメさんにあっては前動を続行、〝お客さん〟の位置を逐次報告」

「トメ、了解。……市立三中の信号を通過」

「〝カシラ〟及び〝きしゃん〟は、八王子駅に現着次第、下車。網を張って。――〝きんさん〟〝おやじさん〟は乗車のまま、駅周辺を遊動警戒」

植木と岸田を八王子駅付近で徒歩にて待ち伏せさせ、別の特五の主任二人に乗車したまま駅周辺を〝流し張り〟するように命じると、明日香は爽子を見た。

「みんなの現着が間に合ってくれるよう祈るわ」

「いまでも、柏木には十名の捜査員が付いてます。……大丈夫です」

いつになく確信を込めた爽子の口調に、明日香はちらりと微笑んだ。と――。

「こちらトメ。〝お客さん〟、とちのき通りを右折」

柏木は駅南口へと続く通りに差し掛かった、という無線の一報だった。明日香は耳元のマイクに指を添えて答えようとした途端、無線が鳴った。

「〝カシラ〟……です！　八王子駅につきやした」

「敬語は無用」明日香は言った。「網を張れ」

「こちら〝きしゃん〟、現着。散開します」

明日香は、ふうっと息をついた。競馬で言うところの鼻の差で、配置が間に合った。

「……よかったです」爽子もちょっと息をついて、微笑んだ。

柏木は、おそらく新聞の報道を見て行動を起こしたのだろうが、なにが目的なのか解らない不気味さを、爽子は感じていた。〃前打ち〃記事で自暴自棄になり、白昼堂々、第三の犯行を企てている可能性も高い。実行されれば、惨事となるのは確実だ。爽子はそれを、なんとしても防ぎたかった。

追尾の指揮を執る明日香にしてみれば、ここからが本番だった。

柏木がこのまま通行人で溢れる市街に入り込めば、爽子の案じる無差別な凶行に及んだ場合の危険はもちろん、失尾……見失ってしまう可能性もまた、同時に跳ね上がる。

総勢五十名の捜査員たちが、柏木にそれと察せられないまま包囲する動く檻となるか、――それとも烏合の衆になるかは、明日香の指揮にかかっている。

明日香はそう思うと、自然と艶やかな唇から白い歯をこぼした。久しく味わっていない、背筋の冷たくなるような緊張感……。

無線が鳴って、明日香と爽子は、同時に顔を跳ね上げる。

「トメからヤナ……！　〃お客さん〃は駅南口交差点。ＪＲまで、あと五分」

駅前の繁華街に、いよいよ柏木が姿を現したのだ。

「各班は傍受の通り、警戒せよ。〃お客さん〃の着衣は――」明日香は念のため、柏木の着衣を繰り返した。「――なお、車両で遊動警戒中の〃おやじさん〃は、徒歩尾行の準備に入れ」

明日香は冷静だったが、隣で状況と指示を伝えるためキーボードを叩く爽子は、気が気ではなかった。

――柏木が第三の犯行をするつもりなら、いま、あそこで通行人を襲ってもおかしくない……！　どうか、神様……！

爽子は祈るような気持ちだった。早く、あいつを檻に閉じこめて――。

「こちらカシラ……！」

くぐもった植木の声が無線から聞こえた。「〝お客さん〟、来やした」

「きしやん、現認した」

JR八王子駅で、植木と岸田の班が、人混みの中に柏木を見付け出したのだった。

「追尾開始」明日香は短く命じた。「気を抜くな、駅舎を〝カゴ抜け〟して私鉄に向かうとも考えられる。おやじさんも尾行を開始。きんさんはそのまま乗車待機」

明日香は柏木の〝カゴ抜け〟、つまり建物を利用して尾行を撒く行動を警戒した。だが――。

「こちらカシラ。……〝お客さん〟、改札に入った」

「改札通過、了解」明日香は言った。「利用線は？」

「きしやんです。中央線です」

電車に乗るのは間違いない。これまでの移動中、柏木には警戒した様子は報告されていないが、明日香は慎重を期して、指示を出す。

「カシラ、きしやんはそのまま〝お客さん〟に張りつけ。トメさんはホームで〝お客さん〟とは反対方面行きの位置で待機。おやじさんはトメさんと合流しろ」

明日香が息をつくと、爽子が隣から言った。

「……柏木はどっちへいくつもりでしょう？」

「もうすぐ、判るわ」

その通りだった。

「カシラ。……〝お客さん〟は東京です」

柏木はホームの、都心方面へ向かう側に立ったのだ。

二人の命を奪いながら、不気味に引き籠もっていた男が、なにを目的に向かおうというのか……？　都心の繁華街での無差別犯行を企んでいないとは言い切れない。そうは思ったが、明日香は、了解、と努めて静かに植木に応じてから続けた。

「……なお乗車後、車内では傍受以外の無線の使用は控え、携帯電話を活用せよ。電車での尾行態勢は指示の通り。遊動中のきんさん及び車両追尾班も、路線に沿って東京方面へ移動、支援準備」

明日香は念のために注意事項を確認して、指示を加える。

「おやじさんとトメさんはこの電車には乗らず、次の電車を待て」

「カシラです。……電車が来た。乗るつもりです」

明日香と爽子の脳裏に、オレンジ色のラインの施された車両が、駅のホームへと滑り込んでくる情景が浮かんだ。その列車に、植木と岸田の班二十人は、柏木の乗った車両を挟んだ前後の車両に乗り込むはずだ。柏木の乗った車両に乗り合わせるのは、間近で監視しつづける役割を担う、たった一人の捜査員、〝現認員(ウォッチャー)〟だ。

これは公安の追尾手法だった。対象者と同じ車両に乗り込む捜査員を、公安では通称〝ウォッチャー〟と呼ぶが、閉鎖空間である車両内で、対象者に気配を読まれる危険を最小限にするための措置だ。

爽子が見詰めるノートパソコンのモニターに、現認員の携帯端末から送られたメッセージが現れた。

「――柏木は前から三両目に乗りました……!」爽子は言った。「前のドア付近の座席、リュックを膝に乗せて座っている、だそうです」

了解、と明日香は答えて、爽子の伝えた内容を無線に流してから、続けた。

「以後も逐一同報する、現認員以外は〝お客さん〟に眼を向けるな。これは厳命。……現認員は、〝お客さん〟の動向を」

数十秒後、再びモニターに表示された現認員からのメッセージに、爽子は眉を寄せた。

まさか、ほんとうに……？　そう思いながら、爽子はメッセージを読み上げた。

「リュックに手を入れて、中身を確かめているそうです！」

それから、立て続けに送られてきた現認員からの報告を、爽子は読み上げた。

「〝顔を上げて、車内を見回している〟……」

明日香は無線に伝えながら、ちらりと爽子の横顔を見た。

「〝にやにや笑っている〟……」

笑っている……？　警戒しているわけではなさそうだけど、と明日香は思った。

「あの、係長……！　まさか、リュックの中に……！」

柏木は凶器を所持しているのでは？　爽子はその懸念をありありと浮かべた顔を明日香に向けて、口走った。

「落ち着いて。まだなにも解らない」

おかしな挙動をみせてはいるが、現時点ではまだ、柏木は〝不審者〟に過ぎない。

押さえるには、まだ早い……。明日香がそう自分に確かめたときだった。

「……豊田（とよだ）駅、まもなく、だそうです」爽子がモニターを見て言った。

次に柏木の動向を報せたのは、メールを介してではなく、現認員の無線からの声だった。

「〝お客さん〟、降りる！」

「カシラ、追って！　きしやんはそのまま！」明日香は瞬時に判断した。

柏木とそれを遠巻きに尾行する植木達が、車両から降りてホームを歩き始めた頃合いで、明日香は無線に告げた。

「〝お客さん〟の様子は？」

「カシラです。ホームの真ん中へ歩いて行く」

視界の隅に柏木を捉えている捜査員が、口を添えた。「〝お客さん〟、いま足を止めました」

「周りを見回している」

別の捜査員からも報告があった。

「ヤナ、了解。カシラ、現認員を交代したうえで、できるだけ遠くから監視させて。そのほかの者はホーム上から降り、別命あるまで待機」

明日香は、対象者に捜査員の顔を覚えられること、公安でいう〝見切られる〟というリスクを避けるよう指示した。

「きしやんは次の日野駅で下車、待機せよ」

明日香は指示を出し終えて、ふっと息をついてから、思った。

——こいつ、まさか〝点検〟のつもり……？

わずか数分、一駅乗っただけで電車を降りてホームに留まって動かなくなるとは、そうとしか思えない。同じ駅で降りた乗客のなかに、尾行者がいないか見張っているのだ。過激派の活動家や国外情報機関員の〝点検〟はこの比ではないが、後ろ暗い連中の特徴的な行動だ。

稚拙（ちせつ）ではあっても、と明日香は思った。〝点検〟は〝点検〟だ。とすれば——。

柏木がなにか企んでいるのは、間違いない。

「〝お客さん〟の様子は？」明日香は無線に言った。

「いま、ホームのベンチに座った」現認員の声が無線から答える。

「リュックの中身を気にする仕草はないか？　表情は」

明日香の質問に、爽子がモニターから顔をあげて、隣を窺った。

「荷物は脇に置いたまま気にせず、周りを眺めている。表情は不明」

ホームで動かなくなった柏木の様子を、現認員が無線で断続的に伝えてくる。付近で植木達が身を潜め、隣の駅には岸田の班も待機している。柏木を尾行の網から逃したわけではないものの、爽子や明日香だけでなく、すべての捜査員たちに忍耐を課す十数分間が、過ぎた。

「おやじです、もうすぐ当該駅」

後続の二個班を乗せた電車が、豊田駅に停まろうとしている。

「了解、〝お客さん〟が乗る可能性がある。警戒せよ」

明日香はそう無線に応じたものの、柏木が本気で尾行を振り切るつもりなら、乗る可能性は低い、と思っていた。〝おやじさん〟と〝トメさん〟は、このまま豊田駅を通過させるべきか、それとも二手に分けて、片方を植木達と合流させるべきか——。

わずかに躊躇(ちゅうちょ)した明日香の耳を、現認員からの声が打った。

「〝お客さん〟、立ち上がった……！」

「降りた客に紛れて駅から出るつもりかも知れない、警戒して」

明日香は注意したのだが、現認員の報告はさらに続いた。

「〝お客さん〟、電車に乗る……！　前から二両目」

「ヤナ、了解。現認員はホームを離脱、そこから離れて。おやじさんとトメさんは引き継げ！　車両内では、現認員以外は絶対に〝お客さん〟へ注意を向けるな！」

明日香は、今一度、留意すべき点を繰り返す。刑事部の捜査員が〝猟犬〟なら、公安部の捜査員は追尾する〝機械〟だ。猟犬はその猟欲が目つきに現れてしまうが、〝機械〟はより大きなシステムの部品になりきり、気配を消す。

「――カシラは次の電車に乗れ、きしゃんは当該電車でカシラと合流せよ」

明日香は、ふん、と息を吐いて独りごちた。

「どういうつもりかしらね……。尾行にヅいてる雰囲気ではないけど」

「あの……」爽子は言った。「尾行を警戒しているのでは」

爽子の素朴すぎる感想に、明日香はくすりと笑った。

「――そうかもね」明日香は爽子にそう答えて無線のスイッチを入れる。「〝お客さん〟の状況は？」

現認員がＳＮＳのメッセージで伝えてきたところでは、相変わらず、柏木は車内では不審な行動をとっているらしい。リュックのファスナーを何度も開いて確かめては、薄気味悪い笑みを浮かべている――。

「吉村さん」明日香が言った。「次の駅は……立川、だったわね」

「はい」爽子は眉をひそめて答える。「柏木に、また同じようなことをされると……」

「厄介ね、ちょっとだけ」

立川駅は、柏木やそれを追う捜査員たちが乗っている中央線の路線駅の中では有数の大規模駅であり、乗降客数で新宿駅に次ぐほどだ。さらには、中央線のほかに青梅線、南武線も乗り入れるハブステーションでもあった。

これまで以上の人混みと、二つの路線が繋がる駅。そんな場所で、柏木が尾行を振り切ろうとしたなら。

「でも……、そのまま通過するかも知れませんし」

「そうね」明日香は爽子に答え、口もとだけで笑う。「どこまでも追うだけ。尻尾をつかむまでね」

「はい。——立川までまもなく、だそうです」

爽子がモニターに表示されたメッセージを読んで、言った。

さて、柏木はどうするか。明日香は耳元のマイクに触れながら思った。立川駅で動くのか、それとも素通りか——。

「〝お客さん〟、降りる……！」

押し殺した現認員の声が、柏木が動いたことを報せた。

乗り換えるつもりだろうか？　と明日香は考えた。青梅線なら行き先は奥多摩なので問題はない。南武線なら神奈川県まで続いているので、少し厄介だ。柏木が管轄を越えた場合、あちらの県警に捜査協力の要請——いわゆる〝仁義〟を切らなくてはならない。

「こちらトメ。〝お客さん〟、ホームの階段へ」

柏木が階段を人の流れに紛れて遡った先には、他の路線へと連絡する通路があるはずだ。

どの線へ……？　爽子と明日香は、柏木が足を向けた先を告げる声を、待った。だが――。

「おやじです。……〝お客さん〟、東改札へ歩いてる」

ここで駅から出るのか？　立川が柏木の目的地なのか。……それとも、一旦、改札を抜けて、また入り直すという〝点検〟を企てているのか。

「了解」明日香は努めて冷静に言った。「トメさんはそのまま改札の外まで追って。おやじさんは改札の内側で待機」

「こちらトメ。〝お客さん〟、改札を通過！」

明日香は、改札を出た柏木が、駅舎を貫通する広い南北自由通路をどちらに向かったかをすかさず尋ねた。

「方向は」

「北口」

福留という名の警部補は、簡潔な答えを寄越した。

爽子はそれを聞いて、業務上、よく訪れる立川駅北口の風景を思い浮かべる。……通路を出た途端、駅の周りを囲んだデパートなどの高層建築に見下ろされ、まるで谷の底にいる気分にさせられるのは都内の駅とおなじだ。けれど、それらと違うのは、駅から出た乗客が路上に溢れないように設けられた、広いペダストリアンデッキだ。それは、駅舎からせり出したテラスの広場のような場所で、そのデッキを支える、四隅から延びて中空でアーチ形に交叉する赤い鉄骨は、初めて降りたって眼にした際、なんだかモニュメントみたいだと思ったものだ。

それに……、と背筋が強張るのを感じながら、爽子は付け加える。

——たくさんの人通りがある……。子どもも、お年寄りも。

そんな場所で、柏木がいきなり暴れ始めたら？　文字通り、手当たりしだいに犠牲者がでるだろう。

明日香も勿論（もちろん）、隣の爽子と同じ危険性を認識している。だから無線に言った。

「〝お客さん〟の挙動に留意、厳重に警戒」

了解、と福留からの応答を聞いてから、明日香は続けた。

「きんさん及び車両追尾班、現在位置は」

「立川駅まで、あと数分で着きます」

柏木が豊田駅で動きを止めたおかげで、車両が追いついた。

「ヤナ、了解。現着後は降車し、デッキから地上に降りられる階段をすべて押さえて」

ふん、と息をついてスイッチから指を離した明日香に、爽子が言った。

「係長。――柏木が立川駅を目指していたのなら、もしかして、その目的は……」

より多数の殺傷を狙った無差別犯行ではないのか。爽子は明日香に顔を向けて、言葉を飲んだ。

「解ってる」

明日香は短く答えるだけに留めたけれど、爽子の憂慮は、現場の捜査員たち全員と同じだろう、と思い直して、無線に告げた。

「〝お客さん〟の様子は」

「トメです。ルミネを通過、もうすぐ通路出口」

「ヤナ、了解。……いま一度、確認する。〝お客さん〟がどんなに不審な行動をみせても、まだ触れるな。これは厳命」

明日香は断固として告げた。

「ただし、〝お客さん〟の犯意が明確な場合には、ただちにこれを制圧、逮捕せよ。拳銃携行員は拳銃を有効に活用するように」

〝視察〟に徹しよ。だが、同時に市民の安全も守れ。――矛盾きわまりない指示を受けた現場からの返答には、しばし間が開いた。

「……トメです。了解」感情を押し殺した、ややくぐもった声だった。

舌先に苦みを感じながら無線を切った明日香に、爽子が言った。

「――厳しい状況ですね」

柏木はすでに、なんの罪もない二人の命を奪っている。万能感に酔って、さらなる犠牲者を求めてもおかしくはない。そんなスプリーキラーを、雑踏で遠巻きに監視し続けなければならない捜査員たちの精神を締め上げているのは……。

焦燥と――恐怖。爽子もまた息苦しくなりながら、そう思った。

「ええ。でもみんなには、やり遂げてもらわなくてはならない。命じた以上は、私もその責任から逃げたりはしない」

明日香は前を向いたまま言い、爽子はその決然とした横顔に勇気づけられて、眼をモニターに戻した。この間にも、柏木は人の集まるデッキへと近づいている――。

「こちらトメ……！〝お客さん〟、北口からデッキへ出た！」

「ヤナ、了解。トメさんは〝お客さん〟を中心に展開。状況は？」

「案内板を見上げてる」

「ヤナ、了解。……きんさん、デッキ下の配備は？」

「こちらきんさんです。すでに現着、十名を各階段に配置。車両二台は待機してます」

「了解。なお、〝お客さん〟が――」

「こちらトメ！　動いた！」

明日香の指示を、トメ――福留の声が断ち切った。

「了解、状況を」

「〝お客さん〟、伊勢丹方向へ」

どこへ行くつもりか。まさか、デパートで〝カゴ抜け〟でもするつもりか……？

爽子は、じりじりと胸の奥を灼かれながら、続報を待つ。

明日香はあえて数十秒の間を開けて、無線に言った。「〝お客さん〟の様子は？　デパートに入ろうとしているのか？」

「こちらトメ。いや、……立ち止まった。デッキからデパートへ続く通路の手前で、手摺りにもたれた。動かない。周りを見てる」

どういうこと？　と明日香は思った。デパートの店内に入る様子はない。それに、確かあの場所は――。

「吉村さん？」明日香は隣の爽子に尋ねた。「いま、柏木が立ってる通路って、伊勢丹の周りをぐるっと回って、駅まで戻ってこられるのよね？」

「ええ」爽子は怪訝そうに言った。「でも……、それがなにか？」

「尾行を撒く——、〝点検〟には最適の場所だからよ」明日香は答えた。

「同じところを対象者にぐるぐる回って振り返られたら、捜査員は顔を見切られて、〝落ちる〟——脱尾せざるを得なくなる。もっとも基本的で、かつ効果的な対抗手段なのに」

「その必要がない……」爽子が考えながら言った。「……つまり、尾行に気付いていない、ということでしょうか？」

「それなら、いいんだけどね」

明日香が爽子に答えた途端——。

「〝お客さん〟、動く！　ビックカメラ方面へ」

再び柏木は動き出した。しかし——。

「〝お客さん〟、手摺りにもたれた」

「トメさん。〝お客さん〟の様子は、先ほどと同じか？」

「こちらトメ。変化な——」

平静だった声が、突然、抑えた叫びに変わった。

「——背中のリュックを、前に回した！　……いま、手を突っ込んだ！」

「トメさん、落ち着け。状況を続けて」

「……リュックに手を入れたまま、周囲を窺っている……！」

明日香の押しとどめる声に構わず、福留は言葉を溢れさせる。

「……笑ってる！　〝お客さん〟、笑ってやがる……！」

柏木は、いよいよやる気なのか？　爽子は背筋に、ドライアイス並みの冷気を感じた。

いま、なのか？　明日香は下唇を噛みしめながら思った。いま、身柄確保を決断すべきなのか……？

いや、……まだ駄目だ！　明日香はかろうじて思い留まった。

私は、私の望んだ秘匿態勢に固執しているのだろうか？　いえ、違う。私の第二の天性が、警告を発しているからだ。

「――まだだ」明日香は、腹の底から絞り出すように囁いた。「凶器を現認するまで待て」

「しかし係長……！」

この尾行が始まって以来初めての抗弁が福留の口から漏れ、無線で伝わった。

「前動を続行」明日香は無味乾燥に聞こえる声で一言、告げた。

「こちら……カシラ！」植木の声が割り込んだ。「立川駅へ着き……やした！　きし……やんと……デッキへ……上がってます！」

ホームからデッキへと駆けつけようとする植木の声は、息づかいで途切れ途切れだった。

「バン……職務質問……させてください！」

「却下します」明日香は言った。

「野郎は……絶対に得物を……呑んでるはずです！」

「重ねて却下」明日香はにべもなく告げて、続けた。「カシラときしやんは、自由通路内で待機。デッキに顔を出すな」

　いかに信頼篤い部下といえども、猟犬の本性を露わにした捜査員に尾行を続けさせるわけにはいかないと、明日香は判断した。

「トメさん、〝お客さん〟はどうしている？」

「顔は伏せて見えない。手はリュックに――あっ！」

　無線に聞き入る爽子は、その瞬間、総毛立つ思いになった。

　柏木はついに、二人を殺害したその手に、凶器を握りしめて――。

「手がどうした？　トメさん、続けて」

「い、いや、〝お客さん〟、なにも持ってない。繰り返す、手にはなにも持たず」

　安堵した口調の報告が続き、爽子は、はあっ、と大きく息をついた。

「了解、引き続き警戒」

　ふっと息をついた明日香に、爽子が言った。

「あの、……係長。付近の交番の勤務員に協力を要請して、〃ばんかけ〃してもらっては」

そうか、その手がある、と明日香も思った。私服の捜査員ではなく、偶然に通りかかった制服が声を掛けた、という形にすれば、秘匿の観点からは問題がないかも知れない。現に、柏木は不審な行動をとっているのだから。

市民の安全を優先するなら、それも手か、と明日香は思った。が――、その暇は、与えられなかった。

「〃お客さん〃、動いた！」

「了解、方向は」

「デッキの真ん中を西へ、みずほ銀行方向。……案内板と植え込みを過ぎた」

今度はどこへ？　また意味の不明な徘徊（はいかい）を再開したのか。

「デッキを横切った。……まだ歩く」

また場所をかえてデッキの隅で手すりに寄りかかり、佇むのか。それは、何らかの覚悟を決めかねているからなのか……。

「トメさん、〃お客さん〃は階段へ、地上へ降りようとしているのか？」

明日香がすかさず尋ねた。

「……いや、そっちへは……」

福留の返答は一旦は曖昧に途切れた。が、すぐに明日香の耳に届いた。

「……立川北駅！　〝お客さん〟は立川北駅へ向かう模様！」

「立川北駅」明日香は呟いた。「……モノレールか」

それは多摩都市モノレールの駅だった。立川駅とはデッキで繋がり、徒歩で乗り換えられる。

柏木はその駅へと、黒ずくめの服装にリュックを背負った姿で移動しているのだ。

「了解。カシラ、きしやんは追尾を再開。きんさんもデッキ上へ、追尾して。……トメさんは脱尾、待機中の車両と合流せよ」

明日香は、福留を尾行から落とした。柏木が自宅から出てきた段階からずっと追い続け、さらにデッキ上で監視に当たっていたため、柏木の印象に残っているのを警戒したからだった。モノレールの尾行は、それだけ条件的に厳しい。だが――、先ほどの抗弁の報復だと福留は受け取るかも知れない。だから、明日香は無線に言った。

「ヤナからトメさん、忍耐に感謝します」

「トメです。……了解」

職人刑事らしい、なんだか無理に素っ気なく答えたような声を聞いてから、明日香は言った。

「〃お客さん〃の状況は？」

「きしゃんです。デッキから北駅の階段へ移動、いま昇ってる」

立川北駅は、ビルの二階に相当する高さのペダストリアンデッキより、さらに高い場所に設けられている高架(こうか)駅だ。

「〃お客さん〃、自動改札を抜けた」

植木の報告が無線から聞こえると、爽子が呟いた。

「柏木がモノレールで南へ向かうのだとしたら、終点は上北台(かみきただい)駅……東大和(ひがしやまと)市の新青梅街道付近です。でも、もし北だったら……」

爽子は明日香を横から見上げて続けた。

「終着駅は、多摩センターです……！　私たちの捜本がある、多摩中央署の眼と鼻の先の」

まさかね、と明日香は答えようとしてやめた。とにかく柏木という奴、得体が知れない。

報告はまだか、と明日香が思ったのと同時に、無線が鳴った。

「野郎……！　姐さん……！」

植木の声は、呻くようだった。だから明日香は、柏木の符丁は〃お客さん〃であり、私は姐さんではない、という叱責の言葉を飲み込んで質した。

「どうした？　カシラ」

「野郎は……〝お客さん〟は、多摩センター方面のホームへ上がった……！」

さすがに、爽子と明日香は顔を見合わせた。

「どういうつもりかしら。……まさか自分から署に出頭する、ってわけじゃないだろうけど」

「はい。なにか目的があっての行動とは思いますけど……。柏木がこのままモノレールに乗ったとして、先には大学や動物公園があります。そこで、なにかを企んでるのかも……」

多摩地区の、都心のベッドタウンとしてだけではない、文教地区としての側面だった。

「それとも、多摩中央署に殴り込みをかけるつもりかもね」

明日香は、そうなったら存分にお持て成ししてやる、という口調で言い捨てた。柏木の行き先はともかく、目下の懸念もある。モノレールという、特殊な交通機関での尾行だ。

明日香は爽子の指摘で、あることに気づき、無線に言った。

「カシラ、きしやん。モノレールには学生が多い。現認員の指名に配慮せよ」

「了解。ですが、若いのは〝カツ〟の〝お警〟しかいませんが」

爽子は顔を上げた。植木は所轄署の女性警察官、といった。捜査本部にいる女性警察官は数人いるが、もっとも若いのは――。

支倉由衣だった。植木は、柏木と同じ車両に乗り込んで監視する、もっとも難しい〝現認員〟の役割を支倉に与えてもいいか、と尋ねているのだ。

爽子はちらりと、傍らの明日香を窺った。すると、視線を流してこちらを窺った明日香と、眼があった。

大丈夫です。私の仲間は、ちゃんと任務を果たします……。爽子は無言で、明日香にそう伝えた。

明日香は、解った、というように目顔で爽子に応えて、無線のスイッチを入れた。

「カシラ、それでやらせて。〝お客さん〟がまた〝点検〟を繰り返す可能性がある、油断し――」

「電車、来た……！」岸田の報告が、遮った。

爽子の脳裏に、ホームへと延びる名称通り一本しかない軌道桁上を、それに跨ったような格好をした車両が滑り込んでくる姿が、浮かんだ。爽子は多摩中央署に転属して、生まれて初めてモノレールという交通機関を眼にし、とても奇妙な乗り物だと感心したものだったが……、いまはそんなことを思いだしている場合ではない。

――支倉さん、頑張って……！

車両が停まれば、ホームに設置された転落防止用自動扉が開く。支倉は柏木を追い、もう乗りこんだだろうか……？

明日香もまた懸念を抱いていたが、爽子よりも深刻なものだった。

それは、モノレールで運行されている車両の特殊性について、だった。通常、鉄道の車両は車両ごとに扉で隔てられているが、……モノレールの車両には、最新型を除けば、車両間の仕切り扉がないのだ。しかも、一編成が四両ほどと少ない。

これがなにを意味するのか。車両が直線に差し掛かれば、最後尾から先頭までの、すべての車両内を見通すことができる、ということだ。それは、捜査員にとっても監視しやすい反面、被疑者にとっても有利になるのだ。

その特殊性と、いまの状況が重なれば少し厄介か……。明日香がそう思うのと同時に、爽子がモニター上のメッセージを読み上げた。

「発車、しました。柏木は前から三両目に乗りました」

了解、と明日香は答えながら思った。多摩都市モノレールは、総延長で十六キロ。乗っている時間は短いが、ここで柏木に尾行を察知されれば、これまでの苦労はすべて水の泡になる。絶対に、気付かれるわけにはいかない。

「車両追尾班、立川駅から進発」明日香は無線に指示してから、爽子に聞いた。「様子は?」

「車両出入り口付近に立ったまま、じっとほかの乗客の方を見ているそうです」

「こちらカシラ」無線から唐突に、植木の声が聞こえた。「〝お客さん〟、うちらの現認員のねえちゃんに、眼とばしている」

「きしゃんです。いま、隣の車両にいるこちらを見た」

現認員――支倉の報告と重複して、植木や岸田が車両内では控えるように指示したはずの無線を使って、柏木の挙動を伝え始めた。

「きんさんです。南駅に着くが、〝お客さん〟はどうなってます?」

「カシラだ……! 野郎ならちゃんとこっちらで現認してる……!」

「こちらきしゃん……! カシラ、余計な口を叩くな……!」

立川南駅に着いたが柏木は降りなかった。しかし――。

「ヤナから乗車中の全員へ、みだりに無線を使うな……!」

明日香は浮き足だち、口々に通話しだした植木らを黙らせると、まずい兆候だ、と桜桃色の唇を小さく噛んだ。――これが、先ほどの抱いた、明日香の懸念だった。

公安の捜査員ならば、追尾の際は現認員の報告を信頼し、それ以外の捜査員が対象者に眼を向けることはない。いわば、個々の捜査員が大きな追尾装置の部品になりきることができる。しかし……、良くも悪くも職人気質で一匹狼的な刑事の捜査員には、それは難しい。しかもいまの場合、年若い捜査員が現認員だけに、なおさらだ。

さらに、車両の構造上、見通しが良すぎるモノレールとなれば、つい対象者に視線を向けて、自分自身で状況を確かめようとしてしまう。

「現認員以外の、全員へ告げる。……柏木を見るな。厳命だ」

妥協のない口調で無線に告げた明日香に、爽子は言った。

「あ、あの……。支倉さんは、今のところ問題はないと思います。このまま――」

といって、緊張しきった捜査員たちに、かわりになにを見るように命じればいいのか……。明日香は爽子の言葉を聞き流しながら考えた。と――。

「……立川をでるとしばらくはビルばっかりだけど、それを抜けたら、……富士山が見えるわよね？」

「え？　ええ……、はい。えっと、向かって右側に」爽子は戸惑いながら答えた。「でも、それがなにか……？」

了解、とだけ明日香は答えて、無線のマイクを口許に寄せた。

「現認員以外の、モノレール乗車中の全員へ告げる。いいか、よく聞いて。……そこから日本一の御山が望めるはずね」

係長はなにを……？　爽子は、呆気にとられた顔で、明日香の横顔を見上げた。

「現認員以外は、富士山の状況を報告せよ」明日香はそう命じた。

応答を待つ明日香はもちろん、爽子も運転席の保田も、言葉を失ったように黙り込む。

現場の捜査員たちも同様で、無線は沈黙した。

「――どうした？　応答を」明日香は促した。

爽子はようやく明日香の意図を察して、見張っていた眼を膝においたノートパソコンに戻した。

――係長は、皆に自分の任務を思い出させようとしてるんだ……。

そう思い至り、自らもまた、与えられた仕事を再開した爽子の眼に、ディスプレイに表示されたメッセージが浮かぶ。

「〝大きく、堂々としている〟……　〝影絵のようだ〟……　〝霞んでる〟……」

爽子は思わず微苦笑しながら、捜査員たちから続々と届く日本最高峰の現況を読み上げてゆく。もちろん、その間にも、現認員である支倉からの報告を告げるのも、忘れない。

「――柏木、リュックを床に置いたそうです」

了解、と明日香は口もとだけでちいさく笑ってから、答えた。

「富士山が噴火する兆候はなさそうね、よかったこと。……柏木も大人しくしてるようだし」

ええ、と爽子も緊張の合間に生じた喜劇にちらりと微笑んでから、真顔になった。

「でも……、いまはおさまってても、柏木の意図が解らない以上、多摩中央署に近づけば近づくほど、みんなはまた柏木を注視してしまうんじゃないでしょうか」

なにを考えているのか解らない、気味の悪い男が自分たちの〝根城（ねじろ）〟へ近づいているのだから。しかもこの柏木という男は、人を二人も手に掛けて平然としている凶悪犯だ。たとえ警察相手にでも、なにをしでかすか予測不能だ。

「で、しょうね」明日香が短く同意する。

「……私には、柏木があえて目立とうとしているようにも見えるんです」

爽子は考えながら続けた。

「尾行には気付いていないとは思いますけど、でも……そんな風に感じるんです」

それは、明日香も感じていることだった。

柏木が中央線で行った、八王子駅から一区間しかない豊田駅に降り立つという稚拙な〝点検〟。その豊田駅のホームで待つ間は、不審な行動が目立った車内での様子とは違って、リュックの中を探ったりはしなかった。そして立川駅のペダストリアンデッキでも、いまにも凶行にはしりそうな挙動をみせながら、回廊を利用しての〝点検〟をするでもない。

と、すれば――。

――これは、挑発……？　柏木が、私たちを……？

仮にそうだとしたら、柏木にとって、朝刊に〝有力な容疑者浮かぶ〟という記事が載ったそのタイミングで、私たち警察を挑発する意味とはなんだ……？

――そう、……そういうこと。

明日香には、解った。柏木が自分たちを翻弄（ほんろう）する意図を、すべて理解したのだった。

だが、明日香にはひとつだけ確かめなくてはならないことがあった。

「ヤナから現認員（ウォッチャー）へ、一つ確認。……〝お客さん〟のリュックの色は？」

すかさず現認員の支倉が送ってきたメッセージを、爽子がノートパソコンの画面を見ながら読み上げた。

「……赤、だそうです」

やはりそうか、と明日香は思った。柏木の目的は、私たちを踊らせることだったんだ……！

さらに、世間を欺く秘匿態勢をとったことも間違ってはいなかった、と確信できた。やはり柏木は、凶器をはじめ物証を、手近には置いていないのだ。どこか、まだ自分たちが把握していない場所に隠している。間違いなく。

明日香は端整な顔に凄愴な微笑を浮かべて、呟いた。

「……踊らせるのは、こっちよ」

え？　と爽子が怪訝な表情を向けてくるのに構わず、明日香は無線のスイッチを入れた。

「こちらヤナ、全員、よく聞いて」

明日香は前置きしてマイクに言った。

「これから〝お客さん〟は、おそらく終点の多摩センター駅まで降りない。その間も不審な行動をとると思われるが、絶対に現認員以外は注意を向けるな。存在を気取られないのを最優先。そして、多摩センター駅に到着後は――」

明日香はちいさく息を吸ってから続けた。

「きんさん以外の班は、全員離脱。尾行を中止し、署に戻れ。……以上、了解せよ」

唐突な命令に、二度目の沈黙が、車内に落ちた。

「ま、駅に降りたら署のすぐ近くだし、丁度いい――」

「ちょっとまってくれ、姐さん……！　いくら何でもそりゃあ……！」

植木の抑えてはいるが慌てた声が無線から聞こえ、岸田の声も続いた。

「どういうことです、理由を……！」

「理由は後で話す。――」

　明日香は一切の疑問を切り捨てるように言った。

「――とにかく、指定した班以外は尾行を中止、多摩中央署へ帰庁せよ……！」

　明日香の指揮で、数十人の捜査員が秘匿態勢で尾行し、そして理由も知らされず撤収した日から、二日後――。

　柏木興一は八王子駅で、行き交う人々の喧噪を背中で聞きながら、並んだコインロッカーの前に立っていた。

　ポケットから鍵を取り出すとき、一応、背後を振り返る。しかしそれは、あくまで念のため、だった。誰も自分に注目していない、それは解っている。

いるわけがない。俺は完璧だ。いつでも完璧な存在だ。そして世の中は馬鹿ばかりなんだもんな。

　柏木は心の中で囀りながら、にやにやと笑っていたが、ふと真顔になる。

でも、そんな俺が、ちょっとだけ焦ったことがあった。

二度目にやった、稲城での〝経験〟についてだった。あれについてネットのニュースサイトに、容疑者が浮かんだ、という記事が掲載されたときだ。

完全無欠なこの俺が、証拠も目撃者も残すなんてあり得ない。しかし……。

そこで俺は、試してみることにした。本当に警察が俺に眼をつけているのかを。久しぶりにアパートから出かけて外を歩き回り、警察が尾行しているなら当然、怪しむだろうな、という素振りを、何度も見せつけてやった。電車に乗り、立川駅前をうろつき、モノレールに乗り換えて多摩センターまで行って帰ってみたが、その結果は――。

刑事どころか、誰にも呼び止められもしなかった。

途中、誰かにつけられてんじゃないか、と他人の眼を感じないでもなかったが、それもとんだ思い過ごし……、杞憂（きゆう）だったようだ。やっぱり柏木興一は世界で唯一完璧な存在だ。それにあの記事は、警察が見当外れの〝犯人〟を追っているのを報せたに過ぎないんだ。それに……。

――まあ、あのとき職質されたところで、なんの不都合もなかったんだけどね……。むしろ警察に調べられた方が良かったかも。なにしろ、歩き回っていたときには武器になりそうなものは、一切持っていなかったし。理由をこじつけられて家捜しされたところで、あのボロアパートからは証拠になるものなんて、なにも出てこない。むしろ警察からみて完璧なシロ、と判断する材料になっただろう。

それはなぜかと言いますとね、阿呆なポリ公の皆さん……。柏木は鼻歌交じりにポケットから取り出した鍵をコインロッカーの鍵穴に差し込み、回しながら胸の内で嘲った。有頂天になっている柏木の耳に、解錠される金属音は、祝福のパーカッションのように心地よく響く。

「……大事な〝記念品〟は、ここにあるからなんですねえ」

柏木は、五十センチ四方のロッカーの扉を手前に大きく開き、中に収めた黒色のリュックを眺めながら、歌うように独りごちた――。

柏木はかねてからの妄想を実現させるため、あの大雨の夜、偶然に行き合わせた大久田理香を殺害したあと、犯行に使用したサバイバルナイフやフィールドジャケットを、黒いリュックに詰めてこのロッカーに隠した。さらに稲城での第二の犯行でも、ここから黒いリュックを持ち出した。その様子は、防犯カメラに記録されている。

明日香たちの尾行をうけた際に所持していた赤いリュックは、単にありあわせのものを持ちだしたに過ぎない。

ロッカーの料金は、アパートに引きこもった自分に代わって、ネットで募ったどこの誰とも知らない人間に払わせていた。料金とその人物への報酬は、ネットバンク経由で支払っている。

ほんとに俺って男は、なにからなにまで完璧だよ……。

柏木は、自らの周到さにほとほと感じ入ったように胸の中で漏らすと、二人の罪もない人間を手に掛けた凶器の入ったリュックに、手を伸ばした。

さて、もう行かなきゃ。俺みたいな選ばれた人間には、経験しとかなきゃならないことが多すぎ――。

「……柏木さん？」

後ろから女の声がして、柏木の、リュックのストラップを摑みながらつらつらと浮かんでいた思考が途切れた。

「へ……？」柏木は身構えるでもなく振り返り――、次の瞬間には眼を見開いて、ぽかんと口を開けていた。

背後の光景は、つい数十秒前とは一変していた。

柏木の眼前を、いつの間にか、人の壁が取り巻いていた。二十人はいる、その一人ひとりが、鋼鉄のような硬い気配を発散しながら、柏木を凝視している。

「柏木興一さんね？」

再度、名を呼ばれて、柏木は声に吸い寄せられるように呆然とした顔を向けた。すると、半円に囲んだ人の壁の真ん中に、背の高い女と、その傍らには小柄な女が立っていた。

「……だったらなんだよ」

明日香は薄い笑みのまま、ジャケットの内ポケットから一枚の紙を取り出した。

「殺人容疑で、逮捕します」明日香は広げた逮捕状を突きつけながら告げた。

その途端、柏木は竜巻のように回転してロッカーに向き直ると、閉めようと扉を掴んだ。

「確保！」

明日香の号令と同時に、おお！　と声を上げて、捜査員たちは山崩れのように柏木の背中に殺到した。

乱闘は、束の間だった。柏木は押し寄せた捜査員の群れに飲み込まれて束の間、姿を消したが、次に現れたときには羽交い締めにされ、両腕を押さえられていた。

「往生際の悪い野郎だ……！」

植木が右腕を押さえながら吐き、明日香と爽子の前に柏木を引き立てた。

「なあんだ……、もうゲームオーバーか」柏木は歩かされながら、ふて腐れた子どものような表情と口調で、そう言った。

爽子は表情こそ変えなかったけれど、嫌悪をありありと大きな眼に浮かべて、柏木を視線で罰していた。

「岸田主任、ロッカーの中を調べて」

明日香は柏木の肩越しに指示してから、柏木に眼を戻して対峙すると、言った。

「これはゲームなんかじゃないの、現実なの。それをこれから教えてあげる。狭い取調室で、朝から晩まで、ゆっくりとね」

「ありました、係長！」

岸田がロッカーの前で、開いたリュックの中身を白手袋をつけた手で示しながら、叫んだ。

「凶器のナイフ、衣類もあります！　揃ってます！」

爽子は、岸田が快哉に似た声で報告するのを聞きながら、ロッカーへと近づき、腰を屈めて中を覗き込んだ。そして、予想通りのものを発見して白手袋をした手を伸ばし、慎重に取り出した。

爽子が手にしていたのは、骨の折れた傘だった。

――大久田理香さんが、あの夜に差していたものだ……。

柏木は証拠隠滅、あるいは〝記念品（スーベニア）〟のつもりで、犯行現場の路上から持ち去っていたのだ。

「……傘も、ありました」爽子は明日香を振り返って、報告した。

明日香はうなずき、拘束された柏木に眼を移すと、互いの鼻先が触れるほど顔を寄せて、囁いた。

「……それから、あんたが殺した大久田理香さんの恋人からの伝言があるの。――」

柏木の無表情な眼をじっと見詰めながら、明日香は続けた。

「――糞野郎、ですって」

柏木が奇声をあげて暴れだそうとして、植木達が罵声で応じながら押さえ込むのに背を向けると、明日香は爽子を促して、駅構内を歩き出した。

植木たち捜査員の、柏木を厳重に取り囲んだ群れも、それに続いた。

駅舎をでてすぐの車寄せに、数台の捜査車両が集結していた。その一台、ワンボックス型車両に柏木を押し込めてドアが閉じられると、捜査員たちもそれぞれの車両に乗り込んでゆく。

「あの……柳原係長」爽子がアリオンの後部座席で、シートベルトを締めながら言った。「柏木を引致するのは、やっぱり……？」

引致とは、逮捕して連行することを意味する。

「まあねえ……」明日香は隣の席で前を向いたまま、微苦笑した。「約束しちゃったことだから」

明日香と爽子を乗せたアリオンを先頭に、駅から走り出した車両が向かったのは多摩中央署ではなく――八王子署だった。

〝自分たち多摩中央署の捜査本部が、たとえ先に犯人を逮捕しても、まず八王子署に引致し、取り調べも八王子を優先にする〟

これが、秘匿態勢をとることの交換条件に、明日香が園部にした提案の内容だった。

この提案は、園部にとって万が一の事態に備えられる〝保険〟になるはずだった。自分たち八王子に先んじて多摩中央が犯人を逮捕した場合にも、これで最低限の面子は保てる、と。警察部内的にはともかく、世間からみれば、先に犯人の連行された八王子の手柄に映るからだ。それ故、誤認逮捕という失態を犯して崖の淵に追い詰められていた園部は、自分たちに有利すぎる条件だと疑いながらも、明日香の提案を承諾したのだった。

だから園部は、その自分たちにとって有利なはずの〝保険〟が、実は明日香が主導権をすべて取りあげるための伏線に過ぎなかったことを知ると、謀った、と罵ったのだった。

さらに、逮捕された柏木が、霞が関の警視庁本館の取調室でも、多摩中央署のそれでもない、八王子署へ直行するということには、警察の威信を守るためというもう一つの理由があった。

……警察は、稲城の事案で検挙した犯人の自供から、八王子の事案が同一犯だと知ったわけではない。確かに誤認逮捕という失態を犯し、二人目の犠牲者を許してしまったものの、短期間で犯人は特定していたのだ。だから、逮捕したのが多摩中央の捜査員であるにもかかわらず、八王子署に直行したのだ。秘匿態勢をとらざるを得なかったのは、被疑者が危険人物であるのも把握していたが故に、市民の犠牲を防ぐという観点からのやむを得ない措置だったのだ。——そう世間に印象づけることができる。

　そして、そのように説いたからこそ、平賀は明日香の策を認めたのだった。

　ともかく明日香は、世間的には名誉を譲ることにはなるものの、会議での取り決めを守って、犯人逮捕を嗅ぎつけた報道陣でごった返す、八王子署に向かっているのだった。

　その夜——、八王子署の署長室で、報道陣への記者会見が行われた。

「……以上が、被疑者逮捕の経緯であります」

　平賀が、机の上にずらりと並んだ、供え物にもみえるマイクを前に、言葉を結んだ。

「一課長！」質問の手が挙がった。「保秘態勢のためにですね、一旦は逮捕した被害者の元交際相手に、容疑が晴れた後も協力させたっていう先ほどのお話ですが！　これは人権問題になるんじゃないですか？」

「元交際相手ご本人は、協力に同意する旨、書面に署名捺印されておられます。なにより、犯人逮捕への強い希望を、我々も汲んだ次第です」

「それは完全に任意だったのですか？」別の記者が聞いた。「職権濫用の疑いもあるんじゃないんですか？」

「説得には幹部女性警察官があたりましたが、元交際相手とのやりとりは、経過をすべて録画しております」

「しかしですね——」

「思い起こして戴きたいのは、——」平賀は記者の質問に被せるように声を高めた。「——凶器等を周到に隠匿した被疑者が、第三の犯行を企図し、凶器を隠し場所から持ち出そうとしたまさにその時、身柄を押さえることができた、という事実です。元交際相手の方の協力も含めて、秘匿態勢が必要だったことは、ご理解いただけると確信しています」

「逮捕したんだから文句を言うなってことですか！」

「いいえ。——我々としても今回のような捜査態勢は特例であり、あくまで市民の皆様の安全に差し迫った危険が予想された為に採った措置である、と考えています。市民の皆様が、警察は今後もこのような手法をとるのでは、と懸念されるのも、承知しております」

「——すこし、日射しが弱まってきたのかしらね」

多摩中央署の玄関を出たところで、明日香が顔を上げて言った。

「ええ」爽子は、同じように空を見上げながら、答えた。

炎暑の八月が過ぎ、九月になっていた。秋の気配にはまだ程遠かったけれど、それでも、時の移ろいだけは感じられる。

柏木興一は二件の犯行を悪びれることなくすべて認めていた。物証も揃っており、起訴も決まった。その際は、爽子たちは恒例の〝起訴祝い〟をして、互いの労をねぎらったものだった。

「季節は変わっても……、徳永さんは辛いでしょうね」

爽子がぽつりと呟くと、明日香も言った。

「そうね。でも、……そのうえ仕事まで失わなくて良かった」

裏付け捜査に多忙を極めた中でも、明日香は激務の合間を縫って徳永栄作の勤め先に足を運んでいた。徳永の上司に、自分たち警察の失態を率直に認め、長期の欠勤は捜査への協力であることを説明し、仕事を続けさせてもらえるように頭を下げたのだった。

そして今日は、明日香たち特殊犯捜査第五係が捜査を結了、捜査本部を解散して、警視庁本部へと戻る日だった。

「あの、……柳原係長、ひとつお聞きしたいことが」

爽子は、明日香が公用車が回されてくるのを待つ間、口を開いた。

「あら、なあに？」

明日香は爽子に身体ごとむけ、微笑んだ。

爽子は、迷った。けれど、どうしても確かめておきたかった。だから、意を決して顔を上げる。

「新聞に被疑者が浮かんだと教えたのは……、柳原係長なんですか？」

「みんなも薄々感じてはいるようだけど……面と向かって聞いてきたのは、吉村さん、あなたが初めてね」

「それで……？」

「ええ、知人の記者にね、私が流したの」

明日香は微笑んだ。

「どうして――」

爽子は予想していた通りの答えだったとはいえ、驚きで言葉が途切れた。

「解ってるはずよ、柏木を動かすため。巣穴から柏木を追い立てるには、ああするしかなかった」

爽子は険しい眼で明日香を見詰め、ちいさな唇を引き結んだ。

「でも、柏木が記事を引き金に自暴自棄になって、突発的に無差別な犯行に走った可能性が……！　そうなればまた犠牲者が――」

「だからそれを防ぐために、行確にあたる捜査員には、拳銃を着装させる必要があった」

爽子は、思い当たって愕然とした。

「じゃ、じゃあ、……私の、柏木が危険だって分析を汲んでくださったのは……？」

「ええ、拳銃着装の口実を引き出すため。私が言うより、心理捜査官のあなたに言ってもらった方が、説得力があるでしょ？」

爽子は視線を落として黙り込み、そんな爽子を明日香は見詰めていた。

「……ひどい、って思いました」爽子は、顔を伏せたまま言った。

「ええ、自分でもそう思う」明日香はすこし寂しげに微笑む。「でも、柏木を逮捕できて、もう新たな被害者がでることはない。これも事実。それに――」

明日香は庇ごしに晴天を見上げ、続けた。

「――前にも言ったとおり、どんな結果であれ、私は責任をとるつもりだった。逃げないのだけが、取り柄だもの」

結局……、と爽子は足下の敷石を見ながら思う。思い通りに動かされただけだったのだ。園部も、柏木も……そして、私も。この不思議な魅力を持つ、長身の女性に。

爽子はそう思い至ると、自然にくすっと笑いが漏れた。

「……でも、やっぱりひどいです」爽子は顔を上げ、大きな眼を細めて苦笑した。

「ほんとにね」明日香も認めて笑みを返し、自分でも困っている、という口調で続けた。

「いつからこんな私になっちゃったのかしら。男が寄ってこないのも、当然ね」

そこへ、保田の運転する公用車のアリオンが、署の玄関前に横付けして停まった。

「それじゃ、吉村さん。いろんな意味で、ありがとう。……またね」

明日香は公用車の後部ドアを開けると、振り返って言った。

「はい、係長もお疲れ様でした。――」

爽子は頭を下げてから少し考えて、悪戯っぽく付け加えた。

「――あの、……いろんな意味で」

明日香はすこし笑うと、後部座席に乗り込み、ドアを閉めた。

運転席の保田はすぐには車を出さず、ウィンドウ越しに、爽子に向けて手にした携帯電話を示しながら、盛んに口を動かしていた。爽子がちいさく首を傾げて不思議そうな表情で見ていると、後ろの明日香からなにか言われたらしく、諦めたようにステアリングを握ってアリオンを発進させた。

爽子は、捜査車両に相応しい没個性的なセダンのテールが門の外へ消えるまで見送ると、なんだか妙な気疲れを感じながら振り返り、庁舎へと戻っていった。

新しい事件は、いつも爽子を待っている。

参考文献

図解　検死解剖マニュアル　佐久間哲著　同文書院

警察組織　迷走の構図　来栖三郎著　実業之日本社

刑事魂　萩生田勝著　ちくま新書

落としの金七事件簿　小野義雄著　産經新聞出版

警視庁捜査一課長の「人を見抜く」極意　久保正行著　光文社新書

カゲのヒーロー・鑑識　松田妙子・熊丸羽衣子著　財団法人　住宅産業研修財団

振り込め犯罪結社　鈴木大介著　宝島社

職業〝振り込め詐欺〟　NHKスペシャル「職業〝詐欺〟」取材班　ディスカヴァー携書

この作品は2016年2月に徳間文庫として刊行されたものの新装版です。なお、本作品はフィクションであり、実在する個人・団体等とは一切関係ありません。

徳間文庫

警視庁心理捜査官 KEEP OUT II 現着〈新装版〉

2021年6月15日 初刷

著者 黒崎視音
発行者 小宮英行
発行所 株式会社徳間書店
東京都品川区上大崎三－一－一 〒141－8202
目黒セントラルスクエア
電話 編集〇三（五四〇三）四三四九
販売〇四九（二九三）五五二一
振替 〇〇一四〇－〇－四四三九二
印刷 製本 大日本印刷株式会社

ISBN978-4-19-894650-0 （乱丁、落丁本はお取りかえいたします）

徳間文庫の好評既刊

安達 瑶

私人逮捕！

書下し

また私人逮捕してしまった……刑事訴訟法第二百十三条。現行犯人は、何人でも、逮捕状なくしてこれを逮捕することができる。榊鋼太郎は曲がったことが大嫌いな下町在住のバツイチ五十五歳。日常に蔓延する小さな不正が許せない。痴漢被害に泣く女子高生を助け、児童性愛者もどきの変態野郎をぶっ飛ばし、学校の虐め問題に切り込む。知らん顔なんかしないぜ、バカヤロー。成敗してやる！

徳間文庫の好評既刊

黒崎視音

緋色の華

新徴組おんな組士
中沢琴 上

書下し

尽忠報国の志を持つ者ならば、身分を問わず。十四代将軍上洛警護のため広く天下から募られた浪士組。そのなかに一人、女性剣士の姿があった。中沢琴、上野国利根郡穴原村の剣術道場〈養武館〉の娘。法神流の剣と薙刀の遣い手である。江戸の伝通院には土方歳三らのちに新選組として名を馳せる者らも集結、熱き心を胸に京を目指す。新徴組組士として幕末を懸命に闘い抜いた琴の旅が始まる。

徳間文庫の好評既刊

黒崎視音

緋色の華

新徴組おんな組士
中沢琴 下

書下し

伝通院以来、秘かに想いを寄せていた土方歳三との別れ。新徴組組士千葉雄太郎との恋。そして悲憤の別離。世のため江戸庶民のためと職務に精励する新徴組だったが、彼らのその高い志が皮肉にも歴史を動かす引き金となってしまった。戊辰戦争……。討幕の流れは止めようもなく、いつしか庄内藩酒井家は朝敵となってしまう。やりきれぬ理不尽さに戸惑いつつ中沢琴は泥沼の戦いに臨むのだった。